中山七里

Even If Without Wings

Nakayama
Shichiri

双葉社

目次

翼がなくても

装幀　高柳雅人
装画　北澤平祐

一　折れた翼

1

さっきまでフィールドの旗を揺らしていた風が止んだ。

沙良（さら）はスタートラインに着く。隣には後輩の美樹（みき）が並ぶ。二百メートルでの記録で負けたことは少ないが、彼女と競っている時にはいつも好タイムが出る。

「On your marks」

スターターの声で二人は腰を沈める。クラウチングスタート。ブロックに蹴り足の踵（かかと）を置き、両手を肩の幅に広げる。

呼吸を整えていると、次第に周囲から音が消えていく。前方を見据えていると、視界までもが狭窄（きょうさく）していくような感覚に陥る。

「Set」

腰を上げて蹴り足に力を溜める。体重は両腕に乗せる。

二百メートルのスタート地点はコーナーの途中になる。注意しなければならないのは、ダッシュした瞬間に上半身が足よりも前に出ていることだ。体重移動を円滑にするには、身体が〈く〉の字にならないように一、二歩目まで低い姿勢を維持する。

息を止める。

周囲の時間も止まる。

自分の鼓動だけが聞こえる。

耳を研ぎ澄ます。集中力を上げていけば、聴覚と同時に身体が号砲に反応する。

パン！

乾いた銃声とともに足がブロックを蹴り、身体が前に出る。

よし。

体勢は低く、腰は曲がっていない。

三歩目から身体を持ち上げながら加速していく。二百メートルは最初のコーナーの走り方がスピードに乗れるかどうかの決め手になる。

走り出した沙良は徐々に内側に入るようにレーンを進み、十メートル先を見ながら身体を内側に倒す。両手はヴァイオリンを弾くように、優しく、柔らかく。

コーナー出口でわずかに力を抜きながらスピードを維持していく。そして直線にさしかかるところで一気に加速する。

二百メートルを最初から最後まで全力で走ろうとすると、どうしてもラストで失速してしまう。

コーナーと直線の間で力の緩急を考慮しなければならない。一瞬でトップスピードに達する瞬発力よりはそのバランス配分が重要となる。

直線で加速していくと視界の両側が壁のように狭まっていく。

無風状態でも、このスピードでは風圧をまともに受ける。襲いくる風を切りながら、沙良はフィニッシュラインに迫っていく。前方にも横にも美樹の姿は見えないが、自分の一メートル後ろにいることは気配で分かる。

ラスト五十メートル。

沙良は温存していた体力を全開にする。

心臓が早鐘を打ち、全身の血管が開く。

ゴール！

通過の瞬間、副島(そえじま)コーチの持つストップウォッチの音が聞こえた。

ゆっくりと減速しながら呼吸を整える。途端に身体中が発熱し、筋肉が弛緩し始める。心臓の鼓動はまだ速いままだ。四肢の付け根はじんじんと疼(うず)いている。

沙良は副島に駆け寄る。

「二十三秒六四」

副島は素っ気なくタイムを告げる。二十三秒六四は、女子日本記録歴代九位と同タイムだ。

「やったな。自己ベスト更新だ」

自己ベストの更新は嬉しいが、本番でこれより速く走らなければ入賞確実とは言えない。六月に控えた選手権大会まであと一カ月。二十三秒四〇台で歴代五位に食い込めるが、二十四秒台を切ってからのコンマ二秒の壁は途轍もなく厚い。

　よほど不満そうに見えたのだろう。副島は沙良の肩に手を置いて、諭すように言う。

「今更だが、ピークを大会当日に持っていけばいい。のんびりやれとは言わんが、焦ってタイミングを狂わせるような真似は慎め」

　その口調で、副島の沙良に対する期待の大きさが分かる。副島は選手の技術どころかセンスにまで口を出すうるさがただ。その副島がピークのことにしか触れないのは、沙良の能力が尻上がりによくなっているのを認めている証左だった。


　副島の勧めもあり、室内練習は切り上げて早めに帰宅することとした。大会まで一カ月を切ると合宿生活に移行するので、今のうちに母親の手料理を堪能しておけということだろう。

　市ノ瀬沙良は西端化成陸上部に入部して二年目を迎えようとしている。午前中は会社の仕事をこなし、午後からは練習で汗を流す。トレーニングをしながら給料をもらっているようなものだが、それを許されるのは沙良が全国大会で活躍し、会社名を広く宣伝してくれるという期待があるからだ。言い換えるなら、活躍できない選手に実業団に存在する価値などない。

　インターハイで優勝すると、すぐ西端化成からお呼びが掛かった。同社の陸上部には名伯楽と謳われる副島が在籍していたこともあり、沙良は何の躊躇いもなく入社を決めた。一年目は高校生と社会人のレベル格差にまごつくこともあったが、二年目の今年に入ってからは迷いも吹っ切れてタイムも好調に更新し続けている。副島の言う通り、選手権大会当日にピークを持ってくれば上位入賞も決して夢ではない。加えて選手権大会は日本代表の選考会も兼ねているので、一位入賞ならオリンピック参加資格も射程に入ってくる。

オリンピックと聞くと、反射的に沙良の胸は高鳴る。いや沙良に限らず全てのアスリートが同様の反応を示すだろう。地位も出自も民族も宗教も関係なく、己の肉体のみで世界でたった一人の人間となり歴史に名を刻む――その栄光がどれほど狂おしい快楽なのかは、世界に近づいた者にしか分からないだろう。

沙良の自宅は浅草仲見世通り（あさくさなかみせ）の先にある。未（いま）だ下町情緒を残す商店街の外れ、昭和の頃からの木造建築が周囲の街並みに溶け込んでいる。

自宅の手前まで来た時、隣宅のガレージからライトヴァンが急発進して出てきた。

沙良が飛び退（との）くと、ライトヴァンは眼前でいったん速度を緩めた。運転席にいるのは相楽泰輔（さがらたいすけ）だった。

ウインドウを開けた泰輔に向かって「危ない……」と口にすると、本人はじろりとこちらを見てそのまま走り出してしまった。

かれこれ三カ月ぶりに顔を合わせたというのにひどく邪険な素振りだが、今に始まったことではない。泰輔とは幼稚園からの幼馴染（おさななじみ）で、隣同士ということもあり中学まではよく一緒に登校した仲だった。あの頃の泰輔は笑顔を見せていることが多かった。

彼が性格も生活も一変させてしまったのは中学三年の時、父親が自殺してからだった。会社のカネを横領していたのが発覚して、追い詰められた挙句の自殺だったらしい。保険金全額を支払っても横領した金額に足らず、泰輔の母親は昼夜のパートに出なければならなくなった。泰輔はすっかり人が変わったようになってしまい、学校を休みがちになった。後は絵に描いたような転落の仕方で高校も中退、現在は家に引き籠もり、時折母親のクルマを借りて夜中にドライブするのが唯一の息抜きのようだ。

　生活する時間帯が異なるためか、隣同士だというのに滅多に顔を合わさなくなった。片や引き籠もり、片や才能を見込まれて有名企業に入社したという落差も会話を阻む一因になった感がある。

　記録更新で昂っていたところに水を差されたような気分だった。

「あら、今日はえらく早いじゃない」

　母親の利律子が珍しそうに言う。そろそろ合宿の時期が近付いていることを報告すると、利律子は少し唇を尖らせた。

「ふーん。じゃあしばらくは料理作るのが楽になるわね」

　憎まれ口だが、利律子が自分のために毎回細かいカロリー計算をしているのを知っているので突っ込むつもりはない。

「お父さんだっているじゃない」

「あの人は元から楽なのよ。手の込んだものでも手抜きのものでも、何の感想も言わないし」

「わたしだって文句言ったことないじゃん」

「あんたの場合は、記録が落ちた時に食べ物のせいにされるんじゃないかってプレッシャーがあるのよ」

　父親の輝夫は今日も残業で遅くなるというので二人で夕食を摂る。今日の献立はヒレカツに小松菜のナムル、大根サラダに白味噌汁と、どれも沙良の好物だった。

「さっき泰輔くん、見たよ」

「へえ。どんなだった？」

「この間と一緒。ぶすっとしてこっち睨んだ。向こうの方が悪いのに」

「悪いって何かあったの」

危うくクルマとぶつかりそうになったことを告げると、利律子は眉を顰めた。

「初めっから運転の荒い子だったからねえ。でも、免許取り消しになってたんじゃないの」

「知らない。取り直したんじゃないの」

「仕事してないのなら免許持つ必要なんてないのにね」

言っていることはその通りなのだが、何故か自分以外の人間から泰輔の悪口を聞かされるとあまりいい気はしない。何といっても沙良にとっては初恋の相手だ。

「どうしてあんな風になっちゃったのかね。やっぱり片親だとどうしてもひねくれちゃうのかしら」

「お母さん、それ偏見」

「じゃあ無職なのが原因かしら」

「それも偏見」

「だってさ、ニュースとか見ていたら変な事件起こす人って大抵無職じゃない」

「頼むからそういうこと外で口走らないでよね。いつか刺されるよ」

偏見を偏見と自覚しない主婦というのはもっと沢山いるのだろうと、諦め気分でそう言ってみる。

「それよりさ、沙良。調子はどうなのよ」

「今日も自己ベスト更新したよ。二十三秒六四。日本女子歴代九位」

「凄(すご)いじゃないの！　それって」

「九位じゃまだまだよ。他にどんなライバルがいるか、大会当日に蓋(ふた)を開けてみなきゃ分からないし」

「でも優勝したらオリンピックに出られるんでしょ」

「あくまで選考の対象になるってだけよ」

「選考の対象になるだけでも大したものじゃない」

　俄(にわか)に現実味を帯びてきたオリンピック出場の可能性に、利律子は興奮を隠しきれない様子だった。

　己(おのれ)が記録を叩き出すことで、自分ばかりか周囲の者までを幸せにできる――それはとても素敵なことのように思えた。


　翌日はいつもと同じ朝から始まった。

　父親を交えて三人で食卓を囲む。タイムが順調に伸びていることを報告すると、輝夫は「そうか」と言ったきり黙々と箸(はし)を動かすだけだった。もっとも沙良を目の前にすれば寡黙だが、利律子の方にあれこれと近況を訊いているらしい。

　通勤時間の関係で、沙良が一番早く家を出る。玄関で靴を履いていると、何を思ったのか輝夫が気難しい顔でやって来た。

「大会、俺も見に行くから」

それだけ言って、また奥に引っ込んでしまった。沙良は思わず噴き出しそうになる。

自宅から駅まで歩いて五分。わずかな距離だが、万が一を考えて踵の高い靴は履かない。朝の早い商店では、沙良を見つけた近所の顔見知りが口々に声援を送ってくれる。

「おう、沙良ちゃん。来月だろ、全国大会」

「あたし、見に行くからね！」

「よっ、仲見世通りのメダリスト」

照れ臭さが半分、誇らしさが半分。

別に浅草で生まれたから今の自分がある訳ではない。下町で育ったから足が速くなった訳でもない。正直、同じ町内だからという理由だけで応援してくれる人間は、見限る時も些細（ささい）な動機で見限るような気がする。

それでも現金なもので、面と向かって応援されるとやはり嬉しい。単純に頑張ろうと思えてくる。

はにかみながら手を振って応えていると、突然背後に禍々（まがまが）しい気配を感知した。

反射的に振り返ると見覚えのあるライトヴァンがこちらに向かって突進してきた。

動体視力に秀でた目がハンドルに半分突っ伏した運転者を捉えた。あれは間違いなく泰輔だ。

沙良の身体は咄嗟（とっさ）に回避行動を取る。

街路灯の裏側、歩道の一番端に飛び退く。

だがクルマはその動きを追尾するように、沙良に接近する。

迫りくる脅威に足が竦んで動けない。

まるでスローモーションを見ているようだった。

ゆっくりとクルマのボンネットが近づき、街路灯に激突する。

ひしゃげる車体。

しかし同時に街路灯も容易く折れ曲がり、沙良の方に倒れてくる。

凶暴な破壊音で聴覚が麻痺する。

身体が塀と街路灯に挟まれる。

腰から下に猛烈な衝撃を受けて、沙良の意識は宙空に吹き飛んだ。


目を覚ますと、最初に見えたのは煌々としたライトだった。

「沙良？　沙良？」

利律子が狼狽も露わに覗き込んできた。頬に触れた手には確かな温もりが感じられた。母親の傍らには医師らしき男と女性看護師がいるので、ここは病院のベッドの上と思えた。

よかった。どうやら生きていたらしい。

「……わたし……クルマに撥ねられたんだよね……でも大丈夫だったんだ」

しかし利律子の狼狽が和らぐことはなかった。

「沙良、あ、あのね、あのね……」

その狼狽え方が不安と恐怖を呼び起こした。

両腕が緩く固定されて動かせないので、直接触れることは叶わない。しかし腰から下、右足も左足も確かに存在感がある。じんじんとする疼痛があるからだ。ただし麻酔をかけられているため か、痛覚もいくぶん朦朧(もうろう)としている。

「わたしの足、ちゃんとあるよね?」

途端に利律子の顔が歪(ゆが)む。

すると傍らにいた医師が一歩前に出た。

「今はまだあります」

「今は、まだ?」

「あなたが負った左足の怪我は重篤なものです」

そうか。両足ではなく左だけなのか。

「目撃者の話によると、ライトヴァンが突っ込んであなたの左足は街路灯と塀に挟まれる形で圧迫を受けた。そのため左膝下は複合開放骨折を起こしている」

骨折。

何だ、その程度なら怖れることもない。六月の選手権大会は無理だとしても、その次なら参加できるだろう。

「先生。その骨折、どれくらいで完治するんですか」

「お気の毒ですが切断するより他にないと考えます」

「えっ……」

何それ。

切断ってどういう意味?

「患部のレントゲン写真です」

医師が沙良の上に掲げた白黒写真。バックのライトを光源に照らし出された膝下の写真を見て、沙良は息が詰まった。

膝から下の骨はほとんど粉砕されて原形を留めていなかった。

「あなたは未成年なので、切断には親御さんの承諾を得る必要があります。それでお母さんには傷口をそのまま写したものを見てもらいました」

「ごめんね、沙良。あれはもう……可哀想だけど、あれはもう駄目。修復なんて無理」

とても楽天家の母親が口にする言葉とは思えなかった。それはつまり、見せられた傷口の状態が如何(いか)に絶望的であったかを物語っている。

「もちろん、あくまで切断しないという選択肢もありますが、その場合でも患部が壊死(えし)してしまえば結局は切断しなければならなくなります。そして残念ですが、患部の損傷具合からその可能性が大きいと言わざるを得ません。また仮に壊死を免れたとしても完治することはなく、身体を支えることはできても歩行は不可能です」

医師の声が不意に遠ざかっていく。

話の内容が理解できない訳ではない。

だが思考の中にすんなり入ってこない。

「わたしの左足、切っちゃうの……」

「もうそれしかないのよ」

利律子は腹の底から絞り出すように言う。

「ごめんね、沙良。ごめんね……」

語尾は嗚咽(おえつ)に紛れてよく聞き取れない。

どうして利律子が自分に謝っているのだろう。利律子には何の落ち度もないというのに。クルマを運転していたのは隣の泰輔だったというのに。

「嫌！」

言葉は自然に口をついて出た。

「切らないで！　お願いだからやめて。足がなくなったら、もう走れなくなる」

はっきり叫んでいるつもりだが、次第に舌が縺(もつ)れてきて上手く喋(しゃべ)れなくなる。

これも麻酔のせいだろうか。

「ごめんなさい、ごめんなさい」

「おかあさん、おねがい。はしれなくなったら、わたし、なんのかちもなくなっちゃう。やめて、やめて……」

視界がどんどん狭くなり、自分の声さえ遠ざかっていく。

沙良は再び気を失った。

そして麻酔から醒(さ)めた時、既に左の膝下はこの世から消えていた。

事故による損傷部分は左膝下に限定されていたため、切除手術後は日を経ずして面会が許されるようになった。

初めて知ったのだが、一体分に満たなくても、人体の一部を処分するには火葬・埋葬の許可が必要とのことだった。しかも膝下の部位だけでは、焼却しても本人に返すほど遺骨が残らないという。

たっての願いで、沙良は火葬される直前の左足を見せてもらうことになった。

しかしすぐに後悔した。

レントゲン写真を見せられてから覚悟はしていたものの、それは足の形をしていなかった。変わり果てた肉片でしかなかったのだ。切断を主張した医師も、それに同意した利律子も至極妥当な判断をしたのだと、その時やっと理解できた。

ただし理解はできても、心の奥底では依然として納得できていない。

まず未だに片足を切断したという実感が希薄だった。起きていると左の膝下が絶えず痛みを訴える。もしやと思ってシーツを捲ってみるのだが、もちろんそこに膝下は存在しない。医師によればこれは幻肢痛と呼ばれる現象で、脳の神経回路が自発的に活動しているからだと言う。つまりはまだそこに左足があると脳が誤った情報を流しているのだ。

偽であったとしても脳から伝達される情報自体は本物なので、患者は七転八倒の苦痛を味わう。しかも患部自体が存在しないのだから鎮痛剤も効かない。お蔭で左足を失くしてからも、幻肢痛のために眠れぬ日々が続いた。

痛みだけではない。絶望は更に深刻だった。

沙良にとって足はただ歩くだけの部位ではない。沙良が沙良であること、スプリンター市ノ瀬沙良であることを証明する武器だった。他人より速く走れること、歴代の記録に迫れることが沙良の存在価値だった。

その存在価値も今は潰えてしまった。スプリンターにとって足を奪われることは死刑判決にも等しかったのだ。

　自分から走ることを取ってしまえば後に何が残るというのだろう。人目を引く器量がある訳でも明晰な頭脳がある訳でもない。入社できたのも世界を狙えるスプリンターという釣書きがあったからであり、どう過大評価してみても自分が一般社員より秀でているものなど何もない。いや、こんな障害を負ってしまったら、その差はますます歴然となるだろう。

　幻肢痛で苦しんでいるうちはまだよかった。幻覚であったとしても左足の存在を感知できたからだ。しかし痛みが緩和した途端、左足を失った現実に引き戻される。正直言ってそちらの苦痛の方が甚大だった。

　将来を嘱望され、世界に照準を定めていた人間がいきなり障害者になる困惑と絶望を誰が知るだろうか。誇りは瓦解し、自尊心は地に堕ちる。全ての希望は潰え、残るのは人の形をした抜け殻だけだ。

　理不尽であることも申し訳ないことも分かっていたが、見舞いにきた利律子を前にすると昏い感情を吐き出さずにはいられなかった。

「どうして足を切っちゃったのよ！　わたしがあんなに頼んだのに」

　利律子はおろおろとするばかりで碌に反論しようとしなかった。それで沙良も怒りを放出し続けた。

「わ、わたしなんて走れなかったら何の価値もないんだって、ちゃんと言ったじゃない」

「そんな、価値がないだなんて……」

「世の中は陸上選手だけじゃないって言いたいの？　他の人は走る以外に才能があって、それを活かす方法も知っている。でも、わたしにそんなものなんて一つもないの。二百メートルをどう走るか、どこで力を抜いてどこでスパートをかけるか、そういうことしか知らないの。陸上しか知らない馬鹿なのよ。そんな馬鹿から足を取ったら、何の役にも立たないどころか、迷惑でしかないのよ」

いつの間にか沙良は泣きながら訴えていた。哀しいからではない。実の母親に感情をぶつける自分の不甲斐なさが辛かったのだ。不甲斐なさを自覚しながら、抑えられない自分の弱さが悔しかったのだ。

悪態を吐くだけ吐くと、今度は惨めさに泣いた。足を失くした怒りを母親にぶつけてどうするのか。憂さ晴らしをして何か解決することがあるのか。

不意に当然のことを思い出した。

クルマを運転していたのは泰輔だった。泰輔があんな運転さえしなければ、沙良も左足を失わずに済んだ。全ての元凶はあの男にある。

利律子の話によれば事故発生直後、泰輔は浅草署交通課に逮捕され、身柄を拘束されたままだと言う。一度だけ交通課の柏葉という刑事が病室を訪れた際に教えてくれた。前日の夕方に母親のライトヴァンで家を出た泰輔はひと晩かけて所沢市内を走り回った挙句、事故を起こした時には居眠りをしていたらしい。つまり事故は一方的に泰輔の危険な運転に起因するものであり、浅草署は立件に向けて証拠を揃えている最中とのことだった。

それにも拘わらず、泰輔や相楽家からはまだ何の謝罪もなかった。利律子は烈火の如く怒っていたが、母親が怒りを露わにすればするほど沙良は空しい気分に襲われた。

誰がどれだけ謝罪してくれたところで、失われた左足が戻ることなど有り得なかったからだ。

2

自暴自棄になるにも体力が要る。母親に当たり散らし、夜も昼も嘆き続けていれば声も次第に嗄れてくる。それが傍目には落ち着きを取り戻したように見えるらしく、利律子は安堵したようだった。

皮膚が結合すると目の前に鏡を置かれ、初めて切断面をまざまざと見せられた。切断面の皮膚を内側に綴じ合わせているのだが、わざわざ自分に見せることで現実を思い出させようと企てたのかも知れない。

ひどく違和感のある光景だった。鏡に映っているのは以前から知っている自分では有り得なかった。

しばらく切断面を凝視していると、鎮静化していたはずの様々な感情が一気に噴出した。

絶望。

喪失感。

劣等感。

被害者意識。

そして怨嗟。

いっそ喉（のど）も裂けよとばかりに絶叫したかった。できるものなら病室の壁に拳（こぶし）をぶつけてやりたかった。

だが到底そんな気力もなく、沙良は力なく頭（こうべ）を垂れるしかなかった。そんな気力もないことを自覚した途端、ぷつりとどこかの回路が切れて全身の力が抜けた。きっと人の心が受容できる感情には限界があり、その容量を超えた時にストッパーが掛かるようになっているのかも知れない。

ぽたぽたと音がした。

両目から溢（あふ）れた熱い塊が止め処（とど）なくパジャマの上に落ちていた。感情の残滓（ざんし）が液体になって排出されたみたいだった。

手術が終わって少し経つと、主治医から義足についての説明を受けた。

切除手術をしても、切断面には以前と同様に神経が走っている。従って義足のソケット（連結部分）は患部に合わせて慎重に選ばなければならない。

また沙良の年齢ではこれからも体格が変化するため、現時点では適合する義足もやがて合わなくなってくる可能性が大きい。要は義足といえども日々のメンテナンスと交換が必要という説明だった。

自分の身体の一部であるにも拘わらず交換が必要、というのはひどく妙な感じだった。沙良の場合はまだ左膝下だけだが、世の中には両足とも義足、更には加えて義手を装着している患者も存在する。いや四肢だけに留まらない。外傷でなくても、人工の臓器、人工の耳で生活している者もいる。

では人間は、全体の何パーセントまでを失ったらヒトでなくなるのだろう？　どの部分が欠落した段階でヒトでなくなるのだろう？

まるで解答のない疑問だったが、明白なこともある。

自分が健常者ではなくなったという厳然たる事実だ。

今まで障害者の存在を知らなかった訳ではない。しかし二百メートルを二十数秒で疾走する自分には全く縁のない、別世界の住人だとしか思っていなかった。

その別世界に今、自分がいる。

当たり前にできていたことができなくなる――それくらいは理解している。しかし、ここでも理解しているだけだ。実際に生活し、移動し、動いてみるまではその不便さに耐えられるかどうかも不明だ。

義足についての説明はなおざりに聞いていた。主治医が勧めたのは山藤技研という義肢の専門メーカーで、各医療機関が全幅の信頼を置いているというのでそこに依頼することに決めた。どうせ走れない足なら、どんなメーカーに任せても一緒だ。

それでもなるべく健常な方の足に形状を似せ、尚且つ切断面とのずれが生じないようにとそれぞれの型を取らされた。義肢のタイプは多様であり、患者の身体状況と生活環境によって製作される。メーカーとのやり取りも頻繁になるため、一週間後に仮合わせ、その後の一週間で完成させるらしい。

切除手術を終えてから二日後、両親はあまり有難くないプレゼントを用意してくれていた。車椅子だった。後部に介助者用のハンドルがついた昔ながらの自走用標準型というもので、介助者が不在の場合は患者自身がハンドリムを回して走るのでこの名がついているという。ちらと電動式の方が便利ではないかと思ったが、よく考えてみれば自宅は段差だらけの構造なので、電動式は却って不便なのかも知れない。

　自走式車椅子の扱い、そして義足が完成してからのリハビリは病院内で行う。沙良の気持ちはともかく、両親は一刻も早い社会復帰をさせようと焦っているようだった。

　沙良の障害は左膝下なのでリハビリ次第では数カ月で松葉杖なしで歩行できるようになると言う。だがそれまでは車椅子との併用になり、リハビリの成果が思わしくなければ一生車椅子に依存しなければならなくなる。

　沙良のリハビリ担当は理学療法士の上地(かみち)という女性だった。

「車椅子は介助者に押してもらうという印象があると思いますが、それは重度障害者や高齢者の場合です。社会復帰を目指すのであれば、車椅子を自分で操作することこそが、その第一歩です」

　両親にしてもそうだが、他人の口から語られる社会復帰という言葉の何と空々しいことか。沙良はすっかり白けていたが、表情だけは変えずにいた。

「自走はハンドリムを回して行いますが、市ノ瀬さんは握力に自信がありますか」

「いいえ、陸上選手といっても短距離専門だったので……」

「却ってその方が好都合ですね。下手に握力自慢の患者さんは腕の力だけで操作しようとするので、すぐ息切れがしてしまいます」

　試しにハンドリムを回してみたが、予想以上に軽いので少し驚いた。

「昔はスチール製が主流だったんだけど、今はアルミ製でずいぶん軽くなったんですよ。それでも自分の身体を運搬するのだから、長時間の操作にはコツも必要です。陸上競技の経験者であれば釈迦に説法だけど、要はスムーズな体重移動です。最初のうち、前進する時には前傾姿勢を取って体重を前に移してください。それだけで操作はかなり楽になります」

なるほど上地のアドバイスは的確で、しかも沙良にとって体重移動など朝飯前だ。前傾するだけで車椅子は簡単に前進した。

だが車椅子の操作が上達しても少しも嬉しくなかった。上手くなればなるほど健常者から遠ざかるような気がしたからだ。だが幸か不幸か、天性の勘で沙良は難なく車椅子の操作方法を習得してしまった。

車椅子の操作に慣れた頃、義足の仮合わせが行われた。

義足には大きく分けて殻構造のものと骨格構造のものがある。殻構造とは外観がその名の通り甲殻類のような硬質な外殻を備えている。骨格構造のものは人間の手足のように外力を中心軸にあるパイプや骨格で負担し、表面をウレタンフォームなどの素材で整えている。構造上、骨格構造のものの方が耐久性に優れ組み立てや再調整が容易という利点もあるが、一方で表面が破損しやすいという欠点もある。

沙良が選択したのは骨格構造のものだった。各部品に互換性があるので、再調整を繰り返せば長期に亘って使用できるという謳い文句に惹かれた。

仮合わせの際にはソケットの種類も選択する必要があった。こちらも足の断端とソケット内部との隙間をなくした全面接触式と、間に余裕を持たせた非全面接触式に分かれる。全面接触式は継ぎ目が緊密になる分、一体感はあるが、断端の形状変化に対応できない憾みがある。それで沙良は非全面接触式を選ぶことにした。

断端部分と義足のソケットの間にはシリコン製のソフトインサートを噛ませる。硬性ソケットとの吸着性が強く、また断端皮膚に対して刺激が少ないので、これも長期使用に耐え得るのだと言う。

「それでは義足を装着した状態で立ってみましょう」

上地の介助を得て直立してみる。

すぐに違和感を覚えた。

立つというよりは左膝を台に乗せている感覚だ。とてもではないが、このまま歩く自分を想像できない。

骨格構造というから人間のそれに近いだろうと予想していたのだが、とんでもない思い違いだった。外殻が硬かろうが、中心部が強固だろうが、金属の塊に変わりない。そんな代物が生体の代用品になるはずがなかった。

「杖を併用して歩いてみましょう。まず一歩前に出して」

松葉杖で身体を支えながら、上地の声に合わせて恐る恐る義足を踏み出してみる。膝を伸ばしたまま持ち上げ、足の裏が接地したのを見計らって体重移動を試みる――。

ぐらり、と体勢が崩れた。もし上地の介助と松葉杖がなかったら派手に転倒していたところだ。歩くなどという優雅な動作ではない。まるで片方だけ短い竹馬を履いているようなものだ。

上地は義足を外しながら言う。

「最初に違和感を覚えるのは当然です。何しろ松葉杖と一体化するようなものですからね。でも往々にして違和感は時間の経過とともに消滅します。とにかく早く慣れるよう、毎日着実なリハビリを心掛けましょう。この義足はこれからずっと市ノ瀬さんを支えていくのですから」

仮合わせの感想をひと言で言えば、ただひたすらに苦痛だった。装着の感触ではなく、装着することで自分が障害者であることを嫌でも思い知らされたからだ。

つい弱音混じりに訊いてしまった。

「先生。リハビリを終了して退院するまでにどれくらいかかるんですか」

「症状にもよりますけど、切断の患者さんについては三カ月が目安になっていますね」

それでは退院する頃には選手権大会はとうに終わっているな——沙良はぼんやりとそう思う。

今更大会のことを考えるのは死んだ子の年を数えるようなものだった。

面会が許されて数日経つと、両親以外の見舞客もやって来るようになった。その一人が副島だった。

「よう」

副島はいつもと同じ声を出そうと努めたようだが、やはり緊張を隠し切ることはできなかった。

「元気そうじゃないか」

見舞いの際の常套句なのだろう。この状況で聞かされると、白けるのを通り越して副島が滑稽にすら思えてくる。

「損傷したのは左足だけでしたから」

「そうか……」

副島は目をそちらに向けまいとしているようだったが、一瞬その視線がシーツに隠された左足に注がれたのを沙良は見逃さなかった。

ここで副島に損傷部分を隠してみても意味がない。それに自分と二人三脚で指導に当たってくれた恩人に、現状を報告するのは一種の義務にも思えた。

「見ますか」

一応断りを入れてみるが、相手が拒絶しないので沙良はシーツを捲ってみせる。その刹那、屈辱と歪んだ嗜虐心が背筋を走った。

膝下の欠落した左足。

副島はまるで死体を見たような顔をして、すぐに視線を逸らせた。

途端に後悔が襲ってきた。自分は恩人に対して何という振る舞いをしたのだろう。

「義足、つけるのか」

「この前、仮合わせというのをしました。来週には完成すると聞いています」

「どんな具合だった」

「どんなって……まるで竹馬履いているみたいでした」

「そうか」

副島は多くを訊ねようとしない。沙良の左足を見れば、色々なことが一目瞭然だからだろう。

「美樹、今どうしてますか」

「伴走相手を小栗に変更して練習させているが、物足らなそうだな。なかなかタイムが伸びない」

それはそうだろう。あの子は自分と同等か自分より速い選手と競わせて伸びるタイプだ。だからこそ副島も、相乗効果を期待して沙良とペアで練習させていたのだ。

しばらくチームメートの話でお茶を濁していたが、それもそろそろネタ切れになってきた。

やがて副島が意を決したように口を開く。

「しばらく治療とリハビリに専念しろ。部のことは心配要らないから」

副島らしい言い回しだと思った。

「退部、ですか」

「会議で決まった」

選手として成績を残せるから実業団に籍を置かせてもらえる。言い換えれば、選手として機能しなくなった者はただの穀潰し（ごくつぶ）しということだ。

「もちろん退部するだけで、社員としての身分をどうこうするという話じゃない。いや、考えようによっちゃあ一般社員と同様にフルタイムで働くんだから、前みたいに不安定な立場じゃなくなる」

トラック以外での沙良は事務職だ。片足を失くしても業務遂行に支障はない。そして会社側も、身体障害を理由に社員を解雇することはできない。

それは空を飛べなくなった鳥はせめて卵を産めと、命令されているようなものだ。

「ご厚意に感謝します」

虚勢を張ってそう応えると、副島は済まなそうな顔をして病室を出て行った。

両親以外の見舞客で異色だったのは、やはり浅草署の柏葉だった。事故から一週間が経過し、沙良の容態が落ち着いた段階で改めて発生当時の模様を聴取に来たのだと言う。最初に証言したのでそれで充分ではないかと思ったが、事故当時には動顛していて飛んでいた記憶が、数日経ってから不意に甦ることがあるらしい。

しかし沙良の記憶はライトヴァンのボンネットが眼前に迫るまでのわずかな時間しかないので、飛んでいる記憶もない。

「ふむ。前回にお訊きした内容と変わりないみたいですね」

「済みません、わざわざ来ていただいたのに」

「いえ、記憶に相違がないかどうかは立件の際に重要になる要件なので。お気になさらず」

職業柄そういう訓練でも受けているのだろうか、柏葉は沙良の左足に視線を移した時も眉一つ動かさなかった。

「柏葉さん、気にならないんですね」

「何がでしょう」

「わたしの……左足」

ああ、と柏葉は初めて気づいたように頷いてみせる。

「これは失礼しました。不躾だったですね」

「いえ、ちょっと驚いているんです。わたしのコーチも目を逸らしたのに……」

「酷い言い草に聞こえるかも知れませんが、まあ慣れです」

「慣れ？」

「交通課勤務ですからね。人身事故では人の形を有していないご遺体を数限りなく見ています。慣れと言いましたが、人間としての感情が欠落しているきらいもありますね」

　ああ、そうかと思う。命に別状なく、四肢のうち三本までが無事だった自分は運がいい方なのだろう。

「ただ数限りなく見ているからといって、飲酒運転や危険運転に寛容になれる訳じゃありません。いや、却って厳しい態度で臨むようになった気がします」

　今まで穏便だった口調がわずかに不穏さを帯びる。

「今回のようにドライバーが悪質な場合は特にそうです。酒を呑んでから乗る。危険ドラッグを喫(す)いながらハンドルを握る。自分を乗せている箱がいとも簡単に凶器に変わることなど、想像もしていない。だからとことん無責任になれる。歩行者を撥ね、建造物を壊しても、自分の拳を傷めていないからまるで当事者意識がない。損害賠償金の金額を提示されると、払おうとする努力よりも逃げようとする努力に傾注する」

　一人語りに気がついて、柏葉は恥じるように頭を掻(か)く。

「いや、すみません。毎日のようにそういう無責任なヤツらと不幸な被害者を目の当たりにしているのに、悲劇は一向に減ることがない。つくづく自分たちの力不足を思い知らされます」

　そして不意に口調が変わる。

「市ノ瀬さんは被疑者の相楽泰輔とは幼馴染なんだそうですね」

「はい。子供の頃はよく一緒に登校していました」

「事故の前後では心証も変わったのでしょうか」

「えっ」

「事故以前はどんなお付き合いを？」

「ただの隣同士という以外は何もありませんでした。泰輔くんは中三の頃から近所の誰とも話をしなくなったし……」

「それはわたしも訊き込みで知っています。何でも父親の自殺がきっかけで引き籠もりになってしまったのだとか。しかし、そのことと彼が常習的に危険運転を行っていたのは別の問題です。彼に情状酌量の余地はない」

　柏葉はひどく憤慨しているようだった。

「泰輔くんの運転が危なっかしいというのは噂で聞いていました」

「危なっかしいどころか、事故当時彼は無免許でした」

「無免許？」

「相楽泰輔は昨年飲酒運転で免許取り消しになっています。だが、彼はその後もちゃっかりと母親のクルマを借りていました。つまりあなたを轢いた時点では無免許だったんです」

　柏葉は納得できないという風に顔を顰めてみせる。

「だから困っています」

「どうして泰輔くんが無免許だと困るんですか」

「危険運転致死傷罪というのをご存じですか」

　沙良もその罪名は耳にしたことがある。従来の道路交通法では飲酒運転や危険運転の罰則があまりに軽いとの批判を受け、新しく制定された法律のはずだ。

「危険運転致死傷罪では飲酒運転や危険運転、または未熟な運転について該当した案件が対象になります。その罪も従来よりは相当重く、人を負傷させた場合は十五年以下の懲役、死亡させた場合は加重によって最高二十年の懲役になります」

「じゃあ、泰輔くんにも重い刑罰が下るんですね」

「いや、彼の場合は無免許運転なので対象外になってしまうんです」

「えっ？」

聞いていて訳が分からなかった。

「一番該当要件の近いものは未熟運転致死傷罪でしょうが、これは進行を制御する技能を有しないで自動車を走行させる行為と規定されています。彼の場合は日常的にクルマを運転しており、その技能を有してなかったとは主張しづらいのですよ」

「そんな。だって無免許なんですよ」

「実際、前例もあるんです。通学中の小学生の列にクルマが突っ込み、大勢の死傷者を出しましたが、運転していた若者が無免許であったために危険運転致死傷罪を適用することができませんでした」

柏葉の説明で鎮静化していた憤怒に再び火が点いた。

「署では何とか危険運転であった状況を立証しようとしていますが、彼の呼気や尿からはアルコール類やいかなる違法薬物も検出されませんでした。優秀な弁護士がつけば単なる人身事故として微罪に終わる可能性があります。その場合は過失運転致死傷罪七年以下の懲役に無免許の加重がつけられて終(しま)いです」

「ひどい……」

「そうです。確かにひどい。ひどいついでに申し上げると、彼の母親は大枚はたいて有能な弁護士を雇うつもりらしいです。母子家庭でどこにそんなカネがあるのかと思いましたが、どうやら親戚縁者の伝手で借金したようですね」

　そこまで説明されると、柏葉が憤慨している理由も理解できた。つまり泰輔の母親は借金までして弁護士費用を捻出したが、これを言い換えるなら沙良への損害賠償に優先してカネの工面をしたということだ。そして当然のことながら民事裁判で損害賠償請求したとしても、母子家庭の相楽家に支払うカネなどない。

　そんなことが許されていいのだろうか。

　今日に至るまで散々泣いたせいか、悔し涙も出てこない。ただ灼けつくような怒りが胸の内側を焦がすだけだ。

「最初に聴取した直後、あなたが将来は世界を狙えるアスリートであると聞かされました」

　柏葉の言葉は無念に満ちていた。

「左足を失ったあなたの悲痛は、わたしにでも容易に想像がつく。ところがその犯人はさほどの罰を与えられずに、おそらくはまともな賠償金も払えない、いや払おうとしない。ひどく理不尽だと思います」

　これ以上聞きたくなかった。聞けば聞くほど胸の裡が毒に蝕まれていくような気がする。

「我々は全力を尽くして立件に努めます。これからも捜査へのご協力をお願いすると思いますが……」

「帰ってください」

沙良はやっとの思いでそう絞り出した。

「今、わたしいっぱいいっぱいなんです。もうそんな話、聞きたくないです」

柏葉はしばらく沙良を見ていたが、やがて「失礼しました」と一礼して病室を出て行った。

その後、利律子の話で柏葉の言ったことが本当だったと証明された。

事故発生以来、ずっと家を空けていた泰輔の母親千鶴（ちづる）が在宅していたため、利律子は輝夫とともに相楽家を訪問した。決して泰輔の行為を非難するためではなく、今後について話し合いの場を設けたいと考えたのだ。

だが相楽千鶴はインターフォン越しの応対に終始するだけで、二人を家に上げようとはしなかった。さすがにその態度に色をなした利律子が声を荒らげると、警察を呼ぶと警告されたそうだ。

このやり取りから、相楽家の側に賠償金を支払う意思がないと思われるのは当然だった。いや多額の賠償金を払いたくないからこそ、腕のいい弁護士を雇ったという言い方もできる。

いずれにしろあの下町情緒溢れる住宅地で、塀一枚を隔てて事故の加害者と被害者が角突き合わせる格好となってしまったのだ。

そしてまた、空しい憤りと理不尽を抱えて沙良は幾晩も眠れぬ夜を過ごすことになる。絶望に彩られたリハビリに耐えてベッドに倒れ込むと、次は憎悪とやりきれなさで胸が苦しくなる。今や沙良にとって安住の地はどこにも存在しなかった。

そう、おそらく死以外は。

3

七月十五日、沙良は予定よりも一カ月早く退院の日を迎えた。予定が早まったのは、偏に沙良の身体能力が常人のそれに勝っていたことに尽きる。

見送りに出てきた医師や看護師の顔が控えめながらもどこか安心しているのは、自分が退院することでベッドが一床空くからだろう、と思った。

「病院でのリハビリは、日常生活を送るための最低限のものです。自宅療養に移ってもリハビリは必ず続けてください。そうすることで確実に以前の生活に近づいていきますから」

担当医師は励ましのつもりで言ったのだろうが、これも沙良の耳には白々しいものでしかなかった。沙良にとって以前の生活とは普通に寝食し、用を足し、移動することではない。

スタートラインに身を沈めて力を蓄え、号砲とともにロケットのように飛び出し、あのトラックを風になって駆け抜ける。それこそが以前の沙良の姿だった。それが叶わないのであれば、どれだけ車椅子を器用に扱おうとどれだけ自然に歩行しようと同じことだ。

「じゃあ、お大事に」

病院の前からタクシーに乗る。退院したばかりだと察したのだろう。母親の介助つき、かつ覚束ない足取りで後部座席に乗っても運転手は眉一つ動かさなかった。

自分でも嫌になるのは、こんな風に絶えず他人の目が気になることだ。無視してしまえばいいのだが、以前と違って視線に悪意を感じるのだ。

憐憫(れんびん)・同情・侮蔑・優越感。

それらの感情が剝(む)き出しのまま肌を刺すように感じる。それとなく利律子に訴えてみたが、「気のせいよ」とあしらわれるだけなので、最近は黙っていることにしていた。

タクシーが言問(こととい)通りに入ると、車窓に見慣れた風景が拡がり始めた。不思議なのは勝手知ったるわが街であるはずなのに、ひどくよそよそしく見えることだ。

たった二カ月いなかった間に開発や新築の建物が増える訳もない。明らかに自分の意識が変わったせいなのだが、今はそれも素直に受け入れられない。

「家に着く前に言っておくけど」

利律子は不快さを隠さなかった。

「お隣とは戦争状態になっているから。奥さんや泰輔くんと出くわしても無視すること」

「泰輔くんと？」

泰輔については初耳だったので、思わず訊き返した。

「泰輔くん、釈放されたの？　いつ？」

無意識に言葉が尖ったようだった。利律子はしまったという風に視線を落とした。

「ねえ、そこまで言ったんなら教えてよ。どうせ帰ったら、出くわすかも知れないんでしょ」

「……現行犯で逮捕されたと思ったら、ものの三日で釈放されたのよ。いくらか知らないけど保釈金を積んだらしい」

利律子は忌々しそうだった。

利律子の説明は柏葉刑事から既に聞いていたことだったが、いずれにせよ事態は最悪だった。

泰輔が引き起こした事故は危険運転と立証する術がなく、結局は単なる人身事故で済まされる可能性が高いという。既に泰輔は検察庁から出頭要請を受け、事情聴取に応じている。現状はまだ起訴に至っていないものの、起訴したところでやはり大した懲役刑にはならず罰金も五十万円程度なのだという。

「それでね、わたしとお父さんとで何度も会いに行っているのに、『和解交渉については弁護士を通してください』って絶対に本人と会わせようとしないし、自分もずっとインターフォン越しにしか出てこようとしないのよ。まあ、本人が引き籠もりなのは前からだったけどさ」

不意に泰輔の顔が脳裏に浮かんだ。

街路灯と接触する寸前、ハンドルに半分突っ伏していたのが最後。思えばあれから泰輔の姿を見たことはない。そうだ、泰輔は見舞いにすら来なかったのだ。

「千鶴さんが過保護気味なのも昔からだったけど、今度のは法律違反で、それに傷害事件なんだから。世間様からずっと隠し通せばいいなんて話じゃないでしょうに」

まだ泰輔は逃げ回っているのか——入院中は痛みと絶望で麻痺していた怒りが、今はふつふつと湧き上がる。

自分はただ歩道を歩いていただけだった。交通違反に該当するようなことは何もしていない。一方、泰輔は無免許のまま母親のクルマで無謀な運転を繰り返していた。法規上、どちらが悪いのかは明白過ぎるほど明白だ。

それなのに——。

何も悪くなかった自分は片足を切断され、将来の夢も希望も惨殺された。加害者の泰輔は大した罰を受けることもなく、また懐を痛めることもなく、自分の部屋に籠もって安寧を貪(むさぼ)っている。これが理不尽でなくて、いったい何なのだろう。

「悔しいけれど向こうに代理人がついている以上、直接相楽さんに抗議しても無視されるだけだから無駄だって、検事さんに言われたのよ。全く、何て母子(おやこ)なんだろ」

鬱陶(うっとう)しさと困惑が綯(な)い交(ま)ぜになる。これからずっと、互いの環境に変化がなければ相楽家とは隣同士のままだ。人生を奪った側と奪われた側が一生顔を突き合わせて生活していく——考えてみれば、これほど鬱陶しい話もない。

　我が家に戻って最初に遭遇した障害は上がり框(がまち)だった。松葉杖と義足を併用して上るが、たかが家の中に入るのにも気合いが必要な現実には心が折れそうになる。

「なるべく家の中をバリアフリーにリフォームしようと思うんだけど……その、一遍には無理だから」

「いいよ、リフォームなんて。わたしが義足に慣れたらいいだけのことなんだから」

　口に出してみるが、それが強がりであるのは沙良自身が一番よく知っている。これからどんな生活が待っているのか予想したくもないが、少なくとも安息を求める場所が障害だらけというのは辛い。

　自分の部屋に戻れば人心地もつくだろう、と期待した。幸い沙良の部屋は一階にある。消毒薬臭の充満する病室ではなく、自分の匂いが沁(し)みついた場所に一刻も早く鼻面を突っ込みたかった。

　二カ月ぶりで自分のベッドに身を投げ出す。

　自分の体臭、マットの程よい反発、肌が記憶しているシーツの感触。何もかもが心地好かった。

だが、それも一瞬で興醒めとなった。机の上方に掲げられた賞状と写真が目に入ったからだ。

全日本中学校陸上競技選手権大会。

全国高等学校陸上競技選抜大会。

全国高等学校総合体育大会陸上競技大会。

栄えある成績を残した大会。そして写真は沙良が表彰台に上った時のショットだった。写真の中の自分は、何者にも臆（おく）することなく歓喜に輝いている。

やめてくれ、と思った。

過去の栄光は甘酸っぱい。だがこんな身体になってしまった今は、ひりつくように苦い思い出でしかない。

もう二度と表彰台に立つことはない。

しなやかに伸びた左足が蘇（よみがえ）ることはない。

あの緊張と興奮の渦巻く競技場の空気を吸うことは金輪際（こんりんざい）ないのだ。

ぐう、と思わず声が出た。

嗚咽を堪（こら）えようとすると、嘔吐に似た声が出るのだと初めて知った。

沙良はシーツに顔を押しつけて声を殺す。

利律子にこの声を聞かれるのが嫌だった。

義足を装着しながら、まだ惨めに未練を引（ひ）き摺（ず）っていると思われるのが嫌だった。

いったい身体の中にはどれだけの水分があるのだろう——そう思えるほど、涙が後から後から止め処もなく溢れ出てくる。練習でへこたれそうになった時も、決勝で敗れた時もこんなには泣かなかったのに。

ベッドから立ち上がり、賞状と写真を剝がそうとする。目の高さに貼ってあった写真は剝がせたが、頭より高い位置に掲げられた賞状は手が届いても片足が不安定なので外せない。悪戦苦闘しているうちに、バランスを崩してベッドの上に倒れてしまった。

あまりの無様さに我ながら自虐的な笑みがこぼれてくる。

沙良はしばらくベッドから身を起こせなかった。


「ずうっと病院食だったから飽きたでしょ。今日は腕によりをかけて作ったから」

退院日で輝夫も定時で帰って来たため、その日の夕食は久しぶりに親子水入らずとなった。

食卓に並んだものは確かに病院食とはかけ離れたものだった。
・枝豆とゴルゴンゾーラチーズのブルスケッタ
・牛肉とパプリカのトマト煮込み
・豚肉とイチゴの蒸し焼き
・ささげとキドニービーンズのマスタードサラダ
見た目にも豪華で食材はどれもこれも栄養満点だった。味も濃い目で、ひたすら薄味だった病院食とは雲泥の差だ。

「おいしい？」

「……うん」

トマト煮込みを口に含むと、牛肉の脂がトマトの酸っぱさに中和されて口当たりが柔らかくなっている。これならいくらでも食べられそうだった。

そう、いくらでも食べられる。

これからはカロリーを気にせず、いくらでも食べられる。

ランナーにとって極端な減量でない限り、体重は軽い方がいい。だから沙良は適正体重を超えないよう、毎回カロリーの摂取量に気を配っていた。甘い物を我慢し、食べ盛りの空腹にも耐えた。もう、あんな苦しみを味わわずに済む。

何故なら、もう自分はランナーではないからだ。

コンマ一秒を競うために、体重百グラム単位まで管理する必要がなくなったからだ。

咀嚼する度に牛肉の甘味が口一杯に広がる。久しぶりの濃厚な味覚に舌が喜んでいる。しかしそれとは裏腹に、胸が切なさに震えた。高カロリーのメニューが競技人生の終焉を告げるものであることを、他ならぬ沙良の身体が認識しているのだ。

美味しいものは大抵カロリーが高い。だから世界を狙うアスリートたちにとって食事とは味覚を愉しむものではなく、肉体とエネルギーを管理する作業に過ぎない。言い換えれば食事が娯楽の一つになった瞬間、その人間はアスリートではなくなる。

お前は自分の肉体を鍛錬する資格を失くしたのだ。

お前は普通の、いやそれ以下の人間になり下がったのだ。美味と引き換えに、頂点に立つ権利を放棄したのだ。

じわり、とまた涙腺が緩んだ。

「……ホントに美味しい」

「そう。よかった！」

利律子はしてやったりと燥（はしゃ）いだが、沙良の正面に座る輝夫は娘の顔を見て押し黙っていた。

病院では入浴時間は予約制であり、一回三十分と決められていた。大きな浴槽もあったが、沙良の場合は浴室の椅子に腰掛け、看護師に介助してもらいながらシャワーで身体を洗っていた。

まだ義足での歩行もままならない状態で湯船に浸かるのは危険なので、自宅でも母親の介助つきで入浴することになる。汗を洗い流せるのは嬉しかったが、母親に欠落した身体を見られるのはひどく抵抗があった。看護師は仕事として介助を行っているので患部を見る目は冷静だし、扱いにも慣れている。

だが母親は違っていた。肉親だからと言ってしまえばその通りだが、あまりに感情を露わにし過ぎるのだ。

「いいよ、何とか一人で入るから」

「駄目だったら。慣れてからならいいけど、あんただって湯船に浸かるのは初めてなんでしょ。こんなことでまた怪我したら」

肉親であっても同性であっても見せたくないものがある。それがどうして利律子には分からないのか。

分からないのなら分かってもらうしかない。沙良は渋々言いつけに従うことにした。

「脱ぐのは一人でできるからっ」

脱衣は頑固に拒絶した。片足立ちで脱ぐようなものだから、これは比較的簡単な作業だった。

下着一枚になった時、利律子の口から微かな呻き声が洩れるのを聞いた。

沙良の身体には無駄な筋肉も無駄な脂肪もない。均整のとれた完璧な体型だ。だからこそ左膝下の欠損は弥が上にも目立つ。

全裸になると、副島に示した時の自虐的な喜びと申し訳なさを同時に味わった。申し訳なさは、利律子と輝夫からもらった身体をこんな風に損なってしまったことに対してだ。もちろん沙良の自傷行為ではなかったが、この申し訳なさは刺青を親に見せるような後ろめたさに似ていた。

利律子を伴って浴室に入る。利律子が手を貸そうとするのをやんわりと拒んで、浴槽の縁に腰掛ける。

「よいしょ」

腰をゆっくり回して下半身を湯船に沈める。慎重に身体を移動させながら、両腕で浴槽の縁を握り締める。

首まで湯に浸かるのも二カ月ぶりだった。思わず安堵の溜息が洩れる。

だがその安堵も長くは続かなかった。浴槽に伸びる肢体は、左足の欠損でどうしても歪に映る。

そしてようやく思い出した。病院での介助は全て看護師に任せていたので、利律子は沙良の全身も切断面も見たことがなかったのだ。

切断面の辺りに利律子の視線を感じる。しばらく浸かっていると、「身体、洗ってあげる」と言い出した。

「いいよ。座れたら、自分で背中だって洗えるんだから」

「今日だけはやってあげるから」

入った時と逆の要領で浴槽の縁に腰掛け、反転して洗い場の椅子に座る。利律子はボディソープのついた手で、沙良の背中を撫でるように触れる。

「……ごめんなさいね」

やめてくれ、と思ったが沙良もすぐには返事ができなかった。言葉が喉に閊(つか)えて出てこない。

「本当にごめんなさいね」

背中で利律子が詫(わ)び続ける。

どうして母親が謝らなければならないのだ。

自分も、母親も悪くないのに。

「お医者さんが切るしかないって言った時、お母さん反対すればよかった。切らずに済む方法はないのかって、もっと食い下がればよかった」

「やめてよ……」

「足を切らずに治せるお医者さんがどこかにいたかも知れない。あの場で決めてしまわずに、そういうお医者さんを探せばよかった」

「もうやめてったら！」

二人はそれきり口を噤(つぐ)んだ。

利律子の手がゆっくりと慈しむように沙良の肌を滑っていく。

気まずいながらも入浴を終えた沙良は、早々と自室に引っ込んだ。これ以上家族と顔を突き合わせていると、抑えていた感情が爆発してしまいそうだった。

壁の高い場所に掲げてあった賞状は、輝夫に頼んで外してもらった。先に剝がした写真ともども預かってもらった。沙良は「どこかに捨てといて」と頼んだのだが、輝夫の性格を考えれば自室に保管されるのが関の山だろう。

何て嫌な娘だ――沙良は何度目かの自己嫌悪に陥る。病室で一人きりの時には自分を責めていればよかった。ところが周りに誰かがいると、その人間に癇癪を向けたくなる。

中学時代、体育教師は『健全なる精神は健全なる肉体に宿る』を口癖にして生徒を鍛えていた。当時ふと疑問に思った沙良が辞典で調べてみると語源は古代ローマのユウェナリスという詩人の言葉だが、真意は「あまり願い事が多いと身の破滅を招くので、健やかな肉体に健やかな精神が宿るくらいの願望に留めよ」というものだった。沙良はそれ以来、健全なる云々を口にする教育者は全員不勉強なのだと蔑んできたが、いざ自分の身が健全でなくなると、ひょっとしたら本当なのかも知れないと思い始めてきた。もちろん体育教師の言説が迷信じみた妄言であるのを頭では理解していても、現に左足を失くしただけで自分の精神はこんなにも脆く、そして捻じれてしまったではないか。

自分はこれからどうなってしまうのだろう。

このまま肉体も精神も不健全なまま残りの人生を過ごすのだろうか。

そして、どこに居場所があるというのだろう。アスリートとしても、一般社員としても評価されない自分に生きるのを許される場所があるのだろうか――。

嫌だ嫌だ嫌だ嫌だ嫌だ嫌だ嫌だ嫌だ嫌だ！

沙良は枕に顔を押しつける。

不安で胸が潰れる。

憤怒で思考が歪む。

どうしてわたしだけがこんな目に遭わなければならないのだろう。

ふと窓に視線を移した時に思い出した。

この腰高窓は隣の相楽宅に面している。そしてちょうど正面に泰輔の部屋が位置している。両家の間は一メートルほどしか隔たりがないので、小学校まではよく窓越しにお互いの部屋を行き来したものだった。

泰輔は決して活発ではなかったが、沙良には気を許して何でも喋っていた。乱暴もせず、沙良のママゴトにも付き合ってくれた。クルマや飛行機といった乗り物のオモチャが好きで、眩(まぶ)しそうな笑顔が印象的な男の子だった。

その幼馴染が、今は自分から希望を奪った加害者だった。奪われた自分が絶望の淵にいるというのに、手を下した本人は己の城の中で安穏としている。彼が罪を償うとしても数年刑務所に収監されるだけなのだ。

いきなり昏い感情が湧き起こった。

普段から激昂するようなことはない。物事を理性的に捉え、決して感情に走らない性格だと自己評価していた。悲憤も泣き叫ぶことも自分は一生ないと思ってきた。

だが違っていた。

沙良は窓を開けた。正面の窓からは明かりが洩れている。目と鼻の先に、自分の左足を奪った仇が息を潜めているのだ。

「そこから顔を出しなさいよおっ」

　己のものとは思えないほど荒々しい声だった。

「そこにいるんでしょ。わたしに何か言うことはないの？　あなたのせいで、わたし、こんな身体になっちゃったのよ。あなたのせいで、わたしの将来はメチャクチャになっちゃったのよ！」

　隣どころか近所に響き渡るような声だと思った。

　それでも泰輔の部屋に変化はない。そのことが火に油を注いだ。

「ひ、人をこんな目に遭わせておいて知らんぷりしているつもりなの？　他人の人生を台無しにして、警察沙汰になって、裁判になっても、その部屋に閉じ籠もっていたら安全だとでも思っている訳？」

　怒鳴り出してから、改めて気づいた。

　今まで激したことがなかったので分からなかったが、沙良は自分の声に逆上するタイプだった。だから昂るままに怒鳴ると、裡に秘めていたことばかりか自分でも意識していなかった醜悪な感情までが露呈されてしまう。

「引き籠もりっ。卑怯者っ。に、人間のクズっ。殴った方は忘れても殴られた方は絶対に忘れないんだからね。隣同士でいる限り、ううん、あなたが生きている限り、わたしずっとあなたを恨んでやる。毎日毎日、呪い続けてやる」

　叫びながら驚く。

　自分がこんなにも口汚く他人を罵ることができるとは、想像もしていなかった。

「この犯罪者っ。あ、あなたなんか死んでしまえっ」

その時、ドアを開けて輝夫が飛び込んで来た。

「やめろ、沙良」

「死ねえっ、死ねえっ、死ねえっ」

「よさないかっ」

口を塞がれ、窓を閉められた。

一瞬、叩かれると思い、沙良は目を閉じる。

だが輝夫の腕は頬ではなく、頭の後ろに回った。両腕で頭を抱えられ、そのまま胸に押し当てられた。

「気持ちは分かる。でも、やめろ」

叱責ではなく諭すような口調だった。

「ここで喚(わめ)いたってお前が惨めになるだけだ。俺や母さんが嗤(わら)われるのは構わない。でも、お前が見世物になるのは耐えられん」

「でも……でも……」

「向こうが弁護士を立ててきた以上、こんなことをしたって場外乱闘みたいなものだ。今は彼だって保釈されたというだけで容疑者の立場であることに変わりはない。いずれ裁判が行われ、彼には相応の罰が下される」

「相応？　たかが数年刑務所に入っているか罰金払うだけなのよ。それが相応だって言うの」

「だからと言って彼の左足を切れば、お前は満足するのか。彼が同じ障害を背負えば、お前の左足は元通りになるのか」

　言葉に詰まる。そして腹が立った。

　父親の言うことはいつも正しかった。今だってそうだ。確かに泰輔が片足を失おうが誰かに殺されようが、それで沙良の未来が戻ってくる訳ではない。気が晴れたとしてもほんの一瞬で、後から深く悔いるであろうことも承知している。泰輔がどんな罰を受けようが、沙良の人生には何の関係もないのだ。

　そんなことは分かっている。

　分かっていることをわざわざ指摘して欲しくない。

「誰かを憎みたい気持ちも分かる。叫ばずにいられない気持ちも分かる。だけど一度考えろ。お前は他人に優しい子で、自尊心が強い。その時は人を責めて気が晴れても、必ず後悔する。自分が惨めだと思うようになる。これ以上、自分を傷つけるな。自分をこれ以上、嫌いになるな」

　沙良の頭を掻き抱く手が不意に緩む。

「父さんな、今度のことで一つだけ感謝したいことがある」

　感謝？

「お前は怒るかも知れんが、事故で失ったのが左足だけで本当によかったと思っている。もしお前が事故で死ぬようなことがあったら、それこそ父さんも母さんも正気じゃいられなかったろう」

　言葉尻が湿っていた。父親の口からこんな言葉を聞くのは初めてだったので、ひどく戸惑った。

「よく、生きていてくれた」

死んだ方がマシだと思ったが、口には出さなかった。

「無責任に聞こえるだろうが、ランナーとして生きてきた今までよりも、これからの人生の方がずっと長い。栄光や幸せなんて一つきりじゃない。それをゆっくり探せばいいじゃないか」

やっぱり無責任だと思った。トラックで汗や涙を流したことのない人間だから、そんなことが口にできるのだと思った。

それでも輝夫の言葉は胸に沁みた。

「父さんは偉い人間じゃないが、お前よりは長く生きているから知っている。道を間違える人間は、大抵自分の感情に負けて、昏い心に食い潰されていく。お前は、決してそんな風になっちゃいけない」

ひび割れた心の襞（ひだ）にゆるゆると潤いが戻る。引き裂かれていた傷口が塞がっていく。

憤怒と安寧。

狂気と平穏。

相反する感情が反発し合い、縺れながら沙良の中を駆け巡る。どんな顔をして何を言えばいいのか分からない。沙良は父親の胸に顔を埋（うず）めたまま、口を堅く閉じた。開けばどんな情けない言葉が洩れるか見当もつかなかった。

いや、分かっていることもある。

今の自分は泰輔を憎んでいる。彼に対する憎悪で辛うじて精神の均衡を保っているのだ。

憎むべき相手は目と鼻の先にいるというのに、手が出せないでいる。

尚も怒濤（どとう）のように渦巻く感情で、沙良は眩暈（めまい）がしそうだった。

4

「やっと来たか。待ってたぞ」

一課の刑事部屋に入るなり、犬養隼人（いぬかいはやと）は麻生（あそう）から声を掛けられた。この上司がこういう言い方をするならば、用件は事件以外に有り得ない。

「浅草仲見世通りの先で殺しだ。すぐに行ってきてくれ。現場には先に高千穂（たかちほ）を向かわせた」

仲見世通りといえば昔ながらの小店舗が軒を連ねている場所だ。浅草寺を中心とした観光スポットでもあり、発生する犯罪の多くはひったくりや窃盗事件で占められていた。

「あの辺りで殺しというのは珍しいですね。強殺（ごうさつ）（強盗殺人）ですか」

「詳細はまだ俺も聞いていない。だが現場は一般住宅で、殺されたのはその家の長男らしい」

犬養自身、浅草には何度か足を運んだことがある。あの下町情緒残る界隈（かいわい）での殺人に微かな違和感を覚えたが、結局下町であろうが高級住宅街であろうが人の集うところに愛憎は絶えないということなのだろう。

とにかく全ては死体を見てからだ——現場の詳しい住所を聞き取ると、犬養は地下駐車場に向かった。

土産物屋が立ち並ぶ通りを直進すると、ちらほらと一般住宅が点在し始めた。現場となった家は警官やら野次馬で人だかりができているので、すぐに分かった。スレート葺（ぶ）きの平屋で、玄関の前辺りを動き回っているのは所轄署の捜査員たちだろう。

「ああ、犬養さん」

相棒の高千穂明日香(あすか)が目敏(めざと)く犬養を見つける。

「まるで見計らったような臨場ですね。ちょうど今しがた検視が終わったところですよ」

どこか皮肉めいた物言いは明日香独特のものだ。もっとも組んで間もないこの相棒が自分のことを好いていないのも自覚している。

「検視は誰だ」

「御厨(みくりや)さんです」

馴染みの検視官なので、それだけでも気が楽になった。

「被害者はこの家の息子だってな」

「相楽泰輔、二十歳。母親千鶴との二人暮らしです」

犯行時刻や状況の詳細は殺害現場で確認すればいい。被害者について最低限の情報を確認して、犬養は玄関脇に作られたブルーシートのテントに向かう。明日香も遅れずについてくる。

テントの中に入ると御厨の背中が目に入った。その足元に横たわっているのが被害者の身体だ。

「お疲れ様です」

犬養が回り込むと、御厨は目だけで返事をする。

「えらく綺麗(きれい)なホトケだぞ」

挨拶も抜きに御厨はいきなり話し始める。犬養は腰を下ろし、しばし瞑目(めいもく)してから死体に掛けられていたシーツを剥がす。のっぺりとした成人男性の上半身。ちょうど心臓辺りに数センチの傷が一つだけついている。なるほど綺麗な死体だ。

「死因は凶器の刃物で胸部をひと突き。それが致命傷になっている。創口を見る限り、成傷器は有尖片刃器。それも刃背の狭い薄刃のものだ。刺創の整鋭さからカッターナイフのような形状だと思われる。解剖しなければ断定はできないが臓器はさほど損傷されていない。大量失血によるショック死だな」

つまり現場は血の海ということか。

「争った形跡がないから一瞬だったんだろう。刃先が薄くて鋭いから、大した力がなくともひと突きで心臓に達することができた」

「凶器は発見されましたか」

「鑑識の話ではまだらしいな」

「死亡推定時刻は」

「昨夜、つまり七月十七日の午後十一時から翌十八日の午前一時までの間、というところだ」

「深夜帯ですね」

「熟睡していたところを急襲されたんじゃあ、争う暇もなかったろうな」

それきり言葉が続かないのは、語るべき所見がないからだろう。

改めて死体を見下ろす。短軀で腹はでっぷりとしている。きっと覚醒していたとしても機敏な動きはできなかったと推測される。

「検視官、それ以外は」

「特にない」

司法解剖しても新発見は多く見込めない、というニュアンスだった。

殺害現場は左手奥の部屋だった。犬養は明日香を従えて通路帯を渡る。開かれたドアから中が覗けた。

八畳ほどの部屋はひどく雑然としている。机上のパソコン周りにはジャンクフードの袋とペットボトルが散乱し、床の上はパソコンの周辺機器で足の踏み場もない。いや周辺機器のみならず、かなり広範囲に血溜まりが形成されている。失血によるショック死という御厨の見立ても、なるほどと納得できる。

本棚にはパソコンの専門雑誌とコミックが並び、他にはラジコン玩具の箱が積み重ねられている。偏見と詰(なじ)られるだろうが、所謂(いわゆる)典型的なオタクの部屋だった。

鑑識に紛れて背を向けていた捜査員の一人が犬養たちに気づく。所轄の強行犯係とはよく顔を合わせるが、振り返った男とは初対面だった。

「警視庁捜査一課の犬養です。こちらは高千穂」

「お疲れ様です。浅草署交通課の柏葉といいます」

「交通課、ですか」

思わず犬養は訊き返した。殺人現場に交通課の刑事が臨場するなど、普通では考えられない。まさか部署違いの捜査員まで動員しなければならないほど、浅草署は人手不足なのだろうか。

こちらの戸惑いを顔色で読んだのか、柏葉は弁解がましく言う。

「交通課の人間が何でしゃしゃり出て来るんだってのは承知してますが、まあちょっとした特殊事情がありましてね。それは後々説明しますよ」

第一印象が実直そうな男なので、犬養もしばらく付き合うことにした。明日香も異論はない様子だった。

「死体発見者は母親の千鶴です。千鶴は牛丼のチェーン店で深夜帯のバイトをしていまして、帰宅したのが今朝の六時三十分。浅草署への通報が同四十分。尚、玄関は施錠されたままでした。犯人はこの部屋の窓から出入りしたものと思われます」

柏葉の視線を追って窓を見る。北側のサッシの腰高窓にはクレセント錠が備えつけられているが、開錠されて窓も全開になっている。家屋同士が接近しており、窓の向こう側はすぐ隣宅だった。

「母親が発見した際も全開でした。窓の外および室内には下足痕(ゲソコン)も残っています」

窓の下に撥ねた血痕が認められる。それを指摘すると、柏葉は澱(よど)みなく応えた。

「この通りの出血ですからね。犯人が返り血を飛び散らせたか、あるいは凶器から血が滴り落ちたのでしょう」

「ガラス切りとかで無理やり開錠した様子はありませんね」

「ええ。母親の話ではあまり施錠する習慣はなかったようです。しかし被害者は窓を閉めていたらしく、エアコンはずっと稼働していました」

「何か盗られたものがありましたか」

「母親にも見てもらったんですが……その、金目のものが置いてある部屋ではありません。またオモチャの類は数が多過ぎて、何か盗られたものがあるかどうか母親には把握できないそうです」

犯人が物盗り目的で窓から侵入したところ、被害者と出くわしてこれを殺害、慌てて侵入口の窓から逃走した——咄嗟に浮かんだのはそういう状況だが、納得できない点が多々ある。まず、どれだけ迂闊な犯人であろうと、狙いを定めた家は下見をするものだ。それにも拘わらず家人の寝室から侵入しようとするのは理屈に合わない。わざわざ発見してくれと言っているようなものだ。

いや、そもそも物盗りが目的ならばもっと金回りのよさそうな家を狙うはずだ。ところが相楽家はお世辞にも富裕層の住まう家には見えない。

「強盗については疑わしい点が多い……そうお思いですよね。交通課のわたしだってそう思います。実際、浅草署の人間で、今回の事件を物盗りだと思っている刑事は一人もいやしません」

引っ掛かってくれと言わんばかりの物言いだった。

「被害者は浅草署の有名人でしたか」

「死体になって発見されるまでは加害者だったんですよ」

それから柏葉は、二カ月前に相楽泰輔が人身事故を起こした事実を告げた。

「折も折、検察では起訴の方針を固めた直後でした。危険運転と認められずとも、きっちり人身事故として責任を取らせる。そうでなければ、事故に遭って片足を失った被害女性に申し訳がなく、また社会秩序の安寧に支障を来す。これは浅草署交通課と検察庁の共通認識でした」

「女性が片足を失った？」

聞きとがめたのは明日香だった。

「ええ。実業団の陸上部に所属する女性で、この家の隣に住む幼馴染ですよ。世界を狙える選手だったというのに、相楽泰輔がその可能性を潰してしまった」

「隣同士で加害者と被害者か。さぞこの二カ月、反目は凄まじかったんでしょうな」

「何しろここの母親ときたら一切を弁護士に丸投げして、一度も被害者たちと会おうとしませんでしたから。息子の保釈金は借金してでも工面するのに、相手方に賠償金を支払うつもりはないらしい」

言葉の端々に非難めいた響きが聞き取れる。交通課の刑事としては思うところがあるのだろう。

「わたしが殺しの現場に来ているのも、一つはそれが理由です。被害者とその家族の事情を知悉しているのなら、情報を提供してこいと言われました」

柏葉は犬養を正面から見据える。被害者の無念を知る警察官の目だった。それがおそらく柏葉をここに向かわせた真の理由なのだろう。

「犬養さん、これは怨恨の線が極めて濃厚です。相楽泰輔という人物は、恨まれても仕方のない人間でした」

「それにしては無念そうですね」

「当然です。相楽はこんな死に方をしてはいけなかった。こうなる前に、ちゃんと自分の犯した罪を償って欲しかった」

「第一発見者の母親に会えますか」

「別室に待機させています。どうぞ」

柏葉の先導で二人はキッチンに移動する。中央に置かれたテーブルに母親らしき女性が顔を突っ伏していた。

「先ほどまで取り乱していまして、やっと落ち着いたところなんです」

千鶴はゆらりと顔を上げた。化粧気がなく、まるで生気が感じられない。夜勤明けで疲れた挙句に息子の死体を発見したのだから、この憔悴ぶりも仕方のないところだろう。

「警視庁の犬養といいます。ご心労のところを申し訳ありませんが、息子さんの遺体を発見された時のことを詳しく……」

「あいつらを今すぐ逮捕してください」

「えっ」

「泰輔ちゃんは隣の市ノ瀬の家族に殺されたんです。そうに決まってます」

犬養を見る目は焦点が合っていなかった。狂気とまではいかないが、憑かれたような怪しさがある。

「相楽さん、落ち着いてください」

「あ、あたしが仕事から帰って来て部屋の様子を見に行ったら、泰輔ちゃんがあんなことになっていて……」

「様子を見に行って？　でも朝の六時半ですよ。どうしてそんな時間に様子を見るんですか」

「あたしが外に出ている間に、またクルマでどこかに出掛けていないかと心配だったんです」

「五月に人身事故を起こしたばかりと聞きましたが」

「泰輔ちゃんは乗り物が大好きで……無免許だからと駄目だって、あたしがいくら叱っても言うことを聞いてくれなかったんです」

話を聞いていると、殺されたのが二十歳の成人男性だとは思えなくなってくる。まるで聞き分けのない子供ではないか。

「ご近所はあたしのことを過保護だとか何だとかうるさく言いますけど、主人が死んでからというものあたしの家族はあの子だけなんです。愛情のありったけを注いで何が悪いって言うんですか」

我慢できなかったのか、柏葉が割り込んできた。

「しかし、ものには限度というものがあるでしょう。彼は無謀な運転でひと一人の人生を台無しにしたんだ。その罪を償うように諭すのが、母親の役目じゃなかったんですかね」

「あの子は繊細過ぎて、とても警察の横暴な取り調べや裁判所の無慈悲な扱いには耐えられなかったんです！」

横暴な取り調べに無慈悲な扱い。どちらの言葉に反応したかは不明だが、柏葉は苦々しげに千鶴を見下ろす。

「それなのに市ノ瀬の家族は逆恨みして……確かに泰輔ちゃんが少し乱暴な運転をしたかも知れないし、そのとばっちりで沙良ちゃんが大怪我をしたのは済まないと思ってます。だけど、だからと言ってウチの子が殺されていいはずがないじゃありませんか！」

いきなり千鶴は犬養の手首を摑んできた。

「刑事さん、泰輔ちゃんを憎んでいるのは隣の家族だけです。その他にあの子のことを憎んでいる人なんて誰もいないんだから、きっとあの家の誰かがやったに違いありません。今すぐ逮捕してください。お願いします！」

後半の言葉は嗚咽交じりだった。

「もちろん犯人検挙には全力を尽くします。たとえそれが誰であっても」

犬養としてはそう言うより他になかったが、千鶴は満足そうに何度も頷いてみせた。

「ところで泰輔さんは保釈されてからは、ずっと家から出なかったのですか」

そう尋ねると、千鶴はわずかに顔を曇らせた。

「それは……あたしも仕事で家を空けていることが多いから、たまには外の空気を吸いに出掛けることもあったんじゃないでしょうか。何といっても二十歳の大人なんですから」

やれやれ、今度は大人扱いときたか。

「保釈されたってことは、あの子がそんな悪人じゃないって裁判所が認めたんですよね？　それなら近所を出歩くことなんて何でもないじゃないですか」

犬養の質問の意図は、被害者となった相楽泰輔が外出した際に犯人と接触した可能性だった。ところが千鶴は何を勘違いしてか、徒（いたずら）に感情を昂らせている。

被害者の行動に関しては地取りで詳細を詰められる。初動捜査の段階で一人の証人に振り回されてもいられない。

犬養は千鶴からの聴取を切り上げると、迷うことなく隣の市ノ瀬宅に向かった。千鶴の要望はともかく、相楽泰輔に殺意を抱く人物なら話をしない訳にはいかない。柏葉に水を向けると、彼も同席すると言う。

家には母親の利律子と娘の沙良がいた。隣近所に話の内容を聞かれるのは嫌だと、三人は居間に通された。

最初に沙良を見た時、犬養はその風貌からネコ科の動物を連想した。とにかく身体中、どこにも無駄な肉がついていないのが服の上からでも分かる。それだけに左膝下からの義足がひどく違和感を放っている。どれほど精巧に造られた義足でも、生身とは雲泥の差なのだろう。目を泣き腫らしており、ぷんと焦げた臭いがする。

中学から陸上ひと筋。柏葉の話では日本代表となる可能性を秘めた選手だったという。彼女にとって左足を失うことは鳥が羽を捥がれることに等しい——そのくらいの想像力はある。

問題は、その絶望が殺意に転化するかどうかだった。

「殺された相楽泰輔さんとは幼馴染だったそうですね」

「それはその通りですけど、あまり口を利いたことがありません。中学の途中からは碌に顔も合わせませんでした」

「隣同士ですよね」

「生活する時間帯が違っていたら、たとえ同居していてもなかなか顔を合わせませんよ」

沙良の言い方にはどこか棘があるが、言っていることに間違いはない。

「事故の直前でさえ、運転席の泰輔くんがわたしを見ていたかどうか分かりません。事故後も彼が見舞いに来たことは一度もありませんでした」

「彼には誠意がなかったと?」

「誠意なんて要りません」

「先方は和解にも応じようとしなかったそうですね」

「賠償金だって別に欲しくありません」

「ほう」

「足さえ返してもらったら何も要りません」

冷徹な言葉が犬養の胸を刺す。ちらと柏葉の顔を窺うと、彼もまた痛みを覚えているようだった。

最前から観察しているが、およそ沙良は感情を表に出さない。これは生来のものなのか、それとも左足を失った衝撃で感情が麻痺しているのか、あるいは犬養を警戒しているのか。

「その相楽泰輔さんが殺害されたのは、もうご存じですよね」

「はい。朝、それで起こされました」

「これは形式的な質問ですが、昨夜の午後十一時から午前一時までの間はどこにいらっしゃいましたか」

「その時間なら普通寝てますよね。わたしも両親も布団の中で熟睡していたはずです。あ、こういうのって家族の証言は役に立たないんでしたっけ」

「いえ、そんな時刻に家族以外の人間と一緒にいる方が少ないでしょうね。ところでその時間帯、相楽さん宅から何か聞こえませんでしたか。争う声とか、物を壊す音とか」

沙良は利律子と顔を見合わせるが、やがて二人とも首を横に振った。先に答えたのは利律子だった。

「わたしは熟睡していて、そんな音には気づきませんでした」

「わたしの部屋の向かい側が泰輔くんの部屋になっているんですけど、わたしも聞いた憶えがありません」

では、寝込みを襲われた相楽は叫び声一つ立てずに刺し殺されたことになる。

次に犬養は意地の悪い質問をぶつけてみた。

「相楽さんに激しい恨みを持つ人物に、心当たりはありませんか」

沙良は無表情のままだったが、利律子の方は明らかに動揺していた。

「わたしは知りません。少なくともご近所で泰輔くんを気味悪がる人はいても、憎む人はいなかったんじゃないかと思います。憎まれるほど近所付き合いをしていませんでしたから」

「あなたはどうなんですか。自分の左足を奪った彼を憎いとは思わなかったんですか」

犬養はあたりの空気が固まるのを感じた。敢えて確かめはしないが、おそらく明日香も柏葉も表情を凍りつかせている。

「近所に訊き回ったらどうせ分かることだから言っちゃいますけど、病院から帰った日、わたしは窓を開けて大声で泰輔くんを罵りました。あなたを恨んでやる、毎日毎日呪い続けてやる、あなたなんか死んでしまえって」

「沙良！」

「でも、その夜だけでした。もう、彼のことを憎んだり恨んだりというのはありません」

その言葉にも大きな違和感があった。

「ひどくあっさりとしていますね」

「父に窘められたんです。他人を責めたところで結局は自分が惨めになるだけだって。本当にそう思いました」

「それであなたは収まるのですか」

「収まるも何も、泰輔くんを憎んだところでわたしの片足が戻ってくる訳じゃありませんから」

犬養は沙良の真意を探ろうとするが、あまり上手くいかない。元より女の心を読む機微に欠けている。

「お邪魔しました。またお伺いすることがあるかも知れませんが、その際はよろしく」

一礼して母娘に背を向ける。後から明日香と柏葉が忙しなく追いかけてきた。

「犬養さん、今の質問は如何かと思いますよ」

家の外に出ると、真っ先に柏葉が抗議してきた。

「容疑者に犯行動機を訊ねても、正直に答える者は少ないでしょう」

「そうかといって訊かない訳にもいきません。それに返事如何で性格を探る一助にもなります」

「確かに彼女には動機があります。いや、最有力の容疑者と言ってもいい。しかし犬養さん、あなたは大事なことを忘れていますす」

柏葉は沙良の代弁者のように言う。

「犯人は泰輔の部屋の窓から侵入し、彼を刺してから、また窓を乗り越えて逃走した。そんな真似、片足のない彼女には到底不可能でしょう。泰輔と対峙し、一撃で仕留めることも同様に不可能です」

「わたしも同意見です」

明日香もこれに割り込んできた。

「沙良さんが玄関から居間まで移動するのを後ろから見ていましたが、まだ義足に慣れてなくて覚束ない足取りでした。あれでは犯行なんてとても無理です」

「別に彼女一人を疑っている訳じゃない」

犬養がそう答えると、二人は納得した様子で矛を収める。

だが犬養は二人の様子を見て更に考えを進める。身体に障害を負った者は犯行が不可能、というのは一種の思い込みであり、盲点でもある。ここに陥ると、本来は見えるはずのものが見えなくなってしまう。

その後、鑑取り（かんど）によって情報が掻き集められたが、その内容は沙良の証言と大きく変わることがなかった。

以前より相楽泰輔は自宅に引き籠もり気味で、たまの外出といえば憂さ晴らしのドライブとちょっとした買物だった。部屋にあったラジコンのオモチャも屋内で操作し、外に持ち出すことさえなかったらしい。従って近所との接触がない分、彼に特別な感情を抱く住人はいないという沙良の言葉は正しかった。

浅草署の捜査員は地取りにも奔走したが、これも目ぼしい成果は挙げられなかった。十五日の夜、沙良が泰輔に向けて叫んだのを耳にした住人も一人や二人ではない。しかし十七日の夜、相楽宅から怪しい物音を聞いた者は誰一人いなかったのだ。また現場付近の仲見世通りには複数台の防犯カメラが設置されているが、そのどれにも怪しい風体の人物は写っていなかった。また浅草署管内の警官が総出で現場付近の排水溝を浚（さら）ってみたが、凶器と思しきものは未だ発見されていない。

そして一番被害者を恨んでいるはずの容疑者は、肉体的な問題で犯行は不可能――。

だが犬養は、何故か沙良を容疑者リストから外す気になれなかった。

二　萎縮する足

1

人を殺すのに刃物は必要ない。ただ希望を奪ってやるだけで、人間は内側から死んでいく——。

最近、沙良はよくそんなことを考える。宗教や自己啓発に目覚めた訳でもないのにそう考えるのは、自分の内部が壊疽しかけているのを日々実感しているからだ。

自宅に戻ってから三週間目の月曜日、沙良は職場に復帰した。初日は利律子がタクシーを手配してくれようとしたがそれを断り、以前と同じく電車通勤することにした。復帰一日目くらい大事を取ればいいのにと利律子はこぼしたが、沙良は胸の裡で言い返す。

特別扱いされること自体が嫌なのだ。普通に扱われない度に、左足の障害を意識してしまう。どうしてそれを分かってくれないのだろうか。

ただ、沙良が予想したよりも現実は寛容ではなかった。

自宅から浅草駅までの数百メートルを歩くのがひと苦労だった。元より身体能力は人一倍あるが、それでも松葉杖を突きながらの歩行は予想以上に体力を消耗する。

それよりも精神的にきつかったのは、近隣住人の目だった。

「よお、沙良ちゃん。おはようさん」

「あら、沙良ちゃん。退院していたのね。よかった」

「おう、沙良ちゃん。元気そうで何よりだな」

商店街の人たちは以前と変わらぬ声を掛けてくれるが、沙良は彼らが必ず下半身から目を逸らしていることに気づいていた。だから折角の挨拶もひどく白々しく聞こえてしまう。向こうにしてみれば気遣ってくれているのだろうが、その視線と言葉が尚更心に突き刺さる。

浅草駅にはエスカレーターが設置されているが、乗り口に向かうには階段を使わなければならないので、沙良は改札階まで続くエレベーターに乗る。同乗したのは手荷物を重そうにぶら下げた老婦人だった。沙良がハンドバッグを小脇に抱えているのを見て「お嬢さん、大丈夫？」と声を掛けてきた時には、思わず苦笑しそうになった。

通勤ラッシュはもっと苦痛だった。後ろから押されるようにして電車に乗り込むと、ドア付近で立たされることになる。沙良としては目の前にバーが伸びているので、摑まっているだけで身体への負担はずいぶん軽減されるのだが、目の前に座っていた初老のサラリーマンは沙良を見るなりバネ仕掛けのように立ち上がった。

「どうぞ」

断るのも失礼なので頭を一つ下げて席を譲ってもらう。優先席の前で松葉杖を突いていれば、老人でも立ち上がってくれるかも知れない。こうしたマナーも傍目からは清々しく映るのだろうが、当事者には痛し痒しであることを沙良は身をもって知った。ズボンを穿(は)いているので左足が義足であることは気づかれていないようだが、もしそうと分かれば反応もまた違ってくるのだろう。

電車を乗り継ぎ、会社の最寄り駅で降りる。ここでもまた人波に押されるように移動する。乗降客がまばらな時間帯なら周りも配慮してくれるのだろうが、ラッシュ時にはそんな余裕もなく、何人かが松葉杖や沙良の身体に接触していく。不安定な体勢なので、それだけで身体がよろける。駅のホームは障害者への対応がされている方だと思っていたが、当事者になってみると万全とは思えなくなる。

自分が障害を負ったせいなのか、以前なら見逃してしまう場所にも注意が向く。たとえば駅構内の点字ブロックだ。競技大会の遠征でカートを引きながら移動する際、この点字ブロックが邪魔でしようがなかったものだが、今はできるだけ傷つけまいと避けるようになった。

自分という人間はどれほど浅はかなのだろう。こんな身体にならなければ障害者の気持ち一つ理解できなかった。これくらい、ほんの少しの想像力さえあれば分かることなのに。

そして愕然とする。自分はもうすっかり障害者の立場で物事を捉え、考えているのだ。

会社に到着すると、玄関先に立つ警備員が早速複雑な表情をみせた。もう何度も見たから知っている。これは無視するかひと言労(いたわ)るかを迷っている顔だった。

「おはようございます」

それだけ言って通り過ぎる。普通の顔で普通の挨拶をする——それが復帰一日目の沙良の課題だった。

西端化成は元々繊維を扱う企業だったが、近年ではエレクトロニクスや医薬品といった分野にも進出している。沙良の所属は広告宣伝二課で、各種媒体への出稿を担当する部署だった。

広宣二課のオフィスに顔を出したのは始業五分前で、既に同僚のほとんどが出社していた。ここでも沙良は憐憫と好奇の視線に晒（さら）される。

「大変だったね、市ノ瀬さん」

最初に声を掛けてきたのは高原（たかはら）課長だった。沙良が治療経過を報告しようとすると、高原は自分から席を立って近づいてきた。

「あああああ、そのままそのまま」

ひどく慌てたように沙良を席に座らせ、近くの椅子を引き寄せる。

「もう大丈夫なんですね」

「ええ」

「副島さんから話は聞いています。これからはフルタイムで……」

「ええ、そうです」

「もし何か支障があるようだったら、すぐに言ってくださいよ。わたしたちが万全の態勢でサポートしますからどうか安心してください」

「……ご迷惑をおかけするかも知れませんが、よろしくお願いします」

沙良は頭を下げながら胡散（うさん）臭い印象を払拭できない。親切そうな物腰だが、高原は本音を口ではなく顔に出す男だ。部下に喋る内容はもっぱら社内規定と社是を引き写したものでしかない。

そんな男から万全の態勢だのサポートだのと言われても、安心などできるものか。

西端化成の広告媒体はテレビCMをはじめ雑誌・ポスター・車内吊り広告・ウェブと多岐に亘る。広宣二課の仕事は各々の出稿量と支払いの確認、そして消費者アンケートの集計だった。この二つのデータを摺り合わせ、検証することで次期の出稿量が決まってくるので、正確さと分析力を要求される。

沙良に与えられた仕事は各種データを入力し資料として纏めるものだった。単純作業の部分が多く、それこそ派遣社員やパート社員と仕事のレベルは変わらない。いや、陸上部に在籍していた頃は午前シフトだったから、単に労働力という点では彼らよりも劣っていたと言える。

それを実感したのは昼休みを挟んで午後二時を過ぎた頃だった。

単調な作業に頭と指がついてこない。療養期間での空白も理由なのだろうが、パソコン画面を前に思考と指が止まる。

フルタイムの勤務はこれほど負担になるものだったのか。沙良は作業を五分中断し、また再開して五分作業することを繰り返した。

そのうち高原が見かねたように声を掛けてきた。

「市ノ瀬さん。今日はその、仕事始めみたいなものだから。無理しないで、途中で切り上げてくれて構いませんよ」

親切心なのか、それとも障害者に対する過度の配慮なのか。いずれにしても沙良の神経を逆撫でする言葉だった。

「いいえ、全然大丈夫です。ちゃんと終業までできますから」

そう答えて、また中断と再開を繰り返す。沙良自身は全力を投入しているつもりだったが、周囲の視線が次第に冷ややかに変わっていくのも如実に感じていた。

それから終業の六時まではまるで一日のように長く感じられた。パソコン表示の時刻を確認して終業ボタンをクリックする。これで復帰初日は何とか終了した。

「お疲れ様でした」

「お疲れ様でした」

フロアのあちらこちらから声が上がる。そのほとんどは契約社員とパート社員のもので、正社員の多くはまだ残業がある。

沙良はすっかり重たくなった身体を松葉杖で起こして更衣室に向かう。フルタイムに慣れるまで、当分定時帰宅になりそうだった。

帰宅ラッシュを避けたい気持ちもあったが、だからと言って喫茶店で時間を潰す気にもなれない。結局、朝のラッシュと同様の気分を味わって沙良は自宅へ戻った。利律子からあれこれ詮索されるのが嫌だったので、「ただいま」と言うなり、自分の部屋に閉じ籠もった。

部屋着に着替えてからベッドで大の字に伸びる。

ふと今までのことが全部嘘のような気がして、自分の足を見下ろした。

しかし義足はやはり義足でしかなかった。沙良は一瞬でもそんなことを思った自分が情けなくなる。

会社でフルタイムを働いて、改めて身に沁みた。パソコンを前にデータ入力しているのは自分であって自分ではない。走ることだけが沙良の存在証明だった。右足と左足に沙良の魂が宿っていたのだ。

だから左足を欠損した時、沙良の魂の一部も同時に欠落してしまった。会社にいても心がどこかに飛んでいたのは、おそらくそのせいなのだろう。

義足を見ていると破壊衝動を覚えた。

まずい、と直感した。このままでは自傷行為に出るかも知れない。

沙良はクッションに顔を押しつけて視界を遮る。

そのままいっそ消えてしまいたいと思った。


翌日、沙良は会社を休んだ。

高原に体調が優れない旨を電話で伝えると、二つ返事で了解がもらえた。躊躇いの片鱗すらない返事は、職場での沙良がどんな評価であるかを物語っている。

欠勤を告げると、利律子もそれが当然のような返事をして台所に引っ込んだ。

陸上部をお払い箱になり、職場では戦力外と見做(みな)されている。自分にはどこにも行き場がない。

今更ながら失ったものの大きさに茫然とする。片足や魂だけではなく信頼まで失くしてしまった。まともな社員として扱ってもらえず、家族からも仮病を容認されるような人間はただのろくでなしだ。

駄目だ。

考えれば考えるほど悪い思考回路に入っていく。そうかと言って松葉杖で外を出歩く気にもなれない。見るもの聞くもの触れるものが全て不快になる。

結局、こんな時には誰にも迷惑をかけず暇潰しをするしかない。沙良は腐った気分で自室のテレビをつけた。

朝のニュース番組はイジメによる中学生の自殺と中国人観光客の度外れな買物風景を映し出していた。それぞれ社会に何らかの影響を与える話題なのだろうが、沙良には関係のない事象でしかない。

毛筋ほどの関心も持てないまま眺めていると、そのテロップが目についた。

『〈ブレード・ランナー〉は今』

次の瞬間、映し出されたものに沙良の目は釘づけとなった。

短髪の外国人がトラックを疾走している画だった。二十代後半、精悍(せいかん)な顔立ちに隆々とした筋肉が印象的な男性アスリート。

だがそれよりも目を引いたのはその両足だった。彼の足は両方とも膝から下がなかった。足の代わりに身体を支えているのは、まるでスキー板の先端のような形状をした義足だった。

『恋人を銃で射殺したとして殺人容疑を掛けられていた〈ブレード・ランナー〉の異名を持つオスカー・ピストリウス被告の第三回公判が開かれ、事件現場にあった物証の取り扱いに問題があったことから……』

キャスターの声は最後まで耳に入らなかった。資料として流された映像があまりにも衝撃的だったからだ。

接地点で大きく湾曲した義足は、なるほど刃（ブレード）のように薄い。隆々とした筋肉に比べると、その薄さが尚更目立つ。それで成人男性の体重を支えているのだから、見掛けよりはははるかに強靭（きょうじん）なのだろうが、全体のちぐはぐな印象は否めない。

だが彼の疾走する姿を目にすると、外見のちぐはぐさなど夾雑物（きょうざつぶつ）でしかないと思い知らされる。

その義足はまるでバネだった。地面を駆ける度に主の身体を軽々と宙に浮かせ、まるで無重力空間のように跳躍させる。

沙良は知らず知らずのうちモニターに顔を近づけていた。

オスカー・ピストリウスは美しかった。走る姿は溜息が出るほど神々しかった。

だが、その映像はものの一分足らずで断ち切られた。キャスターが次のニュースを読み始めたからだ。

もう一度見たい。

沙良は卓上のパソコンを立ち上げ、〈オスカー・ピストリウス〉を検索ワードとして入力する。すると、たちまちウェブと画像の検索結果が溢れ出した。沙良はその一つ一つに目を通し始める。

オスカー・レオナルド・カール・ピストリウスは南アフリカ共和国出身のスプリンターだ。先天性の身体障害により生後十一カ月の時、両足の膝から下を切断した。特徴のある義足はアイスランドの義肢メーカー〈オズール〉が製作した物で、素材は炭素繊維であるという。

高校時代はラグビー・水球・テニス・レスリングなどを経験し二〇〇四年から陸上競技に転向、同年九月に行われたアテネパラリンピック男子百メートルで銅メダル、二百メートルで金メダルを獲得した。彼の快挙はそれだけに留まらない。続く北京パラリンピックでは百メートル・二百メートル・四百メートルで三冠を達成し、その後のロンドンパラリンピックと世界選手権でもメダル覇者となっている。その自己ベストを知って沙良は目を剝いた。ロンドンパラリンピック予選、二百メートルで二十一秒三〇。何と沙良の自己ベストより二秒以上も速いではないか。とても両足を失くした選手の記録とは信じられない。驚くべきことに、北京パラリンピック参加の際から健常者レースさえ照準にしていたという。

　ネットの情報ではその後、恋人を殺害した容疑やドーピング疑惑も取り沙汰されているが、沙良にとっては些末なエピソードでしかない。何より興味を惹かれたのは各大会における彼の記録映像だった。

　テレビでは一分足らずでカットされた映像が、ネットではスタートからゴールまでフル収録されている。沙良は瞬きするのも忘れてその映像に見入った。

　オスカー・ピストリウスが走ると義足があまりにも薄いため、膝から下が消失したように映る。その効果と相俟って、並走する選手たちとは異次元の存在となっている。頭があまり上下しないのはストライドが大きく、そして安定している証拠だが、膝下が見えないので滑空しているかのようだった。

　とにかく無駄のない走りだ。義足ながら低い姿勢を維持して風を切っていく。鍛え上げられた上半身の動きもさることながら、やはり特筆すべきはその身体全体を支える競技用義足のしなやかさだろう。離陸の瞬間には本当にバネを内蔵しているかの如く跳ね上がっている。

　沙良は何度も疾走場面を反復して観た。そして観る度に震えを覚えた。空を飛ぶように走る。まるでギリシャ神話に登場するアキレスそのものではないか。

　オスカー・ピストリウスの象徴的な言葉も知った。

『You're not disabled by the disabilities you have, you are able by the abilities you have.（障害によって不可能なのではなく、自身の能力によって可能になるのだ）』

障害によって不可能なのではない――健常者が口にすれば白々しく聞こえる言葉だが、両足を失くした男が語る言葉には重みと信憑性があった。

沙良は改めて自分の下半身を眺めた。

片方だけ膝下の欠けた足。

だが彼よりは数段恵まれている。

それなのに腰から下についた贅肉はいったい何だ。たった二カ月あまりの入院生活で筋肉が落ち、代わりに脂肪が増えて醜悪な形になった。これは野を駆ける捕食動物の足ではない。狭い畜舎をうろつくだけの家畜の足だ。

闇の中に一条の光を見出した気がした。

もちろん世界記録保持者と自分を同一視するような世間知らずではない。二百メートルの世界で二十一秒三〇という記録がどれほど高みにある数字なのかは、説明されるまでもない。

だが一方で、両足を欠損した人間でもその高みに上れるという事実が沙良の胸を躍らせる。

希望はある。

ただ見えなかっただけだ。

それからしばらくの間も、沙良はずっとオスカー・ピストリウスの走りに見惚（みと）れていた。

いつしか彼の姿に自分の姿を重ね合わせる。

あの足さえあれば。

あの義足さえあれば、自分はまた風になれるかも知れない。

利律子が呼びに来るまで、沙良は昼過ぎになっていたのも気づかなかった。


「障害者スポーツだと」

翌日、沙良の訪問を受けた副島は、話を聞くなり渋い顔をした。

「ええ。西端化成陸上部の名前で大会にエントリーして欲しいんです」

「二カ月半ぶりに部室へ顔を出して、いきなり話を聞いてくれというのがそれか」

「障害者スポーツなら、またわたしは陸上に戻れます。トップを目指すことも不可能じゃなくなるんです」

昨日、オスカー・ピストリウスのことを知ってから自分なりに障害者スポーツについて調べてみた。昨今、パラリンピックへの注目度が高まり、日本人のメダリストが輩出されたことも手伝って障害者スポーツの認知度も上がってきた。参加する選手たちは有力なスポンサーを獲得し、中には車椅子テニスの国枝慎吾(くにえだしんご)選手のように海外でも名を知られる選手も出始めている。

「メダルに手が届くようになれば、必ず西端化成にも貢献できます。部長に頼んで障害者部門を新設してください」

沙良は深々と頭を下げる。副島はコーチ兼任監督だ。監督の口から具申があれば陸上部の部長も無下にはできないはずだった。

まず陸上部に復帰し、障害者部門で徐々に記録を伸ばしていく。将来的にはオスカー・ピストリウス並みの記録に迫れたら、やがては一般競技を視野に据える。

沙良が注目したのは競技人口の少なさと、障害の軽重によってクラス分けされるシステムだった。片足だけのハンデなら、陸上経験の長い自分には有利に働くのではないか。メダルへの距離もさほど遠くないのではないか——そんな計算が働いていた。

副島は渋い表情のまま、二度首を横に振った。

「お前の気持ちは分かる。焦るのも理解できる。だが、少々現実を甘く見てやしないか」

予想していた通りの反応だった。対応はもう考えてある。ここは沙良の意地を見せるのみだ。

「副島コーチならわたしの実力も性格も知っているはずです。今まで以上に練習もします。それに二百メートルなら、身体が走り方を憶えています」

「そうか。だったらアスリートが二カ月半も練習を止めたら、元の調子に戻るまで何年かかるかも承知しているな?」

一瞬、沙良は言葉に詰まる。

「……練習量を増やせば……」

「スポーツは科学だ。無闇に練習量を増やしたところで効果がないのは教えたはずだ。それに、これはお前の運動能力がどうこう以前の問題だ」

「運動能力以前の問題って何ですか」

「障害者スポーツについては、俺だってひと通りのことは知っている。だが、それは俺やお前がアスリートの世界の住人だからだ。最近でこそトップ選手が名前を知られるようになったが、あくまで天辺(てっぺん)の一人か二人だ。国内よりはむしろ海外での方が有名なくらいで、裏を返せば国内の認知度はたかがその程度ということだ」

副島の言っていることは間違いではない。

「欧米と違い、この国では障害者は負のイメージで固定化されている。それが障害者スポーツの普及や認知度を停滞させている一因だ。お前一人の活躍で国民感情そのものを変革させる自信があるのか」

これにも沙良は言葉を返せない。

「認知度がなければ会社だって予算を計上しない。企業がスポーツにカネを出すのは、社名ロゴの入ったユニフォームが全国ネットで流れるからだ。テレビ中継もされないような種目にカネは落ちない。もう一つの理由は、実業団の費用は福利厚生の一環として経費で計上でき税金対策にもなるからだ。スポーツ振興も同様。世知辛い話だが、それが現実だ。しかしお前は知らんかも知れんが、西端の業績だって決して順風満帆て訳じゃない。海外の低コスト商品に押されて、繊維部門の収益がガタ落ちになっているのは、お前だって知っているだろ」

沙良は無言で頷く。いくらスポーツ枠で入社しても、広告宣伝の部署に籍を置く者ならその程度の現状は把握している。

「障害者スポーツといえども記録を狙うのなら、義足も競技用を用意しなきゃならん。その単価がどんなものか知っているか?」

「ちょっと調べたら二、三百万。海外製品だともっと……」

「えらく高価だよな。それなのに選手が活躍する場面はなかなかテレビに映らない。宣伝効果を前提に考えれば大金をドブに捨てるようなものだ。そんなものに、青息吐いている会社がカネを落とすと思うか」

副島の口調は次第に同情の響きを帯びてきた。

「高価な義足だけじゃない。義足装着の上でスプリントに挑むのなら、俺とは別のトレーナーなりコーチが必要になってくる。国内大会の遠征費用も渡航費用も一般スポーツとは別計上になるだろう。その他一切合財をお前のポケットマネーで工面できるというのならともかく、今の会社の懐具合を考えれば可能性はゼロだ」

「で、でも」

「お前の根性は俺が一番よく知っている。だが、これはお前一人が頑張れば何とかなるような話じゃない。執念は認めるが、それは違う方面に向けた方がいい」

肩に手を置かれた。以前に比べて、ひどく遠慮がちな感触だった。

「残酷なことを言うようだが、こういうのは病名の告知みたいなものだからはっきりしておいてやる。少なくとも、もうトラックの上にお前の居場所はないんだ」


副島が親切心から沙良を切ったのは十二分に承知していた。向こうが沙良を知っているのなら、沙良の方も副島の人となりを知っている。

だが親切であろうとなかろうと、切られれば痛いことに変わりはない。沙良は血の出るような胸を抱えたままオフィスに戻る。

ところがオフィスにも刃が待ち構えていた。

「ああ、市ノ瀬さん、ちょっと」

高原が声を掛けてきた。それだけではなく別室に誘導された時点で、はや悪い予感がした。歓迎されていない人間にする内密な話に碌なものはない。

「身体の具合はどうなんですか」

高原は眉一つ動かさずに訊いてきた。

「もう大丈夫だと言ったはずですけど」

「うーん、一応リハビリは終了しているんですよね」

「はい」

「それでも傍から見ていると、やっぱりしんどそうで。一昨日も後半の作業は休み休みだったじゃないですか」

「すみません。あの日は集中力が切れてしまって……」

口に出してから、しまったと思った。これでは相手に口実を与えてしまうようなものだ。

果たして高原はここぞとばかり言葉を続けてきた。

「ほら、以前の市ノ瀬さんだったら集中力が欠けることなんか有り得なかったじゃないですか。まだ身体が本調子でない証拠ですよ」

抗弁しようとしたが、高原の勢いがそれを許さない。

「本調子ではないのに無理をしたら後で祟(たた)ります。一度シフトについて協議した方がいいでしょうね」

「シフト……ですか?」

「いきなりフルタイムではなく、六時間勤務とか、午後の五時間だけとか。慣れるに従ってフルタイムに戻していけばいいんです。もちろんその間はシフト勤務の給料になりますが、無理をして身体を台無しにすることに比べればずっと賢明でしょう」

「……考える時間をいただけますか」

「ああ、どうぞどうぞ。でも二課全体の勤務体系に関わることなので、今週中に回答してくださいね」

満足そうに結論づけると、高原は沙良を残してさっさと姿を消してしまった。沙良の身体よりは、二課全体を心配している態度がありありと表れていた。

以前、同じく二課で鬱病を患った同僚がいた。二十代で線の細そうな男性社員だったが、彼も日毎に勤務時間が短くなり、半日出社を続けるうちに退職してしまった。後で先輩社員から得た情報によれば、病気がちで戦力外と見做された社員は勤務時間を短縮させて周囲から隔離させるのが会社の常套手段なのだという。つまり自己都合で辞めさせるための方便なのだ。

最初に聞いた時には、陰湿なやり口よりも辞めた社員の脆弱さを密かに嗤ったものだった。それが我が身に降り掛かるなどとは露ほども想像していなかった。

あの時嗤った自分が、今は自分を嗤っていた。

2

「まだ新展開はないのか」

麻生が苛立ちを隠そうともせず近寄って来た。普段、刑事部屋に人がいないのはこのせいではないのかと犬養は勘繰る。

発生からはや数週間が経過したというのに、相楽泰輔殺害事件の捜査は早くも暗礁に乗り上げていた。麻生の焦燥も理解できるが、ねちねちと愚痴られる方は堪ったものではない。

「現場に残っていた下足痕、もう照合は取れているんだろう」

「駄目でした」

犬養は間髪容れずに答える。

「鑑識が検出したのはマスプロのスニーカーでした。同種の製品は中国で製造されていて、扱っているのも激安の靴屋にスーパーと幅広く、エンドユーザーを絞り込むのはまず不可能です。念のために相楽宅から同種のスニーカーは発見されませんでした」

「下足痕から犯人のおおよその体格は推測できるだろう」

「室内と窓の外に残っていましたが、室内の床は硬質のフローリングであったために平面足跡のみ、窓の外に一つだけあった立体足跡も窓から侵入した際に体重が移動したせいか土壌深くに沈んでいません。体格の推定までには至っていません」

「窓の外に一つだけ？」

「家と家の間ですからね。雑草が生い茂っていてまともな足跡が他には見当たりません」

「不明指紋」

「検出されませんでした。現場に残っていたのは被害者とその母親のものだけでした」

「現場の状況から、犯人は大量の返り血を浴びたはずじゃなかったのか。一つくらいは目撃情報があるだろう」

「現場周辺は観光地ですからね。大抵の土産物屋は十九時に閉店、深夜零時を過ぎれば人通りは極端になくなります。着衣の色によっては返り血も紛れてしまう可能性だってあります」

「凶器！」

「浅草署と合同で、ぶっ通しで探していますが、まだ見つかっていません」

「捜査員を百人近く投入して、まだ発見できないのは……」

「犯人が持ち帰った可能性が捨て切れませんね」

一般に殺人などの凶悪事件を起こした犯人は、現場近くの川に凶器を捨てることが多い。川ならば下流に流されることもあるので捜索に手間取るという先入観があるからだ。

現場近くには隅田川が流れている。吾妻橋の上からでも放り投げれば片がつく。捜査する側も先刻お見通しだから隅田川の川浚いは徹底的に行った。

それでも凶器が発見できないのであれば犯人が持ち帰った可能性が浮上するが、その場合は犯人像が絞られてくる。

「つまり、物盗りの線はますます薄くなるってことか」

「ええ。実際、被害者の部屋から金品の類が盗まれた証言はありません」

「お前は、依然として市ノ瀬一家の怨恨説なのか」

「何しろ被害者を一番恨んでいますからね」

「三人家族。だが相楽に片足を奪われた当人は犯行不能。疑っているのは夫婦のうち、どちらだ」

「本当に犯行不能なんでしょうか」

するとと麻生は身を乗り出してきた。

「お前は市ノ瀬沙良が、あの身体で犯行に及んだというのか」

「相楽は寝込みを襲われていました。要は部屋の窓から気づかれずに侵入できたかどうかです」

犬養は捜査資料を繰って、現場の窓を外から撮った写真を取り出す。

「地面から窓の桟までの高さは一メートル四十センチ。市ノ瀬沙良の身長が百六十八センチですから、地面に立つと窓の下が鎖骨辺りにくる計算ですね」

「窓から侵入するにはまず両手でよじ登る必要がある。左足を欠損した彼女にそれが可能か？」

「それを探ってます」

「予断じゃないのか」

「いいえ。可能性の一つとして捨て切れないだけです」

麻生には説明していないが、犬養が沙良を容疑者リストから外せないのは可能性以外にもう一つ理由がある。

あの目だ。

特に犯罪者の目をしているという訳ではない。

隠し事をしているかどうかも犬養は読み取れない。

それでも一度見たら忘れられない特徴的な目をしていた。自分の神から見放された信者のような昏い目をしていたのだ。正直、足を奪われたアスリートがどれほどの絶望に苛まれるのか、陸上競技と縁遠かった犬養には想像する術もない。だが絶望の深さと憎悪は比例するというのが、犬養の持論だった。

「司法解剖でも御厨検視官の見立てが正しかったことを証明しただけで、犯人の特定につながるような新事実はなかったしな……そう言や、被害者の母親はどうしている？」

「どうしているも何も、ずっとあの家に住んでいますよ。最近じゃ閉じ籠もって、なかなか外出もしていないそうです」

「市ノ瀬の家族が犯人だと騒いでいたらしいじゃないか。仇がいる家の隣に住み続けるっていうのは相当神経に障るだろうな」

それは市ノ瀬の家も同じだ。相楽泰輔が殺害されるまでは、逆に市ノ瀬の家族が彼を憎んでいた。家同士が憎悪し合う構図は今に始まったことではない。そして両家とも資産家ではないのでおいそれと引っ越しもできず、これから先も顔を突き合わせながら生活を続けることになる。

ふと気づいたように麻生が顔を向ける。

「お前が市ノ瀬家に疑念を持っている理由はそれか」

「班長が指摘された通りですよ。仇の隣に住み続けていたら相当神経に障る。憎悪が増幅され、殺意が芽生えたとしても少しもおかしくありません」

「市ノ瀬の家に凶器が置いてあると思うか」

「五分五分ですね。ただ家族の誰かが犯人だとしたら、凶行の後いったん川かどこかに凶器を捨てて家に逃げ帰るというのは二度手間です。事件発生からこの方、現場周辺には捜査員の目が光ってますから、おいそれと始末することもできません。自宅に置いたままというのは充分考えられます」

問題は家宅捜索の令状が取れるかどうかだが、現状では両親も沙良も容疑者と特定する証拠が揃っていない。裁判所に請求しても令状が取れる可能性は極めて低いだろう。

「せめて現場から誰かの指紋でも出れば、やりようがあるんだがな」

「それは難しいでしょうね」

犬養はゆるゆると首を振る。

「あれは典型的なオタクの部屋でした。オタクというのは、他人はもちろん親兄弟も、いや下手をすれば自分の指紋さえ嫌うヤツが多いですからね。鑑識に訊いたら部屋のあちこちに指紋を拭き取ったような跡が散見されたんですが、これは本人が日常的にやっていたことらしいですから」

麻生は聞こえよがしに舌打ちしてみせた。

そろそろ上司への報告を苦痛に感じ始めた頃、救いの手が差し伸べられた。

市ノ瀬宅周辺に張りつかせていた明日香からの電話連絡だった。

『高千穂です。動き、ありました』

「はい、犬養」

「誰が動いた」

『……沙良さんです』

返事に一瞬の躊躇いが聞き取れたのは、犬養の錯覚だったたか。

『今日、会社を休んで外出しています』

またか、と犬養は苦々しく思う。

職場復帰をしたものの、沙良は皆勤にはほど遠い状況だった。二日出勤しては一日休む。最近では出勤しても早退することが続いていた。

沙良が相楽泰輔殺害の犯人であるかどうかはともかくとして、職場復帰を果たしたはずの者から怠業を見せられるのは、あまりいい気がしない。

『行き先は〈舘野製作所〉という工場です。大田区蒲田三丁目○─○』

「工場？　いったい何の用事があって」

『〈舘野製作所〉はスポーツ用義肢を専門に扱っている個人経営の工場です』

スポーツ用義肢と聞いて、沙良への心証がわずかに変化した。見上げたものだ。まだ夢を諦めないつもりか。

「アスリートだった人間が義足になってもスポーツを続けようとするんだ。それほど怪しい話でもあるまい」

『……犬養さん。わたし、工場の人に訊いたんですけど、スポーツ用の義足って相場がどのくらいか知ってますか』

「知らん」

『二、三百万円はするそうなんです』

途端に犬養は刑事の思考に立ち返る。

沙良の父親は普通のサラリーマンだ。利律子を含め相応の蓄えはあったものの、沙良の競技費用と今回の入院・手術代で既に借金をこしらえているという話だった。

「実際に発注したのか」

『はい。左足の寸法を計測して、詳しいオーダーを受けつけたとのことです』

「カネは？　もう払ったのか」

『代金は品物が完成してからですが……現金で支払う用意があるって』

現金で支払う、だと。

俄に話がキナ臭くなった。

「市ノ瀬沙良はどうした」

『現在、帰宅途中と思われます』

「よし、俺もそっちへ向かう。自宅前で合流するぞ」

電話を切って犬養は席を立つ。横で会話を聞いていた麻生は口角を少し上げていた。

「どうやら向こうから馬脚を露したみたいだな」

「馬脚じゃなく、スプリンターの足ですよ」

「市ノ瀬沙良の銀行調査をするのか。照会書出す前に本人の口座を確定しなきゃならんぞ」

「その前に、本人から直接訊き出します」

犬養は刑事部屋を飛び出した。


先回りしていた明日香と待機していると、道路の向こう側に沙良の姿を見つけた。明日香の報告通り、移動には電車と足を使っているらしい。タクシーさえ使わない者が惜し気もなく高額な義足を発注するのは、やはりちぐはぐな印象を拭えない。

「市ノ瀬さん」

こちらに向いた顔を見て、犬養はおやと思った。

絶望に彩られていた昏い目が、今はいくぶん明るくなっている。

「今、お話ししてもよろしいですか」

「拒否したら今よりもっと疑われそうですね」

「何ならご自宅に伺いましょうか」

「立ち話で結構ですよ。こんななりですけど、立っていること自体に支障はありませんから」

犬養としては話を近所に聞かれるのを懸念しての提案だったが、沙良本人が言い張るのであれば仕方ない。

「どちらにお出掛けでしたか」

「義足を注文してきました」

沙良は躊躇なく答える。

「今使っている義足では、まともに走ることができませんから……どうせ、もう調べているんでしょう?」

「スポーツ用の義肢を専門にしている製作所らしいですね」

「ええ」と言いながら、沙良は自分の左膝下を見下ろす。

「この義足では立って歩くことしかできません。わたしにとって、走ることができない足なんて足と呼べません」

いささか好戦的な口調が生来のものなのか、人身事故以来のものかは分からないが、不思議に不快感は覚えない。

「わたしも最近知ったんだけど、障害者スポーツの世界ではとても有名なメーカーなんです。パラリンピックのメダリストにもユーザーがいっぱいいるんですよ」

「走ることに特化した義足、ですか。興味がありますね」

「ちょっと見、とても義足には見えないと思います」

　沙良は少し声を弾ませて、肩に掛けていたバッグの中からパンフレットを取り出した。犬養は差し出されるまま目を落とす。

　パンフレットに紹介されていたのは、刀身を湾曲させた形状のもの、太い心棒にスキー板が接続されたもの、自転車のペダルにそのまま連結できるものと多彩だった。そして、そのどれもが医療用の義足とはまるで別物に見える。

　工業製品の場合は特に顕著なのだが、機能性と美観はしばしば相反する要素になりやすい。機能性を重視すればするほど、その製品はデザイン性から乖離していく。従って各々の用途に特化した義肢が異形になっていくのはむしろ当然と言える。

　だが犬養が注目したのは形状の異様さだけではない。製品写真の下に記載された価格は最低でも百万円からとなっていた。

「ずいぶんと高価なんですね」

「一般の義肢はソケット部分がフィットすれば事足りるんですけど、競技用の場合には選手の身体機能にも合わせないといけません。義肢の性能だけがアップしても使いこなせないから。完全にオーダーメイドの世界ですよ」

「あなたの義足にはいくらかかるんですか」

　そう訊かれた途端、沙良の顔は強張った。

「市ノ瀬さん、またスプリントに挑戦するつもりですよね？　このパンフレットを拝見する限り、スプリント用の義足は最低価格が二百万円台になっている。基本性能が上のものなら、当然これよりも値が張るでしょう。まさか西端化成が購入してくれるんですか」

「刑事さんには関係ないことです」

　沙良はむっとしたように返す。

「わたしがどうやっておカネを工面するか、事件と何の関わりがあるんですか」

「わたしが、ということはやはり会社が支援してくれる訳ではないらしい」

「もう、いいでしょうか。わたし、先を急ぎますので」

　パンフレットを半ば強引に奪い返し、沙良は松葉杖を突いて家の玄関に急ぐ。背中で会話を拒否された形の犬養と明日香は、それを見守るしかなかった。

「どうして犬養さんは女性相手になると、ストレートな尋問になるんですか」

　明日香は呆れたように詰る。

「あれじゃあ彼女を怒らせるだけじゃないですか。義足購入資金の出処を確かめるのが目的でしょう」

「少なくとも西端化成陸上部が関与していないことは分かった。発注時に現金支払いを明言しているから、手許に現金のある可能性が高い。それだけでも出処はかなり絞られる」

「新たな借金でしょうか」

「自宅に張りついていて見慣れない第三者が訪問したことはなかったな」

「はい」

「仮に自宅を担保にしてカネを借りるとしたら、与信担当者が物件を見にくるはずだ。それがないとなれば、新たな融資を受けたのでもなさそうだ」

もちろん後から不動産登記を調べるつもりではいるが、犬養はその判断に自信を持っている。

「ノンバンクからの担保のない借り入れというのも有り得ますよ」

「その可能性も薄い。今は総量規制がかかっているから、最高でも年収の三分の一しか借りられない。二十歳になったばかりの女子社員の年収を考えたら、とてもじゃないがあんな高価な義足を買うだけのカネは借りられない」

「それじゃあ……」

「相楽泰輔の母親は、盗られたものはないと証言したが、母親の知らない現金があったかも知れない」

犬養は犯行現場を思い出す。

「あれは典型的なオタクの部屋だった。オタクってのは毎日素うどん啜ろうが、自分の好きなものにはゼニカネ惜しまない連中だからな。本人と幼馴染にしか分からない現金の隠し場所があったのかも知れない」

「彼女が強盗殺人をしたというんですか」

明日香は非難めいた視線を向ける。職業的判断というよりは、人間観の相違からくる反発だろう。

そして犬養は唐突に思い至った。

しまった。

何故、こんなことを今まで失念していたのか。

「……代理人は誰だった」

「えっ」

「相楽泰輔が人身事故を起こした後、母親が弁護士を雇っただろう。損害賠償に関わる話だ。当然、委任を受けた弁護士は泰輔の財産一切合財を把握していたはずだ」

事故発生の時点で泰輔には刑事と民事両方での訴訟が取り沙汰されていた。裁判になる前に本人が死亡してしまい顧られることがなくなったので、すっかり弁護士の存在を関係者リストから外していたのだ。

「今すぐ弁護士に照会をかける。何ていう弁護士だった？」

明日香は慌てた様子で首を振る。

「捜査資料には、なかったと思います」

「ヤツが起こした人身事故の資料にはある」

犬養はその場で浅草署の柏葉を呼び出した。

「警視庁の犬養です」

『ああ、犬養さん』

「急な質問で申し訳ありません。相楽泰輔が事故を起こした後、母親が雇った弁護士の連絡先を教えてもらえませんか」

返事が一瞬、遅れた。

「柏葉さん？」

『その弁護士が殺人事件に関与しているんですか』

「それも含めての捜査です」

『有名人ですよ』

柏葉の言葉には明らかな侮蔑が聞き取れた。

『弁護士というのは大抵警察の敵方だけれど、そいつは別格扱いです。言わば天敵ですよ』

「誰なんですか、いったい」

『御子柴礼司弁護士です』

3

会社に復帰してちょうど三週間が経過した日、沙良は高原の前に進み出た。もう松葉杖を突かなくても普通に歩くことができるようになっていた。最近では高原も慣れてきたのか、沙良が立ち上がっても自分の方から歩み寄るような真似はしなくなった。

「お世話になりました」

そう言って、沙良は高原の前に封筒を差し出した。

表には〈退職届〉とペンで認めてある。こういう文書にペン字が相応しいかどうかは知らないが、沙良なりに心を込めて書いた文字だ。恥ずかしいとは思わない。

高原は目を瞠ったが、それも一瞬だった。

「おお、治療に専念するんですね」

まるでそう決めつけるような言い方をするのは、あくまでも自己都合で退職するという体裁にしたいがためか、それとも自ら行使した有形無形の圧力をなかったことにしたいためか。どちらにしても同じことだ。

治療に専念するためなら休職という手段もある。それを上司である高原が口にしないのは、沙良を慰留する意思など毛頭ないからだろう。

「えっと、市ノ瀬さんは有給が確か……」

「ええ、もう使い果たして残ってないはずです」

「じゃあ、早速引継ぎしなきゃいけませんね」

「大丈夫ですよ」

元々、引継ぎしなきゃいけないような仕事を任されていませんでしたから——とは口にしなかった。

「多分そんなにかかりませんから」

皮肉に聞こえるかどうかぎりぎりと思ったが、高原は一向に気にしていない風だった。

「それなら、市ノ瀬さんに縁のある陸上部の人たちにも声を掛けて、盛大に送別会をしないといけませんね」

「いえ、それも……お気遣いなく」

沙良はあまり拒絶口調にならないように留意して、頭を下げる。少なくとも職場の足手纏(あしでまと)いのような形で辞めるのだ。盛大にされればされるほど自分が惨めになるような気がする。

以前、同僚が辞めた時の送別会も記憶に新しい。送別会というのはただの名目であり、結局は職場の人間の飲み食いを経費で計上したいための行事に過ぎなかった。その証拠に周囲が会社の悪口で盛り上がっている中、主賓であるはずの男性社員は始終所在無げに座っていただけではないか。あの席に今度は自分が座らされる光景を想像しただけで、気が滅入る。

それも含めて会社員の義務だ、という意見も聞いたことがある。しかし、それは耐えることで人格を形成できる者の金言だ。少なくとも沙良にはまだ必要ない。

「すぐ次にすることが待っているので時間に余裕がなくて。本当にすみません」

そうですかあ、と高原は未練がましく引っ張る。

実際、引継ぎ事項も多くはなく、小一時間ほどで全てが終了した。その呆気なさが会社での沙良の存在感を物語っているようで、やはり情けない。しかし、逆に後腐れもない。

人事課や以前世話になった先輩社員たちに挨拶すると、彼らは一様に驚いてみせたがすぐ納得するように頷いた。誰もが片足を失くした沙良の価値を正確に把握しているようだった。

貸与されている制服は洗濯し、社員証やハンドブックとともに返却しなければならない。また退職に伴う書類諸々も提出するため、明日一日出勤することになるが、それで本当の最終出勤になる。

諸々の手続きを終える度にどんどん身軽になっていくようだった。昨日までどことなく煩わしいと感じていたことが一つずつ外れていく。

会社員という身分、西端化成という帰属から離れることは色々な制約から自由になることだ。しかし同時に自分を護ってくれるものからの決別だ。今まで想像もしなかったが、自由というのは決して誇れるものではない。むしろコミュニティーから追放された孤独という意味合いが強い。

しかしそれでもいい、と沙良は思う。もう一度トラックに立てるのなら、もう一度風になれるのなら、どこを追放されてもいい。看板も声援も要らない。

定時で会社を出た沙良は電車を乗り換えて蒲田駅で下車する。蒲田小学校を過ぎてしばらく歩いていると、やがて〈舘野製作所〉の看板が見えてきた。

舘野製作所を知ったのはネット検索でだった。オスカー・ピストリウスのニュースから競技用義足に俄然興味を抱き、国内でオスカーが使用しているような義足を製作している企業を探した。すると東京都内に該当する企業が見つかったのだ。

「ああ、市ノ瀬さん。いらっしゃい」

沙良の顔を見るなり、社長の舘野が柔和な笑みで出迎えてくれた。零細企業の技術屋といった風情だが、頑迷や狷介(けんかい)さとは無縁の男のように見える。

「ご注文の品、予定通りに完成しています。早速装着してみてください」

もちろん沙良の方に否やはない。これが楽しみだったから、退職に関わる煩雑な手続きにも我慢できたのだ。

舘野の後について作業場へ行くと、サンプルの展示された棚から少し離れた場所に長方形の箱が置いてある。

「さ、どうぞ開けてみて」

恐る恐る蓋を開けてみる。中から現れたのは異形の義足だった。

鳥の嘴(くちばし)のような銀色の突起。その下側から薄い刃が伸びて内側に弧を描いている。

斬新なデザインだと思った。

義足本来の目的は欠損した部分の外見を元通りにすることだ。だから今使っている義足は健常な方の足に似せて作られている。一方、目の前にある競技用義足はその目的から完全に逸脱している。走るためだけに考案された形状と材質――だが、それは別の美しさを放っている。

しげしげと義足を見つめる沙良の横で、舘野は少し誇らしげに話し始める。

「足首の機能を取り入れようとすると、どうしても義足の接地部分はこのような板バネになるんです」

「ええ、わたしもネットで見ました。例の〈ブレード・ランナー〉もそうですよね」

「日常的に使う義足とはコンセプト自体が違いますから。だけど本物の足とは別の観点からデザインを追求しています。言ってみれば欠損した部分を隠すよりも、堂々と機能を強調することで別の美しさを演出したつもりです」

「ここで装着して構いませんか」

「どうぞどうぞ」

四肢の切断面を日頃から見慣れている舘野は、眼前で沙良が義足を着脱するのを見ても眉一つ動かさない。

ソケットは足の断端が密着する全面接触式だった。これは納得がいく。ソケット内部に隙間があればあるほど、接地時や離陸時の感覚にタイムラグが生じるからだ。一方、全面接触式では断端の形状変化に対応できない憾みがあるが、舘野はソケット内部の素材を工夫することでその欠点を克服していた。

装着した瞬間に驚いた。今までの義足の半分ほどの重さしかない。義足を持ち上げた時には拍子抜けするくらいだった。

「躯体部分は全て発泡ウレタンになっていますからね。言ってみれば余分な脂肪を削ぎ落とした、機能のみの足ですよ」

　壁に背中を預けながら、ゆっくりと立ってみる。

　そしてまた驚いた。断端部分を通じて、接地面がバネのように弾力を生じているのが分かる。底にバネのついた靴を履いたような感覚だった。

　慌てたのは、健常であるはずの右足が逆にひどく鈍重に感じられることだ。試しに一歩歩くと、その違いがより鮮明になる。生身の足では接地の度に身体が沈むようだが、競技用義足の場合は反発するように左腿が浮き上がる。

「装着後の違和感はどうですか」

「あの、何て言ったらいいのか……まるで膝から下が全部バネになったみたいです」

「接地した部分の路面状況を逐一伝えてしまうのは、競技内容によっては良し悪しがあるかも知れませんね。接地時の衝撃が義足の芯(しん)を伝わって、断端面に過大なショックを与えてしまう。足の裏や膝というのはそうした衝撃を吸収するショック・アブソーバーとして、とてもよくできているのですよ。その機能を完璧に再現するには、まだまだ技術開発が必要です」

　舘野の説明は文字通り痛いほど分かる。ただの義足では歩く度に、自分の重さを断端面で実感するからだ。

　舘野の製作した競技用義足は板バネの接地面が極小であるものの、確かに路面の情報を余すところなく伝える。しかし沙良がこの義足で挑むのは舗装されたトラックだ。凸凹道や固いアスファルトを走るよりは衝撃も少なくて済むだろう。

作業場の端から端までを何度か往復したが、使い心地は最高だ。未知の感覚に戸惑いが残るが、これは早晩消滅する類のものだ。

「でも具合はすごくいいです。走ってみないと分かりませんけど、義足が身体と一体化しているような気がします」

「微調整が必要ですから、走って違和感があるようでしたら、またご連絡ください」

もう一度装着具合を確認してから、沙良は義足を付け替える。新しいオモチャを得た子供の気分だが、さすがに競技用義足のまま電車に乗るような真似はしない。

だが、見れば見るほど心が浮き立つ。自制心が邪魔をしなければ、これを装着して往来を駆け抜けたい気持ちだった。

「よかったら品物は郵送でお送りしますよ」

持ち帰りたいとも思ったが、さすがに義足一体を担いで家まで歩くのは困難なので、申し出に従うことにした。

「じゃあ郵送代を」

「それくらいサービスさせてもらいます」

「有難うございます。では代金をお支払いします」

沙良は予め伝えられていた現金の入った封筒を舘野に渡す。

競技用義足代金、税込3,024,000円——。

退職金自体は来月末に振り込まれるが、その全額を注ぎ込んでも到底足りる額ではない。

家に帰ってから退職手続きを取ったことと新しい義足が完成したことを報告すると、利律子は暗い顔のまま頷いた。

「どうせ西端化成にいても、辞めさせられるのは時間の問題だったのよ」

利律子の落胆顔が自分への失望に思えたので、つい口にしてしまった。

「わたしが厄介者だから、結構露骨なやり方で追い出しにかかっていたし」

「はっきり辞めろって言われた訳じゃないんでしょ」

「そんなこと言えばパワハラだから。だから態度でそれとなく追い込んで、自発的に辞めさせようとするのよ」

「でも大企業って、障害者を一定の割合で雇わなきゃいけないんでしょ。だったら我慢して会社に居続けてもよかったじゃない」

利律子は拗（す）ねたように言う。

ああ、またかと沙良は思う。

娘のことを考えているのは分かる。自分に向ける愛情の度合いも知っている。しかし、だからと言って自分の生き方にあれこれと口を差し挟むのは勘弁して欲しい。自分の思い通りの人生にならなくなっても、その責任を親に取ってもらうつもりなど毛頭ない。

「それに退職金のほとんどを新しい義足に注ぎ込むだなんて。ロボットじゃあるまいし、義足にそんな大金かけたって、前と同じに戻る訳ないじゃないの」

両親には競技用義足の金額を正確に伝えていない。ただ『退職金がほとんどなくなる』程度と言ってあるだけだ。

「前と同じになるなんて言ってないじゃないの。前と同じような気持ちで走れるって言ったのよ」

「誰が参加費用を払うの？　誰があんたを競技場まで運んでくれるの？　ずいぶん勢いよくお勤め辞めちゃったけど、明日からどうするのよ。そんな不自由ななりでハローワーク通って、今まで以上に条件のいい就職口を見つける自信でもあるって言うの」

不自由ななり、というところでかちんときた。

「ごめんなさいね、お荷物な娘で」

しまった、と思ったが、もう止められなかった。

「失業者でおまけに障害者だから二重の意味でお荷物よね。でも安心して。新しい義足を買ったけど、まだ少し蓄えが残ってるから。今までみたいに月に一度おカネ入れるわよ。それとも、お荷物だからいっそのことわたしをほっぽり出す？」

すると利律子は大層傷ついたような顔をして、台所の方に消えてしまった。咄嗟に謝ろうとしたが、先に痛い言葉を投げて寄越したのは利律子だったのを思い出して口を噤んだ。

ごめんなさい、と胸の中で呟く。

大して相談もせずに退職を決めてしまったことも、高額な義足を購入したのも全て沙良の一存だった。やはり重大事を決める際に相談をして欲しいというのは、親として当たり前の気持ちなのかも知れない。

でも相談する訳にはいかなかった。

相談すれば必ずカネの話になるからだ。今も尚、両親は自分のために借金返済に追われている。

これ以上カネの問題で二人を困らせるつもりはなかった。

二日後、沙良は台東(たいとう)リバーサイドスポーツセンターに向かった。昨日の貸与物返却で会社との縁は完全に切れたので、今日からはまた練習に専念できる。

もちろん最初からトラックを走るような無謀な真似はしない。まず歩行訓練、徐々にスピードを上げて、以前の感覚を取り戻していく。

更衣室で競技用義足に履き替えてグラウンドに立った。左膝下がスキー板のようになっている足を見た他の利用者は、ぎょっとして立ち尽くす。中には慌てて目を逸らす者もいるが、根っ子にある感情はきっと同じものだ。憐憫と同情、そしていくばくかの好奇の集中砲火を浴びながら沙良は歩いて行く。

これが日常生活に使用する義足なら、こうまで注目されることもなかったに違いない。やはり競技用義足は初めて目にする者にとって異形なのだ。慣らし運転のようなものだからズボンを穿いてもよかったのだが、敢えて衆目に晒したのは、沙良自身が見られることに免疫をつけておこうと考えたからだ。

だが反応は予想以上だった。

「何だよ、あの足。カッケー」

「すげえ」

「サイボーグみてえ」

周囲からの低い囁(ささや)きが耳に入ってくる。揶揄(やゆ)の言葉ではないのに、大きく聞こえるのは沙良の意識が過剰なせいだろう。

　予想以上なのは周囲ではなく、自分の反応だったことに改めて気づいた。日常生活で片足の欠損を見られるよりも、競技場でそれを注視されることの方が数段恥ずかしく思える。やはり自分にとってはアスファルトの上よりもトラックの上が生きている場所なのだ。

　歩いていると、板バネの接地部分が足首の機能を持っているのが実感できる。体重を地面に伝え、その反発力で身体を持ち上げる。接地時の衝撃は膝に伝わる前に分散されていく。

　失って初めて分かることは多い。沙良の場合はそれが足の構造と役割だった。ただ闇雲にタイムを縮めようとしていた頃には考えてもみなかったことが、いちいち皮膚感覚で迫ってくる。

　歩く時に一番負担の掛かる部位はどこか。

　片足を離してから接地するまで、どのように体重移動が行われるのか。

　沙良はトラックの外縁を歩きながら、その一つ一つを確認していく。

　高価なだけあって、競技用義足は使えば使うほど身体に馴染んでいくようだった。足の底がバネになったような感覚は相変わらずだが、不快なものではない。むしろ、もっと躍動しろと義足から命じられているようでもう片方の足がむずむずし出す。

「やっぱりあれで走るのかな」

「走るだろ。ああいう義足、テレビで観たことがある」

「見るからに、走るのに特化した形だよな」

　周囲の囁きは徐々に驚きから期待に変わっている。期待が高まっているのは沙良も同様だ。このまま走ればどんな疾走感を得られるのか、早く試したくて仕方がない。

トラックの外縁を一周する頃には、新しい義足にも慣れてきた。ギャラリーの言う通り、走ることに特化しているためか、ただ歩くだけではどうしようもなくもどかしい。

そろそろ頃合いだろう。

沙良はトラック内側のコースに足を踏み入れた。

その途端、懐かしい慄(おのの)きが身体を貫いた。コンマ一秒にしのぎを削っていた時の緊張感が俄に甦る。

どこまでも平面で舗装されたコースは、ただ立っているだけで興奮をもたらす。走らずにはいられない。コースを歩くのはゴールを切った時とリタイアした時だけだ。

沙良はそろそろと駆け出した。傍目には小走りにしか見えないだろうが、沙良にとっては復活への第一歩だった。

駆け出すと、板バネが接地する度に左足の感覚が戻ってきた。だが、これは切断後に散々苦しめられた幻肢痛とは似て非なるものだ。実体のある接地感、そして断端面に伝わる路面の感触。

沙良は少しずつピッチを上げていく。

ストライドを広げる、身体を前傾させていく。

風の抵抗を受けて体感温度が変化する。手と足が連携しながら身体を前方へ押し進めていく。両足ともに生身の時と比べれば違和感もあるが、風を切っていく感触は以前のままだ。

違和感の一つは板バネの長さだ。接地面が湾曲しているので、先端で地面を蹴るというよりは跳ねている感覚に近い。もう一つの違和感は義足自体が軽いために、両足の動き方に差が出てくることだ。留意していても、つい左足の処理に戸惑う。

だがこの二点は走り込んでいくことで修正可能だろう。それよりも、走る感覚を取り戻せたことが叫びたくなるほど嬉しい。

身体に受ける風が更に強くなった。

まだ五十メートルも走っていないというのに、呼吸が乱れてくる。トラックを走るのが数カ月ぶりでまだ身体が走行モードになっていないのだ。

息苦しい。でも嫌な苦しさではない。

走っていること、肺や心臓を鍛えていることを実感させる苦しさだ。

汗も額を伝ってくるが、これも不快ではない。満員電車や階段の上り下りではなく、身体を絞って出てくる汗だ。

ようやくトラックの半周を通過し、沙良はゆっくりと速度を緩めた。これで約二百メートル。

かつて沙良が二十三秒六四で駆け抜けた距離だった。

いける、と思った。

最初は競技用義足との親和性を探るだけのつもりだった。理想とする姿にはまだ程遠いが、決して不可能でないことは確認できた。

沙良は呼吸を整える。次は全力に近い走りを試してみようと思った。

今走り出した地点が今度はゴールになる。距離は同じく二百メートル。

息を整える。

目標を見定める。

On your marks.

Set.

沙良は心の中で自ら号砲を放った。

Go!

まず義足の方から前に出す。いきなり全体重を掛けてみたが、義足の板バネは楽々と沙良を支えてくれる。

コーナーを回る際、わずかに逡巡（しゅんじゅん）したせいで抜け出るのが遅れた。しかし、ここからは直線コースが続く。

左右の重さの違いから、前に出す速度に差が出る。それでも特に痛みはなく、四肢は酷使されることを渇望している。

汗をかいた皮膚がさっきよりも敏感に風を感じる。そして風を切る快感を思い出した。

これだ。

長かった入院生活とそれに続くリハビリ。まるで光明の見えない長いトンネルだったが、それでも潜り抜けられたのはこの快感を意識の底で記憶していたからだ。

もっと速く。

もっと遠くへ。

沙良は重心を前に倒し、直線コースを駆け抜ける。いつも同じ距離を走っていたので、どれだけ全力で走っても以前の記録とは比べものにならないことくらい身体が承知している。しかし、今は持てる力の全てを放出してゴールを目指す。たとえ強靱な足を与えられても、ゴールに向かうのは己の心だ。それができなければ、この競技用義足も宝の持ち腐れにしかならない。

走れ。

走れ。

走れ。

腕を大きく振り、ストライドを大きくする。どうせちぐはぐな走りだから、フォームのことは頭にない。とにかく全力で走り切る。

息が上がってきた。

数メートル先にゴールを捉える。

いよいよラストスパート——その時だった。

不意に左足から力が抜けた。まるでガソリンが切れたエンジンのような抜け方だった。

義足を前に出すことができず、沙良はたたらを踏む。途端に姿勢が崩れ、身体が前のめりに倒れていく。

地面との激突。

衝撃。

しばらくは動けなかった。

ああ派手に転倒したのだと自覚していると、人の駆け寄る気配がした。

「大丈夫ですか」

見上げれば見ず知らずの青年が、心配そうに沙良を見ている。

「怪我、ありませんか」

大丈夫です、と答えながら両手を突いて上半身を起こす。目の前に手を出されたが、右足を支えにして何とか立ち上がった。

「すみません。もう、本当に大丈夫ですから」

そうですか、と青年はどこか不服そうに立ち去る。きっと自分の厚意が無下にされたと思ったのだろう。

沙良はコースを外れた場所で腰を下ろした。転倒時に擦りむいたらしく右肘に擦り傷が残っていた。

だが、痛みよりも悔しさが勝っていた。

左足をしげしげと眺める。

何と非力になってしまったのだろうか。たかが二百メートルの疾走にも耐えきれなくなっている。多少のスタミナ切れは覚悟していたものの、まさかこれほど脆弱になっているとは予想もしていなかった。競技用義足のスペックに生身の身体がついていかない。左足を得た嬉しさで舞い上がっていたのだ。

あまりの情けなさに笑い出したくなる。

タイムの短縮やフォームよりも先にするべきことがある。この数カ月のうちに失われた基礎体力と反射神経を元に戻さなければならなかった。

沙良はスタート地点に視線を移す。走れる義足を手にした嬉しさで、すっかり目測を誤っていた。ゴールはおろか実はスタートするにもまだ早かったのだ。

しばらくトラック走行はせず、体力作りに専念しよう——そう思いながら、沙良はゆっくりと立ち上がった。

翌日から沙良は障害者スポーツセンターに通い始めた。登録制だが障害者に開放されているジムだったので、障害者手帳を提示することで当日から利用できた。

勤めを辞めてしまったので、設備や環境に無尽蔵に費用をかける訳にはいかない。何をするにも個人の資力と責任の範囲内だ。オリンピック強化選手の使用するようなジムは夢のまた夢、こうした公共の施設を使うしかない。

利用者は沙良と同じ障害者なので、義足姿をじろじろ見られないのは楽だった。いくら好奇の目を気にするまいと思っていても、露骨な視線はやはり神経に障る。

ストレッチ台で身体を充分に解してから、ランニングマシンとレッグエクステンションに乗る。汗を流すのではなく、筋力の回復が目的なので延々と両足を動かし続ける。多少なりともスポーツ科学を齧っているので、酷使のみが筋力回復に結びつかないことは承知している。それでも短期間に結果を出そうとする焦りは表に現れるらしく、他の利用者が自分を興味深く見ているのが肌で感じられた。

ある時などは中年男性が親しげに話し掛けてきた。

「お姉さん、頑張るねえ。さっきから見てたけど、ほとんど休んでいないじゃない」

一瞥するとこの男性は右膝下が欠損していた。どうやら同等の障害と知って親近感を抱いたらしい。

「でもねえ、老婆心ながら言っておくけど、無茶したら元も子もないからね」

「……分かってますよ」

「いやいや、分かってないね。若いから多少は無茶しても大丈夫だと過信している。わたしらには何も切羽詰まった事情がある訳じゃない。こういうのは、ゆっくりゆっくりやっていった方がいいんだよ」

「わたしは切羽詰まった事情があるんです。だから多少の無茶もしなくちゃいけないんです」

「そりゃあまたどんな事情かね」

「パラリンピックに出るんです」

「パラリンピック？」

男性は鸚鵡返しに訊いてきた。何かの冗談かと思ったらしく今にも笑い出しそうな表情だったが、沙良の顔を見てそれを引っ込めた。

「わたし、本気なんですよ」

そのひと言で、男性は頭を振りながら立ち去ってしまった。

男性にしてみれば親切心だったのかも知れない。しかし沙良にしてみればお節介以外の何物でもなかった。

パラリンピックの出場資格はオリンピックのそれと遜色がない。
・大会で決められている標準記録を超えること。
・出場を希望している種目で世界ランキングの上位に位置していること。
・世界選手権で入賞すること。
この三つのうちどれか一つを満たしていることが最低条件となる。またパラリンピックでは障害の度合いによってクラス分けがされており、標準記録もそのクラス毎によって異なる。たとえば陸上競技トラック種目（T）で沙良のように脚に義足を装着している者はT４２~４４に分類される。このクラスにおけるリオ・パラリンピック女子二百メートルの標準記録Aは三十秒五〇、標準記録Bは三十三秒〇〇となっている（同一国籍の中で標準記録Aの突破者が数名いる場合は最大三名まで出場。標準記録A突破者が不在の場合は標準記録B突破者一名だけが出場）。つまり沙良の場合、二百メートルを三十秒五〇以内で走り、尚且つ大きな大会で入賞することがパラリンピックへの参加条件となる。

義足でトラックを全力疾走した際、ゴール手前で転倒してしまったが、あのまま走り切ったとしてもタイムは四十秒を切らなかっただろう。それは走った感覚で分かる。パラリンピック出場、いや国内大会での入賞を目指すのであれば、あれから十秒以上縮めなければいけない計算になる。アスリートにとって、タイムを十秒短縮させるなどということがどれだけ無理難題なのかは今更言われるまでもない。

それでも沙良は諦める気にはなれなかった。失ったと思った足を手に入れた。この足で再び飛翔するためには、長い助走が必要になる。助走を支える体力も不可欠になる。

ランニングマシンで三十分、水分補給をしてからまた三十分走る。およそ終わりの見えないトレーニングの中、義足という異物が生身の肉体と一体化していく感触だけがせめてもの救いだった。

4

御子柴礼司という名前は、犬養も耳にしたことがある。実刑間違いなしの案件をことごとく執行猶予つきの判決にさせ、警視庁および首都圏刑事部の担当刑事たちを切歯扼腕させてきた弁護士という話だった。能弁で巧緻、細心で大胆。報酬さえ積めば、どんなに悪辣な被告人の依頼でも引き受けるという悪評だ。

上司の麻生などは弁護士資格を持ったペテン師などと罵っていた。改めて聞いたことはないが、以前の事件でよほど痛い目に遭ったのだろう。いや麻生に限らず、御子柴に相対した刑事は例外なく彼を蛇蝎のごとく嫌っているらしい。

彼らの気持ちは痛いほど分かる。苦労して検挙した被告人を情状酌量で減刑されたり執行猶予つき判決で釈放されるのは、折角釣り上げたはずの獲物をみすみす逃がされるようなものだ。

その弁護士の事務所が東京拘置所と目と鼻の先にあるというのも興味深い。大抵の弁護士は利便性を考慮して裁判所の近くに事務所を持ちたがるものだが、御子柴は未決囚の巣窟の近くにそれを求めた。それだけでもこの弁護士の異質さが窺い知れようというものだ。

「わたしも御子柴弁護士の噂を聞いたことがあります」

覆面パトカーの助手席で明日香がぼそりと言った。

「以前、重大事件の容疑者だったけど少年法に護られて実刑を免れたという話です」

「ああ、その話は俺も聞いた。悪知恵は少年院時代に習得したんだってな。元から賢かったのか司法試験を一発で合格。弁護士の知識と悪党の知恵があれば、そりゃあ無敵にもなるだろうさ」

「でも法外な報酬を要求するので、普通の依頼人は少ないとも」

「その通りだ。何しろ今度の依頼人は既に死んでいるからな。普通の依頼人じゃないことは確かさ」

皮肉で話を締めくくり、犬養は御子柴の事務所にクルマを走らせる。

お互いこういう仕事をしていれば、いつかは相まみえると思っていた。柏葉から今度の事件との関連を聞いた時には、それがいよいよ現実となった感があった。

葛飾区小菅二丁目、保健センター付近の雑居ビルに御子柴の事務所はある。ずいぶんと築年数の経過しているビルで、とても富裕層相手に荒稼ぎをしている弁護士事務所が入っているとは思えない。

古びたドアには事務所名の入ったプレートが掲げられている。中に入ると女性事務員が応対してくれた。

「失礼します。警視庁捜査一課の犬養です。こちらは高千穂。御子柴先生と面談の約束をしていた者です」

「あの、申し訳ありません。先生はまだ依頼人との接見から帰っておりません」

日下部洋子という事務員は心底済まなそうに頭を下げた。

「ちゃんとアポイントは取っておいたんですけどね」

「もうすぐ戻ると思うんですけれど……」

噂を信じる限りは約束を忘れるような粗忽者ではない。逆だ。約束を知っていながら、わざと無視している。

「もうすぐ戻るということなら、ここで待たせていただきましょう。構いませんね？」

犬養は洋子の返事も待たずに、応接セットのソファに腰を据える。すると今度は明日香が申し訳なさそうな顔で日下部事務員を見た。

どうせ待たされるのだからと、犬養は事務所の中を観察し始めた。仕事部屋の様相には持主の主義や嗜好が現れる。本人が到着する前に、それを探っておくのも悪くない。

法律関係の書籍は背の高さを揃えて整然と並べられている。日弁連やらの啓発ポスターは一枚もなく、部屋の隅には観葉植物がひと鉢置いてあるだけだ。ひどく簡素だが殺風景でもない。御子柴のものと見られるデスクの上は更に徹底されており、ファイルひと束紙片一枚すら見当たらない。

その中でただ一つ異彩を放つものがあった。御子柴のデスクの正面に鎮座しているオーディオセットだ。フロア型の大型スピーカーに輸入品のセパレート・アンプとＣＤプレーヤー。オーディオにはさほど詳しくない犬養にも、この事務所の飾りにしては場違いなほど高級な物と分かる。興味が湧いたのでデスク横のＣＤラックを覗いてみると、その全てがクラシックだった。

「御子柴先生はクラシックがご趣味ですか」

問われた洋子は首を横に振る。

「さあ」

「でも、こんなにコレクションがあるんですよ」

「先生が事務所で音楽を鳴らしているのを見たことがありませんから」

まさか高価なオーディオ装置もラック一杯のＣＤも、趣味の良さを演出する小道具に過ぎないというのか——犬養は疑問を一つ、頭の抽斗(ひきだし)に放り込んでおく。

それから待つこと一時間、やっと事務所の主が帰還した。

ドアを開けるなり、御子柴は犬養と明日香を睨(ね)め回す。耳は尖り、唇が薄くて酷薄に見える。表情に乏しく、顔色で相手の感情を読む犬養にも何を考えているか摑みようがない。この表情のなさは生まれつきのものか、それとも弁護士という職業柄培われたものか。

「あなたたちは誰だ」

「電話でアポイントをもらっていた犬養。こちらは高千穂です」

「ああ、警視庁の刑事さんでしたね。まさかずっとお待ちになっているとは予想していなかったな」

受け答えだけで御子柴が非協力的なことが判明した。

それなら強引に協力させるまでだ。

「待ちますとも。それが我々の仕事みたいなものですからね」

「何でも死亡した依頼人の件、だったかな」

「ええ、相楽泰輔です。彼の資産についてお訊きしたいと思いましてね」

「別件で忙しい。既に亡くなった依頼人の話なら後回しにしたいところだが」

「先生は弁護士である前に善良なる市民でしょう。だったら善良なる市民として捜査にご協力いただけませんか」

御子柴は自分のデスクに落ち着くと、犬養を無視して洋子へ指示を伝え始めた。これには、安易な挑発には乗らない犬養もかっとなった。

「先生、わたしの話を聞いてくれませんかね」

「後回しにすると言ったはずだ」

「言い方を変えれば逃げているように聞こえますね」

「逃げる？　何から」

「七月十七日の午後十一時から翌十八日の午前一時までの間、どこにいらっしゃいましたか」

すると、やっと御子柴がこちらに顔を向けた。

「それは何のアリバイ確認だ」

「相楽泰輔の死亡推定時刻ですよ」

「ほう、わたしをまだ疑っているという訳か。言っておくが、その質問は既に浅草署の刑事に訊かれた」

「何と答えましたか」

「その日は神楽坂（かぐらざか）で知人と十二時半まで呑んでいた。神楽坂から浅草の現場まで三十分というのは少し無理があるな」

「知人というのは誰ですか」

「東京弁護士会前会長の谷崎（たにざき）先生だ。あなたも名前くらいは知っているだろう」

一瞬、虚を衝かれた。谷崎完吾（かんご）弁護士、会長職を辞した今もなお東京弁護士会の重鎮とされている人物だ。アリバイの証人とすれば、これほど確実な人物もそうそういない。

「浅草署も谷崎先生の名前を聞いた途端に牙を引っ込めた。高潔な人間と知り合っておくと、こういう時に便利だな」

「しかし微妙なアリバイですね。確かに少し無理はあるが、言い換えれば無理をすれば犯行が可能ということになります」

「その質問が無意味なことは、あなた自身が一番よく知っているはずだ。依頼人を殺して、弁護士に何の利益がある」

「利益がないと仰るからには、相楽泰輔の資産については精査済みだったのでしょうね」

「資産？　ああ、なるほど。彼の資産が殺害動機になったと考えているのか」

合点顔で頷く御子柴を見て、犬養は密かに舌を巻く。何気なく本題に入ろうとアリバイから話を振ってみたが、すぐにこちらの真意を見破られてしまった。敵方であっても、頭の回転が速い人間と話すのは刺激になっていい。

「相楽泰輔は危険運転で隣人の市ノ瀬沙良に障害を負わせました。市ノ瀬家から損害賠償の請求を受け、御子柴先生がその代理人に委任された」

「危険運転じゃない。あれは過失運転だ」

「事故によって市ノ瀬沙良は左膝下を切断しなければならなくなった。手術代・入院費を含めてかなりの金額を請求された。果たして相楽本人に、賠償額を支払えるだけの資産があったんですか」

しばらく犬養を横目で見ていた御子柴は、やがて薄い唇を歪ませた。

「加害者が弁護士を雇って賠償金の支払いに応じようとしない。そこで被害者かその家族が加害者の資産を強奪しようとした……と、そういったところか」

いちいち肯定するのも業腹なので黙っていると、それを見透かしたように御子柴が嗤い始める。

「図星か。だが、あなたはそれも見切っているはずだ。どうせ依頼人の部屋はもう見たのだろう」

「ええ」

「資産を持っている男の部屋に見えたかな」

「いえ。あのオタクの品々に途方もない値段がつくというのなら話は別ですけどね」

「それが回答だ。第一、資産があるのなら、借金してまで弁護士を雇うような真似はしない」

それは犬養も考えた。しかし借金をしてまで御子柴を雇ったのは母親の相楽千鶴であって、泰輔が親にも秘密の財産を有していた可能性は依然として捨て切れない。

「それにしてもいったい御子柴先生を選んだのは相楽泰輔本人だったんですか、それとも母親だったんですか」

「質問の意図がよく分からん」

「失礼ながら先生は報酬が高いことで有名ですからね」

「最近はネットの評判が最大の客寄せでね。あるサイトでは公判での戦績を基にした弁護士ランキングなんてものまであるそうだ。名目上の依頼人は相楽泰輔だが、案外そのテのサイトからわたしの名を知ったのじゃないかな。わたしの報酬は確かに高いが、それ以上に勝率も高い」

そういったサイトは犬養も閲覧したことがある。弁護士の実力を五段階で評価したもので、日弁連から抗議を受けた曰く(いわ)つきのサイトだが、日頃から弁護士に縁のない市民には便利だと重宝がられている。

次に御子柴はこちらを覗き込むようにして訊いてきた。

「強盗目的を疑うということは、容疑者の誰かが急にカネ回りがよくなった……そうじゃないのか」

「質問しているのはこっちですよ」

「質問の趣旨を確認するのは当然の権利だが、まあいい。折角ここまで足を運んだ労力に敬意を表して答えてやろう。相楽泰輔自身に大した資産はなかった。自室に残っていたのはその全てがガラクタみたいなものだ。好き者のオークションに出品したとしても、葬式代にもならない」

この証言を信じていいものなのか——犬養は御子柴の視線を追い、仕草を捉える。嘘を吐く時、男は必ずと言っていいほどその徴候が表情や振る舞いに出る。目を泳がす、顔の一部を手で覆い隠す、貧乏揺すりを始める、鼻をひくつかせる、不自然なほど饒舌になる。

だが御子柴の表面には何の変化も現れない。眉一つ動かず、言葉には緊張も動揺もない。犬養は微かな焦燥を覚える。今まで何千人もの参考人や容疑者と相対してきたが、これほどまでに完璧なポーカー・フェイスを操る人間は初めてだった。

「急にカネ回りがよくなったのは誰なのかな」

「何度も言うようですが、質問しているのは……」

「相楽の人身事故で一番被害を蒙（こうむ）ったのは市ノ瀬沙良だった。何しろ将来のメダル候補とまで言われたアスリートだったらしいからな。一番被害を蒙れば、当然カネに困る。カネ回りがよくなれば一番目立つ」

今まで横でおとなしくしていた明日香が腰を浮かしかけた。御子柴の言説に早くも挑発されたか。ここで話がこじれてもこちらの損になるだけなので、慌てて明日香を手で制する。

「相楽の死後、本人宅や市ノ瀬宅に行かれましたか」

「話す必要はないと思うが」

「損害賠償の弁護人として受任したのであれば、資産の目録のようなものを作られたのではないですか」

「ああ、作った」

「それを捜査資料として提出してもらえませんか」

「断る」

「何故ですか。依頼人の相楽はもう死んでいるんですよ。死んだ人間に個人情報の保護も何もないでしょう」

「確かに死んだ人間に個人情報保護法は適用されないがね、たとえそうだとしても依頼人の利益は護るし、秘密も暴露しない。それが弁護士の職業倫理だ」

この男の口から職業倫理という言葉が出たことに驚いた。ただし筋は通っているので反論もできない。

「ご協力いただけませんか」

「捜査関係事項照会書による捜査協力は、あくまで任意だ。本気で調べたいと思うのなら令状を持ってきてもらいたい。もっとも、それで明らかになる事実は大山鳴動してネズミ一匹になるだろうがな」

憎々しげな口調だが、犬養は挑発を警戒してこれを聞く。

だが明日香を止めるのを忘れた。

「先生は片足を奪われた沙良さんについて、何も感じないのですか」

しまったと思った時にはもう遅かった。明日香は、はや冷静さをかなぐり捨てようとしている。

「メダルを狙える位置にまで上りつめることが、どれだけ困難なのか想像つきますか？　そこまで上りつめて、いきなり撃ち落とされた人間の絶望が理解できるんですか」

「自分の足を奪った人間を呪いたくなるだろう、という程度には想像できる。だが、あくまで想像に過ぎない。人間の本心なんて悪魔にだって分かるものか。それに君の言い方は、その市ノ瀬とかいう元アスリートを愚弄していることに気がつかないか」

「どうしてわたしが彼女を愚弄しているんですか」

「本人の力にもなってやれない癖に、ただ同情するふりをするのは単なる自己満足に過ぎない。自分を善人と思いたいがためのね。本人にしてみれば迷惑以外の何物でもない。第一、君が同情してやることで彼女の足は元に戻るのか。撃ち落とされた人間の絶望とやらを緩和してやることができるのか。それができないのなら、軽々しく他人の不幸を口にするな。軽はずみな同情と軽はずみな虐待は、根が同じだというのを知らないのか」

明日香は言葉に詰まって、御子柴を睨みつける。明日香が口にしたのは感情論であり、御子柴は感情論そのものを否定している。両者が歩み寄る余地は微塵（みじん）もない。

そしてまた、犬養自身が感情の介在を危ぶんでいた。事件の容疑者に余計な肩入れをしていい訳がない。少なくともこの点だけは御子柴の意見と一致する。

「とにかくこれ以上、わたしの方から提供できる情報はない。早々にお帰りいただこう」

これ以上粘っても進展はなさそうだ——犬養もそう判断したので、御子柴の言葉に従うことにした。

「では今日のところはおいとましましょう。高千穂、行くぞ」

明日香がまだ何か言いたそうにしていたので、半ば強引にその手を引っ張った。この上、明日香の悪足掻きを嘲笑されたのでは寝覚めが悪くなる。

帰り際、洋子が深々と頭を下げていた。御子柴の下にいても、まだ毒されてはいないらしい。

クルマに乗り込むなり、明日香は感情を爆発させた。

「何ですか、あれ！　人を小馬鹿にして」

「それがあの弁護士のやり口なんだろう。容易く引っ掛かる方がどうかしている」

「あれでも弁護士なんですか」

「あれだから弁護士なんだ」

敵ながら天晴れと改めて舌を巻く。こちらに喋らせるだけ喋らせて、自分の方からは最低限の情報しか洩らさなかった。おまけに明日香が与しやすそうだと見るや否や、彼女をわざと怒らせて要らぬことまで口走らせた。これは時折、犬養自身が使う手でもある。

「今のは完全にこちらの黒星だ。俺たちが市ノ瀬沙良を疑っているのを見透かされた」

「それがどうしてこちらの不利になるんですか」

「もしあの悪辣な弁護士が相楽殺しに関与していたら、それを利用される可能性がある。いや、こちらが逆手に取るというのもあるがな」

「犬養さんの心証はクロですか」

「限りなくクロに近い灰色だな。だがあの男の場合、それも疑わしい」

「えっ」

「自分をそういう色に粉飾している可能性がある。とにかく何を考えているのか読めん。お前はどうだった。あいつが何か隠し事をしているように見えたか」

問われた明日香は首を振る。

「わたしも全然読めませんでした。あんな人間、初めてです。こっちがどれだけ熱くなっても、相手はずっと冷たいままで……まるで心まで作り物みたいな感じがしました」

いずれにしても今日の面談は単なる初顔合わせでは済まず、してやられた感が強い。次に訪ねる時には相応の対策と準備が必要だろう。

では何を準備するべきか——そう考えていると、胸の携帯端末が着信を告げた。

液晶表示を見ると発信元は麻生だった。

「はい、犬養です」

『今、どこだ』

「相楽泰輔の代理人弁護士を訪ねてきたところです」

『あのクソ弁護士から何か収穫はあったか』

「今日のところは何も。まあ、煮ても焼いても食えない相手ですね」

『あんなのを食ったら胸焼けがするぞ』

「何かありましたか」

『浅草署が大ネタを掴んできた。相楽泰輔は殺される一カ月前、自分を被保険者とする生命保険を締結している』

　思わず声が出そうになった。

「いくらですか」

『死亡保険金は五千万円。それまで貯蓄型だったものを、いきなり解約してそっちに切り替えたらしい』

　五千万円という金額にどうしても注意がいく。沙良の手術費用や入院代、高価な競技用義足の購入費が咄嗟に思い浮かぶ。これで泰輔に対する動機がいよいよ濃厚になる。

「受取人は誰になっていますか」

『それがまた興味深い人物でな』

　麻生は愉しんでいる風だった。

『通常、保険金の受取人は法定相続人だが、相楽の母親は被保佐人となっていた』

「まさか」

『そのまさかだ。保佐人は御子柴礼司。つまりヤツが死亡保険金の五千万円を動かすことができる』

三　差し延べられた手

1

その日、沙良は疼痛で叩き起こされた。

左足の断端面がひどく疼く。昨日からの違和感が、今日ははっきりとした痛みに変わっていた。

意識が覚醒するに従って、痛みは加速していく。疼痛は直に燃えるような激痛に育った。

沙良は歯を食いしばりながら、以前にも同様の痛みを味わったことを思い出す。幻肢痛だ。左足を切断し、麻酔が切れると切断面に焼きゴテを当てられたような痛みが走った。これはあの時の痛みによく似ている。

傷口は既に塞がっている。義足で歩行する頃にはずいぶん痛みが緩和し、舘野の競技用義足を使い始めた頃にはほとんど癒えていたというのに。

心臓の鼓動に合わせて苦痛の波が襲ってくる。沙良は叫ぶこともできず、ベッドの上を転げ回るしかなかった。

何故、あの痛みが甦ったのか。

まさか、自分の肉体に新たな病魔が宿っているのか。

転げ回っていると、やがて痛みが落ち着いてきた。

だが痛みの過ぎ去った後には得体の知れない恐怖がやってきた。

あの頃に戻ったらどうしよう。

あの時の痛みが常態になったらトラック競技など不可能に決まっている。

痛みが治まっても尚、沙良は布団に包まったまま震えていた。


本来であれば手術とリハビリを行った病院に相談するところだが、退院時に見せられた担当医と看護師たちの素っ気なさを思い出すと腰が引けた。

考えた挙句、沙良は舘野製作所に向かった。痛むのは断端面に限られている。何体もの義肢を製作し、その数だけ障害者と向き合ってきた舘野なら、この痛みの正体を知っているように思えたからだ。

義足での歩行に慣れてからは手放していた松葉杖を引っ張り出し、電車で蒲田へ向かう。どうしても杖の支えが必要ということではなかったが、歩行中にまたあの痛みが甦ることを想像すると頼らずにはいられなかった。『そういうことは義肢装具士じゃなくて医者の領分だ』と舘野に言われそうで怖かった。

不安を抱えながらの道程は想像以上に遠かった。だから〈舘野製作所〉の看板が見えた時には、ほっとした。

「昨日から左足が変なんです」

舘野の顔を見るなり、沙良はそう切り出した。

「昨日は断端面の辺りに違和感があるだけだったんですけど、今朝になると焼けるような痛さになって……」

すると舘野は嫌な顔一つせず、近くにあった椅子に座るよう促す。

「拝見します。義足、外しますからね」

舘野は製作者だから当然なのかも知れないが、沙良よりも手際よく持参した競技用義足を着脱する。

それからソケットの内部を矯めつ眇めつし、次に沙良の断端面を注視する。職人の目で見られているのは重々承知しているが、穴が開くほど見られているとさすがに羞恥心が湧く。

「うーん、やっぱり始まっちゃったなあ」

「何が始まったんですか」

「いや、これは市ノ瀬さんだけじゃなくて、四肢を切断した患者さん全員が経験することなんです。この断端面、少し腫れているように見えませんか」

「そう言われれば……」

「四肢を切断した時点から断端面は変化し続けるんです。身体は傷口を修復しようとして大量のリンパ液を放出します。そのリンパ液が断端面に溜まって膨れ上がる訳です。これを浮腫といいます。ところが患者さんの方は一日も早い社会復帰を目指して、リハビリに励むでしょう？　そうするとね、身体の方は絞ろうとしているのに患部は膨らもうとしているから当然反発が生まれます。市ノ瀬さんの場合は、以前のようなスプリンターの身体に戻ろうとしているから余計にそうなる」

両者の反発があるから断端面が変化し続けるという理屈だ。なるほど断端面の形が変われば、ソケットと合わなくなってくるのも道理と言える。

「ああ、でもそんなに深刻に考えなくてもいいから。こういう事態を想定してソケット内部の形状は微調整できるようにしてありますから」

「これってずっと続くんでしょうか」

「いやいや。症状は二年もすれば落ち着きます。それまでは、違和感を覚えたらすぐここへ来てください」

二年。

それを聞いて気が萎えそうになった。自分は既に大小様々な大会を視野に入れている。二年間のうちに参加する大会は二つか三つか。しかし、そのいずれとも自然治癒の痛みと闘いながらこなしていかなければならないのだ。

「二年と聞いて、少しびびったかな」

「そんなに長いとは思ってなかったから……」

「それは当然かも知れませんね。何せ一般人とアスリートでは生活のスタイルそのものが違う」

舘野は話しながら、沙良の断端面に粘土状の板を押しつける。接触の際に激痛を予想したが、ウレタンのような柔らかさが意外だった。

「すごく乱暴な言い方をすれば、一般人は病気さえしなければいい。でもアスリートは理想の記録を目指して、理想の肉体を作っていかなきゃならない。贅肉を削ぎ落とし、肉体を極限まで酷使しなけりゃいけない。だから一般人とは全く別の時間が流れている」

さっきの粘土状の板は瞬間的に凝固するものらしい。舘野は手慣れた様子でソケットを板の形状に合わせていく。

「時々、傍から見ていても理不尽だと思うことがあります。食べ盛りの子が食事制限をしたり、軽量の方が有利だからと現在の体形を無理に維持しようとしたり。そのくせ、アスリートとして活躍できる期間は長くて十年程度、しかも全員が全員日の目を見る訳でもない。表彰台の上に立てるのはほんのひと握り、いやひと摘みに過ぎない」

朴訥で気のいい印象しかなかったので、その男の口から出る言葉はより非情に聞こえる。

「さっきも言ったように、四肢を切断した患者さんの多くは浮腫に悩まされます。アスリートならその痛みと友人になることも強要される。しかし言い換えれば、全ての障害者アスリートたちはその苦しさと闘い続けているということです」

柔らかな口調だが、沙良の胸を射抜いた。

この痛みは自分だけが味わっているのではない。将来、自分の隣のレーンを走る者たちも同じ境遇と闘っている。

自分だけが悲劇の主人公だと思うな——舘野はそう言っているのだ。

「さてと、これでどうですかね」

調整を終えた義足を再び装着してもらう。驚いたことにさっきよりも左足に馴染んでいる。

「すごい、前よりフィットしてる！」

「逆説的な言い方をすれば、断端面がそれだけ痛くなるのは市ノ瀬さんの身体がアスリートの身体に戻りつつある証拠です。そう考えれば悲観的にならずに済むでしょう」

「ありがとうございます」

「ただ、ですねえ……」

「はい？」

「浮腫が治まるまでの間、それが一年になるか二年になるかは分からないけど、それまではこういう微調整を続けなきゃいけません。市ノ瀬さんの進化が早ければ、それこそ一日に数回も調整することになりかねない。本当なら義足を造ったわたしが専属としてついているのが一番いいんだけれど……」

館野は申し訳なさそうに言うが、それが不可能なことくらいは棚に置かれている製品の山を見れば分かる。何度か訪ねて分かったことだが、舘野は義肢の製作をほぼ一人で行っている。一応三人ほど助手がいるようだが、設計や型取りなど肝心な部分は舘野の担当なので多忙なことに変わりはない。

「いずれ市ノ瀬さんも自分のチームを作った方が、いいかも知れません。専用の義肢装具士、そして専属のコーチ兼トレーナー」

いきなり不意打ちを食らった。

舘野の提案は、このところ沙良が密かに考え続けていることでもあった。だが他人の口から語られると、それがどれだけ夢想じみたものであるかを嫌というほど思い知らされる。

「そんな、贅沢ですよ。左足を失くす前だって専属のトレーナーなんて有り得なかったのに。スター選手じゃあるまいし」

「スター選手でなくても、市ノ瀬さんは世界を狙っているのでしょう?」

「それはそうですけど……」

「けど? その言葉は言い訳の常套句です。そして言い訳をするような人間は、決して世界なんて狙ってやしません。狙っているふりをしているだけです。ふりだけでも、外野は一目置いてくれますからね。少々辛辣かも知れませんが、これでもわたしは何人ものアスリートたちを見ています。そして挫折したり挫折する前に諦めたりした人が、全員言い訳の名人であることを知っています。きつい言い方ですが、言い訳というのは所詮負け犬の論理なんです」

　舘野は残酷なことを平然と言い放つ。

「競技用義足は、それを必要としている人以外にはとんでもなく高価な代物です。たとえば市ノ瀬さんの義足は税込で3,024,000円。しかし、あなたはそれを現金で支払った。あなたの経済状態に、わたしはさほど興味はありません。ただ三百万円をぽんと現金で払える経済力があるのなら、自分のチームを作ることに逡巡しない方がいい。傲慢な物言いですが、世界のトップに立つアスリートたちは健常者であろうが障害者であろうが皆そうしています」

　舘野の言葉は冷徹で、傲慢で、そして何より現実的だった。

　世界のトップアスリートたちは潤沢な資金と鉄壁のサポート体制を敷いて闘っている。健常者も障害者もない。資本主義も社会主義もない。そこにあるのは、努力も肉体改造も経済力も積み重ねていかなければ頂点に立つことができないという、厳然とした事実だ。

「それからもう一つ。わたしの造る義肢は市ノ瀬さん以外のお客さんからも支持されているし、自分でもそれなりの矜持がある。だけどね、競技用義肢あるいは義肢装具士というのはこの国ではまだまだマイナーな存在なんです。とても欧米の裾野の広さに敵うものじゃない。そして裾野が広ければ広いほど、優れた技術が生まれやすくなる。それこそ町工場のオヤジには想像すらつかないような先進の技術がね」

「舘野さんの義足は素晴らしいです。そんなに卑下しないでください」

「市ノ瀬さん。これは卑下でも何でもなくて現実です。その義足があなたと一体化し以前と同等のパフォーマンスを獲得できたとしても、国際A標準には程遠いでしょう?」

沙良は言葉に詰まる。

「いずれその義足を装着しても、精神力だけでは越えられない壁があることをあなたは知るでしょう。その時のために、今からチーム作りを模索しておきなさい」


平日ということもあり、障害者スポーツセンターのトラックは人影もまばらだった。

沙良は腕時計を片手に、スタートラインに向かう。

国立競技場クラスになれば自動計測器が装備されておりタイムも電光掲示板で確認できるが、生憎公営施設の設備では望むべくもない。コーチもいない沙良は、タイムを自分で測らなくてはならない。

不意に舘野の言葉を思い出す。

『今からチーム作りを模索しておきなさい』

嫌になるほど現実的な助言だった。報酬と互いのプライドと相性。個人でチームを結成する場合には避けて通れない道だ。そのマネージメントが煩雑だから、敢えて実業団に在籍し続ける選手もいると聞く。中でも一番厄介なのは資金の問題だ。プロ契約で広告収入のある選手ならいざ知らず、アマチュアでしかも無名の選手に専属スタッフを雇うような財力はない。

しかし一方、実業団にも所属していない沙良が世界と闘うにはチームが必要不可欠というのは抗い難い事実でもある。トラックを走るトップアスリートは一人だが、その背中は何人ものスタッフによって支えられている。億劫だが、早急に考えなければならない懸案事項だった。

舘野に調整してもらったばかりの義足は装着具合もよく、歩行しても断端面に違和感を覚えない。接地の感触さえ心地好いほどだった。

ジムに通いつめた成果か、体力が戻っていることは実感している。義足のまま走っても、踏み台昇降を続けても息が切れることはなくなった。鏡を見ても脂肪が削げ落ちて、事故前の体形に近づいているのを確認した。そして何より、二百メートルの感覚が甦りつつある。呼吸配分、フォーム、コーナーでの力の抜き方。長らく霧の向こう側にあったものが、今ようやく姿を晒していた。

体力も体形も戻った。走り方もイメージできている。義足も身体の一部になっている。

後はタイムだけだ。女子二百メートルの標準記録A、三十秒五〇を超えられるかどうか。

いや、超えられるかどうかではない。超えなければならないのだ。

ブロックの位置を調整する。競技用義足は先端が大きく湾曲しているため、左で蹴ろうとする時にわずかな違和感がある。しかし、これは回数をこなすことで解消されるだろう。

On your marks.

腰を低くし、蹴り足に力を集中させる。神経を研ぎ澄ますと、周囲の音は次第に遠ざかっていく。

Set.

腰をぐいと上げ、力を溜め込む。息を止め、視野を窄めていく。

Go!

心の中で放った号砲とともに沙良は前に飛び出した。

ブロックを蹴った瞬間、バネで弾んだような感触があった。上半身は撃ち出された弾丸となり、前方に立ち塞がる空気を切り裂いていく。

加速に乗って上半身を起こしていくが、風の抵抗を最小限に抑えるために頭は最後に上げる。

コーナー区間は、遠心力に逆らいながら身体を内側に倒していく。カーブをコンマ数秒の感覚で切りながら、徐々に力を抜いていく。

そしてコーナーを出るまでスピードを保ち、直線コースに移るや否や、蓄積していたエネルギーを一気に放出させる。途端に真横の風景が一枚の壁になっていく。

いける。

沙良の肉体が躍動に震える。風を切る快感、地面を蹴る快感は絶好調の時に味わった感覚そのままだ。

息切れはしない。心臓と肺がもっと自分たちを酷使しろと声を上げている。

ふらつきもしない。沙良と一体化した義足がもっと跳べと叫んでいる。

直線であと五十メートル。沙良はフィニッシュの態勢に入る。ストライドを広げながら、身体を持ち上げていく。バネのように弾く義足の感触はラストスパートで大きな力に変わった。地を蹴る度に驚きが左の腿に伝わる。

そしてゴール。

同時に指が腕時計のボタンを押す。

沙良は緩やかに減速しながら空を見上げる。青さが少し眩しかった。

ストップウォッチの画面に視線を落とす。

三十八秒五七。

途端に気が萎えた。

落胆するほどのタイムではないが、飛び上がって喜ぶようなタイムでもない。前回よりはマシという程度だ。標準記録Aの三十秒五〇には遠く及ばない。

荒い息を整えながら、己の楽観視を戒めるべきだろうと思った。贅肉を削ぎ落とし、基礎体力を向上させる。それだけで記録が飛躍的に伸びる訳ではない。

スポーツは科学だ。走法、呼吸の仕方、体重移動、力の配分、乳酸の蓄積、そして持久力。それら全ての要因が重なり合ってタイムを作っていく。

沙良は視線を地面に落とした。

体調管理や筋力トレーニングにも効率性が存在する。二百メートル走に相応しい肉体を作るためには、それに相応しい食事と生活サイクルが必要になる。そして肉体の解析には専門家の指導と管理が必要になる。

やはりチームは必要なのだ。

本音を言えば、カネが一番の問題なのではない。健常者スポーツとは事情が異なり、障害者スポーツの世界には指導者やスタッフが不足しているのだ。

理由は沙良にも分かる。近年でこそ注目を浴びるようになったものの、障害者スポーツ自体は歴史がまだ浅く、そして競技人口も少ない。現役を退いた選手も少ないから、当然のように指導者も少ない。舘野に忠告された後、ネットで検索してもそうした指導者や専門スタッフの名前は挙がらなかった。

おそらく競技大会の関係者と懇意になれば、そうした指導者を紹介される機会もあるのだろうが、未経験の沙良にはその術もない。

沙良は両手で自分の頰をはたく。

考え始めると、どんどんネガティヴになるのは事故に遭って以来の悪い癖だ。以前の自分なら悩む前に身体を動かしていた。身体を動かし、その成果で解答を得ていた。

既に最初の競技大会にはエントリーを済ませている。第十九回関東身体障害者陸上競技選手権大会。ここで女子二百メートルのレベルを知り、自分の位置を確かめる。いや、上手くすれば上位入賞し、来るべきジャパンパラ陸上競技大会の参加資格を得られるかも知れない。

ジャパンパラ陸上競技大会は世界選手権の代表選考会も兼ねている。この大会で優勝するか標準記録Aを大きく上回れば、パラリンピック出場の道も拓かれる。だが、そのジャパンパラ陸上競技大会の参加資格も決してハードルが低い訳ではない。

参加資格は次の（1）～（3）に示す条件を満たしている者、または（4）に該当する者とされている。

（1）身体障害者手帳または療育手帳を所持している者。

（2）下記団体のいずれかに、平成26年度　登記・登録している者。

「日本パラ陸上競技連盟」「日本知的障害者陸上競技連盟」「日本聴覚障害者陸上競技協会」「全日本ろうあ連盟」「全国聾学校体育協会」「日本盲人マラソン協会」

（3）下記の競技会において「標準記録一覧表」に示す記録に達している者。

・平成25年度　2013ジャパンパラ陸上競技大会　第24回日本身体障害者陸上競技選手権大会　第18回関東身体障害者陸上競技選手権大会　チャレンジ陸上大会2013　その他ＩＰＣ公認大会

・平成26年度　チャレンジ陸上大会2014　第25回日本身体障害者陸上競技選手権大会　第19回関東身体障害者陸上競技選手権大会　2014中国・四国身体障害者陸上競技大会　その他ＩＰＣ公認大会

・平成25年4月1日以降の日本陸上競技連盟公認大会

（4）（2）の登録団体より推薦があり、主催者が認めた者。（第13回全国障害者スポーツ大会で標準記録を突破した者については、登録団体の推薦を必要とする。）

沙良は既に身体障害者手帳を所持しており、日本パラ陸上競技連盟に登録を済ませている。後は（3）か（4）の条件をクリアすることだ。

とにかく結果を出さなければ始まらない。そして今の自分は記録をコンマ一秒でも縮めるしかない。

沙良は再びスタート地点に引き返した。

2

町田市立陸上競技場。

更衣室から出た沙良は久しぶりの大会に、胸を躍らせていた。観客の見守る中で、公式に記録を競うのは何カ月ぶりのことだろうか。

左足を失った時にはもう二度とこの場に来ることはないだろうと諦めていた。それだけに競技大会独特の雰囲気が嬉しくてたまらない。

ただ一方で同じくらい不安もある。あれからトレーニングを重ねたが、思うようにタイムが縮まらなかったからだ。ベストタイムは三十六秒一二。標準記録のAにもBにもはるか及ばない。隣のレーンに競う相手が並走していれば、また違う結果を期待できるのかも知れないが、それでもタイムが標準記録Bの三十三秒〇〇までさえ一気に三秒以上縮まるようにも思えない。それならせめてこの大会で設定している標準記録を上回るか、優勝して登録団体から推薦をもらうしかない。

この競技大会も土日を利用して開催される。観客もそれなりに多いだろうと考えていた沙良は、競技場に立つなり唖然(あぜん)とした。

観客席にはほとんど人の姿がなかった。ピッチの中でストレッチに励んでいる出場選手も数えるほどしかいない。とても自分が過去に参加した大会と同じようには思えない。

違いは数だけではない。競技場全体を包んでいる雰囲気にまず違和感を覚える。トップを競う、自己ベストを叩き出すのだという気迫、尖った空気で肌がひりつくような緊張感が微塵も感じられない。まだインターハイの会場の方がぴりぴりしているのではないか。

ここに漂っているのは、まったりとした多幸感に似たものだった。強いて言うなら運動会の雰囲気に近い。

他の出場者を観察しても、その印象は変わらない。笑い興じている訳ではないが、己を追い込むというよりは会場の空気を愉しんでいるといった風だ。真剣さが足りないと言えば彼らから叱られるだろうが、沙良にはどうしてもそう見えてしまう。彼らのユニフォームにはどれも企業ロゴがついていないのも一因かも知れない。アスリートとしての矜持はともかくとして、健常者と障害者では背負っているものの種類が異なるのだろう。

受付で渡されたナンバーカードをユニフォームに取り付ける。ユニフォームはもちろん、この時の安全ピンも自前だ。その他、障害者競技に必要なアイマスクやヘルメットなどの用具も主催者側は一切用意していない。実業団に入っていれば気にも留めないことが、個人エントリーの出場者には次々と伸(の)し掛かる。

『トラック競技に参加する選手は、十時からのスタートになりますので、それまでに練習を終わらせるようにしてください』

場内アナウンスが流れると、それらしき選手たちがバックストレート側の走路に集まってくる。特に練習会場を設けていないため、トラック競技については競技時間外に走路を利用するしかないのだ。
ひと口に障害者のトラック競技と言っても、障害の度合いによってクラスは次のように細分化されている。

T11　重度視覚障害（ガイド付き添い、当人は完全遮蔽アイマスク装着）。
T12　視覚障害、ガイド付き添いを選択できる。
T13　最低限の視覚を有する障害。
T20　義肢（義手、義足）を装着し、その義肢が各種目（1500m、走幅跳び、投擲競技）において規定尺度に適合するもの。
T32〜38　（30台は麻痺・運動失調・歩行失調・緊張亢進などの運動機能障害アスリートに配分）
T40　低身長症アスリート。
T42〜44　脚に義足を装着。
T45〜46　腕に義手を装着（上腕欠損、下腕欠損）。
T51〜52　上脚下脚とも四肢麻痺などの活動制限があるアスリート。
T54　体幹と脚の機能を部分的に有しているアスリート。

だから走路には様々なレベルの障害を持ったアスリートたちがいる。その姿を眺めていると、沙良は自分の欠損した左足がそれほど異様なものだとは思えなくなってきた。

ここにいる出場者たちはたまたま目立つ障害を持っているが、世の中には突然の発作に見舞われたり、認知症など傍から見てもそうとは分からない障害を持つ者もいる。いや、そもそも肉体も精神も完璧に健全な人間など、この世に存在するのだろうか。

誰にでも障害はある。ただ、それが目に見えるかどうかだけなのだ。

「何、他人の身体じろじろ見てるのよ」

いきなり背後から声を掛けられた。振り向けば、険のある目の女性アスリートが自分を睨んでいる。

「冷やかしで来たんなら退いてくれない？　練習におもいっきり邪魔なんだけど」

「わ、わたしも二百メートル走るんです。冷やかしなんて、そんな」

「あんたが？　二百メートル？」

語尾を跳ね上げてから、女は腰に手を当てて傲然と胸を張る。

はっとした。

贅肉が一切ない、理想のアスリート体型。ただし、その左膝下は沙良と同じく競技用義足だった。

そして気が付いた。彼女のユニフォームには企業ロゴがあった。

ふん、と鼻を鳴らして彼女は沙良の前を通り過ぎていく。剝き出しになった両腿は、ギリシャ彫刻のように筋肉が浮き上がっている。スプリントのために磨き抜かれた肉体であるのが、それだけで分かる。

彼女と同じ組で走るのは嫌だな——遠ざかる４０２のナンバーカードを眺めながら、ふとそう思った。

きっかり午前十時にトラック競技が始まった。

女子二百メートルの参加者は二十人程度であったが、予選はなくいきなり本選を走ることになる。順位はタイムで決められる。沙良は第三組の三番レーンを宛がわれた。

前二組の様子を見る限り、沙良の敵はいないように思えた。十人が走った時点で、トップのタイムは三十七秒四三。今の沙良なら楽に上位入賞が狙えそうなのだ。

正直、何だこの程度かという安堵と白けた気持ちが同時に訪れた。必死にスプリントを繰り返したことは無駄ではなかったにせよ、選手層がこれだけ薄ければパラリンピックなるものも大したものではないような気がしてくる。

やはり現役のスプリンターだった者と障害者では雲泥の差があるのだろうと思う。障害者スポーツは所詮、レクリエーションやリハビリテーションに限りなく近いものなのだろう。標準記録を出すのは困難でも日本記録を出すのは比較的容易、と言われていた理由が分かったような気がした。

『第三組の選手はスタートラインに集合してください』

アナウンスに促されて沙良は三番レーンに近づく。

そして四番レーンを見て驚いた。何とナンバーカード４０２の彼女が立っているではないか。

しかし沙良の驚きをよそに、彼女は沙良を一顧だにせず前方を見据えている。

同じ組で走るのは嫌だったが、こうなってしまえば勝つしかない。

あなたはわたしがどんなトラックを走り、どんな選手としのぎを削ってきたか知らないでしょう？　さっきわたしを鼻で笑ったことを死ぬほど後悔させてやる――。

密かな企みを胸に抱いて、沙良はスタートラインに着く。

「On your marks」

ブロックに蹴り足を乗せる。ナンバーカード４０２の彼女は蹴り足が右側のようだ。

深呼吸を一つすると、いきなり懐かしい戦慄が全身を貫いた。

競い合う者の横に並び、ともに号砲を待つ一瞬。一秒が十秒にも感じられる短くも長い時間。

呼吸が浅くなるに従って鼓動は深くなる。心臓は今にも破裂しそうだ。

視界が急激に狭まり、聴覚が号砲をいち早く捉えようと尖鋭化する。

「Set」

腰を高く上げる。時間が静止し、集中力は極限まで高まる。

まだか。

まだか。

じりじりと神経を焦がしながらその一瞬を待つ。

パン！

弾丸のように沙良は飛び出す。

二百メートルのスタートは曲走路だが、最初の八歩目まではインに寄らず直走路と同じ足運びになる。直線コースに向かうまでのコーナーでどれだけ他の選手を引き離せるかが勝負の分かれ目だ。

加速しながらコーナーを回る。

内側のレーンに人影はない。外側のレーンにも気配は感じられない。

よし、自分がトップだ。このまま全員をぶっちぎってやる。

コーナーの途中でふっと力を抜く。二百メートルの加速区間で気をつけることは、距離を意識して力の配分を組み立てることだ。どこで抜いて、どこで爆発させるか。その駆け引きがタイムを決める。

沙良の身体が風を切る。その快感は一人きりで走る時の比ではない。居並ぶ競争者を置き去って先頭を独走する悦びはまるで麻薬のようだ。

いける、いけるぞ。

早くも勝利の予感がする。後は標準記録にどれだけ迫れるかだけだ。

その時だった。

ごう、という旋風とともに隣のレーンから人影が現れた。

ナンバーカード４０２の女性だった。

コーナーの中間地点で彼女は沙良の真横にぴったりとついていた。

突然の襲撃に沙良は狼狽する。先刻目にしたばかりの隆々とした筋肉が頭に浮かぶ。しなやかな肉食獣のような両腿。自分とは大違いだ。

劣等感が迷いとなってフォームにわずかな歪みを生じさせる。どこかで歯車が狂う。

ずい、とナンバーカード４０２が前に出る。沙良以上の加速をかけて追い抜きにかかったのだ。

４０２の背中のナンバーカードを目にした瞬間、沙良の下半身は反射的に蓄積していた力を放出する。

二百メートル走は最初から飛ばしてはならない。次第にスピードを上げながら楽に走りぬくのが鉄則だ。

だが、沙良の肉体はその鉄則を破り、今から全力疾走の構えに入った。沙良は慌てたが、理由は明らかだった。

同じ競技者、同じ二百メートルのスプリンターとしてナンバーカード４０２の呼吸がこちらに伝わったからだ。

やけくそでも暴走でもない。確固とした肉体への自信に基づいて彼女はこのスピードを選んでいる。今ここで独走を許せば二度と追いつくことはできない。

強迫観念に駆られて、沙良は更に加速して４０２の彼女に追いすがる。鋼の義足に託して地面を強く蹴る。

跳ねろ。

お前の能力を全開にして、隣の走者を脅(おびや)かせ。

もっと速く。

もっと遠く。

しかし不可思議なことが起きていた。

どれだけ両足を叱咤しても彼女との距離が縮まらない。いや、それどころか明らかに広がっている。

そんな馬鹿な。

障害者相手のレースでは楽勝のはずではなかったのか。健常者として二百メートルを走り続けてきた自分に一日の長があるのではなかったか。

今この瞬間に起きていることがとても信じられない。

しかし沙良の思いをせせら笑うように、４０２のナンバーカードはどんどん遠ざかっていく。

駄目かも知れない──そう思った途端、精神力が萎えた。

百五十メートルを過ぎると、その差は歴然だった。

ペース配分を無視して全力疾走を続けたツケが今頃回ってきた。心臓が悲鳴を上げ、左足が重たくなった。前に出ようとしても後ろから羽交い締めされているような抵抗がある。

４０２の彼女はどんどん小さくなっていく。小さくなっていく度に、沙良の失意が大きくなっていく。

やがて彼女は沙良のはるか向こうでゴールを切った。

後は惰性のようなものだ。沙良の身体は半ば慣性の法則に従うようにゴールラインを通過する。

力尽きたように、トラックの上で膝を屈した。

完敗か、それとも惨敗か。

どちらでもいい。

何がパラリンピックの出場権だ。何が標準記録だ。見下していた障害者アスリートに、まるで歯が立たなかったではないか。

ゆるゆると電光掲示板を見やる。

トップで入った４０２のタイムは三十秒〇二。標準記録Ａを楽々クリアしていた。

次に沙良のタイムが表示された。

三十六秒四五。練習時のベストにも届いていない。

沙良の手前で空を仰いでいた彼女は、やがて何事もなかったかのように向きを変えると、トラックの外へ引き返していく。

沙良には一瞥もくれなかった。六秒以上も開きがある相手など、路傍の石も同然ということなのか。

これほど惨めな負け方は生まれて初めてだった。相手を憎む気すら起こらない。ひたすら自分が矮小(わいしょう)な存在に堕ちたと身に沁みるだけだ。

いつの間に掻いていたのか、額から滝のような汗が流れていた。顔中が滑(ぬめ)るようで不快だったが、拭う気にもならない。

そこに係員がやって来た。

「すみません。次の組の走者がそろそろ来るので……」

自分が邪魔者になっているのを理解するのに数秒を要した。

顔から火が出そうになった。すぐに立ち上がろうとしたが、上半身が他人の身体のように重く、のろのろとしか持ち上がらない。

とぼとぼ歩きながら次の組の走者がゴールするのを横目で見る。

もう、どうでもいい。

肩を落として控室に向かう姿は、傍から見れば負け犬そのものだろう。

情けなさもここまでくれば涙さえ流れないらしい。全ての景色は色褪せ、風に運ばれてくる他人の汗の臭いが身体に纏わりつく。

何の前触れもなく、突然沙良は吐き気を催した。

まさか競技場で汚物を撒き散らすような無様だけは晒したくない。沙良は喉までせり上がった内容物を必死に呑み込もうとした。

喉元と鼻に噴き出した中身で粘膜が痛い。

それがきっかけで、やっと涙が出た。

慌ててタオルで顔を隠したが、一度堰を切った涙は留まるところを知らなかった。

やがて女子二百メートル全ての組が競技を終え、その結果が表示板に掲げられた。

『一位　402　多岐川早苗　三十秒〇二』

彼女は多岐川早苗というのか。

思考力の鈍った頭もその名前だけは記憶しようとしたらしい。どうやって更衣室に戻ったのか、どうやって帰路に就いたのかは忘れても、その名前だけはずっと記憶の壁に大書されていた。


大会翌日は、何をする気にもなれなかった。

自分の非力さと愚かさが晒された。競技場の観衆が少なかったことに、遅ればせながら感謝したほどだった。

義足は外したままにした。ベッドから出たくもなかった。食欲もなかった。できることならこの世から自分の存在を消してしまいたかった。

二度目の挫折だった。

しかも今回は、自ら招いた絶望だったので余計に堪える。

それでも左足の断端面が疼き出したのは無視できなかった。本番で限界まで酷使したために、また形が変わったのかも知れなかった。ベッドに潜り込んでいるだけでは、次に競技用義足を装着する際に支障が出る。沙良はやむなく舘野の許を訪れることにした。

「障害者スポーツがどことなく緩い、というのは確かにあったんですよ」

義足のソケットを調整しながら、舘野はそう話し始めた。

「パラリンピックも、当初は障害者スポーツの祭典という位置づけで、その勝敗よりは、リハビリの延長みたいな捉え方がされています。パラリンピックの起源がイギリスのストーク・マンデビル病院で行われた負傷兵たちによる競技大会にあるのも、その一因でしょう」

初耳だった。

「スポーツによる障害者の福利厚生と、それから社会認知。そういうお題目である限り、競技大会といってもレクリエーションの性格が濃くなる。市ノ瀬さんのように健常者の競技でしのぎを削ってきた人にとっては確かにぬるい雰囲気だったでしょう。その雰囲気が変わったのはいつだろう。二〇〇〇年のシドニーオリンピックの頃だったんじゃないですかね。その時、IOCとIPCの間で正式に協定が結ばれてオリンピックが終わるとすぐにその同じ場所でパラリンピックが開かれるようになりました。IPCはそれまでできるだけ門戸を広くしようとしていたんですが、IOCの組織委員会と関係が密になるに従って出場参加に一定のレベルを求めるようになったんです。その頃からわたしたちみたいな義肢装具士や義肢メーカーが増え出したので、よく憶えています」

つまり現在は、元々のパラリンピックの気風がオリンピックのそれに駆逐されつつあるということか。

「市ノ瀬さんと競った多岐川早苗というのは、障害者スポーツの世界でもちょっと有名な選手でしてね。何というか突然変異みたいな子なんですよ」

「そうだったんですか」

「来歴はあなたと似たようなものです。彼女も以前は期待のスプリンターとして嘱望されていたんですが、ある日、事故に遭いました。親が営んでいた自動車整備工場のプレス機に足を挟まれたという話です」

プレス機で徐々に足を潰されていく——想像しただけで眉間に皺が寄った。

「左膝下を切断した後、すぐ障害者スポーツに舵を切り、最初に出場した公認大会の二百メートルでいきなり日本記録を叩き出しました。それからは破竹の勢いですよ。国内大会を総なめ、日本記録を次々に塗り替え、北京パラリンピックの女子二百メートルではとうとう銀メダルを獲得しました」

聞くだに輝かしい戦績だが、同じ二百メートルを走っていた沙良は多岐川早苗の名前など一度も耳にしたことがなかった。

おそらくそれが沙良の傲慢さであり、視野の狭さだったのだろう。

「彼女を知らなかったみたいですね」

「恥ずかしい話ですけど……」

「それが世間的には当たり前だったんですよ。パラリンピックでメダルを獲っても、健常者の競技とではマスコミの扱いが天と地ほども違う。マスコミの扱いがそんなだから、一般の認知度も低い。実際、日本人パラリンピアンは海外での知名度の方が高いのが現状です」

舘野の言葉にはわずかに憤懣(ふんまん)が入り混じっていた。こういう仕事をしていれば障害者への無関心、障害者スポーツへの無理解を日常的に思い知るからだろう。

「ところが近年日本でもパラリンピックに注目が集まりだし、マスコミもメダルの獲得に一喜一憂するようになりました。マスコミの力は絶大です。早速メダリストである多岐川さんにスポンサードの話が舞い込むようになり、その資金で彼女は自分のチームを作りました。彼女は今も尚、自己記録を更新し続けていますが、その原動力は間違いなく専門チームでしょう。日々の栄養管理、練習メニュー、短距離走を知り尽くしたコーチと義肢装具士。メダルを獲ったからこそ、彼女は資金を手にするなりチームを作ったのだとわたしは踏んでいます。世界のトップアスリートたちがそうしている以上、日本のアスリートたちにも同じことが要求されるのは当然の流れです」

舘野は再調整した義足を沙良の左足に装着しながら、ぼそりと呟く。

「前回、わたしが言ったことがもう現実になった」

「えっ」

「市ノ瀬さんの練習方法にも、この義足にも越えられない壁が現れたんですよ。代金を頂戴したというのにこんなことを言って申し訳ないが、今のままではあなたのパラリンピック出場なんて夢のまた夢だ。多岐川さんと走ってみて、壁の高さは知ったのでしょう?」

「……はい」

「壁の高さが分かったのなら、それを乗り越えるのに何が必要なのかも分かるはずです。あなたは同じところに留まっていてはいけない」

家に帰ってからも沙良は悶々としていた。

多岐川早苗の来歴を聞かされると、不思議に慰められた。きっと彼女が自分と似たような経緯で障害者スポーツに転向してきたからだろう。

彼女にできて自分にできないはずがあろうか——。

またぞろ根拠のない自信が頭を擡げてきた。普段なら自分を戒めるところだが、落ち込んでいた直後なので良しとした。重傷の時には強い麻薬も必要悪だ。

自分のチームを作れ、と舘野は繰り返した。自身が製作した義足に限界がきたと明言した。根っから職人肌のあの男がそういうのだから、卑下でも謙遜でもない。沙良には次のステップが必要なのだ。

しかし障害者スポーツの世界で指導者を見つけるのは至極困難に思える。あわよくば昨日の競技大会で、関係者の伝手を手繰ろうと目論んでいたが、実際の競技場でそれらしき人間は見当たらなかった。いるとしても多岐川早苗のような傑出した選手にしかついていないからだろう。

障害者スポーツを知悉した指導者が欲しい。だが容易には見つからない。そのジレンマが沙良を悶々とさせていた。

挫折感が薄らぐと、現金なもので早速食欲が甦ってきた。

母親というのはつくづく恐ろしい。まるで娘の食欲が復活するのを知っていたようなタイミングで好物を用意してくる。美味しそうな匂いにつられてベッドから這い出すと、キッチンのテーブルにはポークソテーのパイナップル添えが置いてある。低カロリーにも拘わらずビタミンが豊富なので、沙良の定番となったひと皿だった。

沙良は手を合わせるなり、掻き込むように食べ始めた。

「何だろうねえ、この子は」

利律子は苦笑していた。

「その日の気分で食べたり食べなかったり。好きな人でもできた日にはどうなることやら」

「それなら大丈夫よ。当分そういうことないから」

不用意な言葉で利律子の顔がわずかに曇る。以前であれば男っ気がないことの自虐で済んだ話が、今では左足の障害がそのまま結婚の障害になっているような意味にも取られてしまう。

気まずさを押し隠すために、沙良はテレビのニュース番組に目を向ける。

『次はちょっと変わったデザイン展の話題です。昨日から東京大学生産技術研究所では〈デザイニングボディ展〉が開催されています。これは美しい義足というコンセプトで造られた、新しい義足の展示会なんですね』

義足と聞いて箸が止まった。

テレビ画面には、今やすっかりお馴染みとなった競技用義足の他、日常用の女性大腿義足も映っている。ここから音声はナレーションに替わる。

『近年、障害を持つ人に通常の生活状態を保障するノーマリゼーションが注目されている。衆人環視の下でも臆することなく義足を装着できる環境が共生社会の基礎になるという考え方である。それにはファッション性を抜きにしては語れない。たとえば写真の女性用大腿義足だが、全体はアルミニウムの質感を生かしながら女性的な優雅な曲線を基調としている。脛とふくらはぎの樹脂部分は着脱可能で、パンツスタイルの時に外見を損なわずに済む。実用性と美しさの調和が結実しているのだ』

カメラは再びスタジオに切り替わる。

『ああ、これはわたしたち女性から見てもファッションに違和感なく溶け込んでいますね。尚この展示会には、世界でも著名な義肢製作者デビッド・カーター氏が招かれ、その機能性について称賛されました。デビッド・カーター氏は湾岸戦争従軍経験から世界屈指のスポーツ用義足の製作者として名を馳せ、今回の来日となりました』

沙良の目はその外国人の顔に釘づけとなる。銀色の髪を後ろに撫でつけ、目は深い鳶色、豊かな顎鬚を蓄えた風貌は義肢装具士というより哲学者を連想させる。

もっと彼のことを教えて、と思った瞬間、ニュースは別の話題に移った。

「ごちそうさまでした！」

食事をしている場合ではない。沙良は食べ残したまま自分の部屋に取って返す。

もどかしさを抑えながらパソコンを開き、検索ワードに〈デビッド・カーター〉と入力する。

たちまち該当する記事が現れた。沙良はまずウィキペディアでプロフィールを探る。

『デビッド・カーター五十三歳。三十歳の時、従軍医師として湾岸戦争に参加。戦場ではイラク軍の爆撃で手足を失った多くの兵士たちのために、来る日も来る日も義肢の製作に明け暮れた。従軍期間中に製作した義肢は六百体にも及ぶと言われている。

湾岸戦争終結後はアメリカに戻り、戦場での経験を基に機能性を重視した義肢造りに没頭する。デビッド・カーターの義肢は〈ナチュラル・ロボット〉の異名をとり、ヘビィ・デューティな用途にも、アスリートの繊細な用途にも適合していると世界的にも高い評価を受けている。尚、近年ではスポーツインストラクターの資格を取得し、障害者スポーツの世界でも確固たる地位を築いている……』

世界有数の義肢装具士であると同時にスポーツインストラクターでもある、障害者スポーツの権威。

その人物が今、来日している。

ニュースを見たのは偶然だった。

しかし名前を知ったのは偶然ではない。のっぴきならない状況に追い込まれた沙良なら、いつかは知ったであろう人物だった。しかも滞在しているのは、おそらく都内だ。

会いたいと思った。いや、会わなければならないと思った。

逡巡しているような暇はない。沙良は直ちに外出の用意に取りかかった。

3

デビッド・カーターに会いたい――その一念だけで家を出たが、よくよく考えれば相手は著名な、しかも外国人だ。仲介してくれる人物もいなければ、連絡先も分からない。今更ながら自分の無鉄砲さが嫌になる。タレントの追っ掛けでも、もう少し慎重に行動するだろう。

それでも手掛かりが皆無という訳ではない。ニュースを見る限りデビッドを招いたのは東大の生産技術研究所だ。招待したのであれば彼の宿泊先も事前に用意しているはずだった。

電話で問い合わせても受け付けてくれないのは分かっているので、沙良は直接東大へ赴くことにした。この姿を晒せば、けんもほろろの対応はされないだろうという小狡い計算も働いていた。

利用できるものは何でも利用する——傍目には卑怯に映るかも知れないが、今の沙良に手段を選んでいる余裕などなかった。

東大駒場キャンパスにある研究所まで足を運ぶと、担当者もさすがに初めは邪険な扱いをしなかった。

「どうしてもデビッド・カーターさんにお会いしたいんです。会って、話を聞いてもらいたいんです」

だが、対応した女性担当者は話を聞くと、露骨に迷惑そうな顔をした。当然だろう。デビッドは研究所が招聘したゲストだ。それを関係者でも何でもない人間に会わせることなど、迷惑以外の何物でもない。

「申し訳ありませんが、そういった問い合わせにはお答えできないことになっています」

女性担当者は同情を唇の端に浮かべながらも、そう明言した。

だが沙良はめげなかった。迷惑顔や非難の顔にはもう慣れていた。相手に同情心が少しでも見出せるのなら、そこを突破口にできる。

「わたしの一生がかかっているんです」

そう言いながら、ズボンの裾を上げて義足を剝き出しにする。

女性担当者は一瞬だけ目を逸らした。

「見ての通り、わたしは障害者アスリートです。ご承知かも知れませんけど、この世界には専門家と呼べる人が多くありません。わたしはアスリートなのに、誰にも相談ができないんです。こうやって、ニュースで見掛けただけの専門家に教えを乞うしかないんです」

しばらく押し問答を繰り返していると、やがて向こうが折れた。

「それでは市ノ瀬さんの連絡先をデビッド・カーター氏にお伝えすることでどうでしょうか。もちろんあなたに返事をするかどうかは、デビッド・カーター氏にお任せすることになりますけど」

逡巡した。

このまま粘って無理やり本人と会うことも考えた。しかし、そんなストーカーじみた真似をして逆に警戒感を抱かれてもまずい。第一、研究所はかなり非難めいた調子で沙良のことを伝えるだろう。どちらにしても沙良が不利になってしまう。

それでもいい、と答えて、沙良は携帯電話の番号とアドレス、そして家を出る前に苦労して認めた英語のメッセージを女性担当者に握らせた。

「くれぐれもお願いします」

沙良は深々と頭を下げる。目的を達成するためなら、こんな頭をいくら下げても下げ過ぎることはないと思う。女性担当者は聞こえよがしに深い溜息を吐いてみせた。

件の研究所から電話で返事がきたのは翌日のことだった。

『デビッド・カーター氏があなたに面会を求めています』

意外な結果に当の女性担当者も驚いた口ぶりだった。

「ありがとうございました！」

礼を言うなり、沙良は競技用義足を抱え指定された場所に直行した。そこはデビッドが当座の滞在先としているホテルだった。

一階ロビーの隅にあるカフェで相手が来るのを待つ間、今まで気にも留めなかった不安が急に伸し掛かってきた。

細かいことは何も考えずここまで来たが、いったい自分は何をしているのだろう。自分の日常会話さえ怪しい語学力で、どうやってデビッドと意思疎通を図ろうというのか。身振り手振りだけで競技用義足の製作を依頼し、おまけにコーチまで頼もうというのか。

世界的にも高い評価を受けている義肢装具士が、極東のいち障害者のためにそんな骨折りをしてくれると、本気で信じているのか。

細かく右膝が震え始めた。洒落(しゃれ)たカフェ、指定された窓際の席がひどく場違いのように思えてきた。

それでも沙良は逃げ出したい気持ちを懸命に抑えて座り続ける。ここで逃げてしまえば、明日の自分が見えなくなるような恐怖があった。

まず、会おう。会って、何としてでも自分の意思を伝えよう――そう考えている最中だった。

「ミス・イチノセ？」

野太い声が頭上から落ちてきた。見上げれば、デビッドの大きな身体が目の前に迫っていた。鳶色の瞳と濃い顎鬚はテレビで観た通りだが、こうして間近で見ると哲学者のようでもあり兵士のようでもある。

沙良はぎくしゃくと立ち上がった。

「ハ、ハロー、ミスター・カーター。アイアム・サラ・イチノセ。サ、サンキュー・フォー……」

「ワタシ、日本語、話せますよ」

発音はともかく、整った日本語だった。

「前は横須賀（よこすか）の基地にいましたからね。あなたの話しやすい言葉で話しましょう」

思いがけない展開に、一瞬思考が途切れる。

次にやってきたのは望外の喜びだった。

これで自分の伝えたいことを存分に話せる。

「東大の研究所からあなたのメッセージをもらいました。しかし、申し訳ないが直接話を聞いた方が正確に伝わると思います」

やはり自分の拙（つたな）い語学力では意思が伝わらなかったのだ。しかし、そのお蔭でデビッドが会ってくれる気になったのなら結果オーライというべきだろう。

「幸い、今日はまだ時間に余裕があります。ゆっくり話そうではありませんか」

「あ、ありがとうございます」

目の前に座ると、改めてデビッドの体格のよさが確認できた。年齢の割に腹も出ておらず、袖口から突き出た腕は隆々としている。持って生まれた体質もあるだろうが、自ら摂生できるスポーツインストラクターは優秀という定評もある。

沙良は自分が女子日本記録を狙えるスプリンターであったこと、交通事故により左膝下を失ったこと、そして今はパラリンピック出場を目指しているが、義足の性能とコーチングに不足が生じていることを順序立てて説明した。

デビッドは両手を祈るように組んで、じっと聞いている。その姿はまるで問診している医師のようだった。だからだろうか、身を切るような話なのにするすると言葉が引き出されていく。

沙良の話を聞き終わると、デビッドはこくこくと頷いてみせた。

「オーケー、サラ。あなたの置かれている状況は理解できました。それで、あなたがワタシに面会を求めた理由は何なのですか」

「世界に勝てる義足とあなたのコーチングが欲しいんです」

「世界に勝てる、というのはパラリンピックで上位入賞するという意味ですか」

沙良が大きく頷くと、デビッドはしばらく考え込んでから徐(おもむろ)に口を開いた。

「サラの二百メートルのベストタイムは？」

「三十六秒一二です」

記録を告げると、デビッドは眉間に皺を寄せた。沙良は慌てて言葉を継ぐ。

「で、でもそれは充分なコーチを今まで一度も受けてこなかったからです。日本では障害者競技の経験者が本当に少なくて……」

「サラにとっての次のハードルはどのタイムになりますか」

「国際標準記録A、三十秒五〇です」

するとデビッドは大きく首を横に振った。

「それはひどく視野が狭い見方だ、サラ。世界選手権の惨敗で日本の女子陸上は出場枠を大きく減らしてしまった。現状を見ればその枠はもっと小さくなる可能性がある。サラがパラリンピックに出場するにはジャパンパラで国際標準記録Aを大きく上回るタイムを出し、世界選手権で並みいる選手に圧倒的な差をつけてゴールしなければならない」

「それはそうですけど、まず第一のハードルは三十秒五〇だと思います」

「比較的イージーな目標を設定して、少しずつクリアしていく。一見、着実で正しい方法のように思えるが、それはアスリートとして平均的なやり方だ。サラのように標準記録に五秒以上もビハインドがあるアスリートの手段じゃない」

デビッドはいったん肩の幅まで開いた両手を、目の前でぴたりと合わせてみせる。

「一気にワールド・レコードを狙う。それくらいのファイトとプランがなければダメだ」

それはあまりにも極端ではないか、と言おうとしたが、デビッドの強い目に制止された。

「パラリンピックだから一度出場を逃してしまえば、次のチャンスは四年後にしか巡ってこない。しかし肉体のパフォーマンスのピークはそんなに長くは続かない。陸上競技の連覇が困難であり、称賛されるのはそのためだ。サラ、あなたはいくつになる」

「二十歳です」

「あなたのピークが何歳になるのかは分からないが、じっくりとワールド・レコードを狙おうというのは、着実なように見えて実は無謀な試みなのだ。サラが考えているほど世界は近くないよ。それはオリンピックもパラリンピックも変わらない」

　突きつけられた言葉は突飛だったが、間違いではなかった。確かに今の沙良の実力でパラリンピックを目指すのであれば、一歩一歩進むのではなく、背中にロケットをつけて飛ぶくらいのことをしなければとても追いつけない。

「わたし、まだピークはきていません。義足とコーチング次第でまだまだ記録を縮めることができます」

「サラの義足を見せてくれませんか」

　元よりそのつもりだった。沙良は傍らに立て掛けてあった競技用義足をデビッドに差し出した。デビッドは義足を目の高さまで持ち上げ、矯めつ眇めつする。すっかり他人の仕事を確認する職人の目になっている。

「機能をそのままデザインに生かしている。ソケットの外側は発泡ウレタン。これはサラの右足の形状に揃えている訳ですね。これを造ったのは日本人ですか」

「舘野という義肢装具士に製作してもらいました」

「日本人らしい、非常に丁寧な造りだ。自前の足よりも軽く、走れば跳ねるような感覚になるかね」

「ええ、その通りです」

「その、タテノという技術者はどんなアドバイスを？」

「この義足ではいずれ限界がくるって」

「確かにスペックの上では、これよりも優れた義足が多く存在する。同じオーダーメイドにしても、我々の国では企業単位で研究開発に取り組んでいるところが多い」

研究開発には相応の設備と投資資金が必要になる。当然、個人経営よりは企業の方に分がある。

「だから、わたしは新しい義足とコーチが欲しいんです」

「それをワタシに求めているのですか」

「はい、ぜひ」

「サラ。残念ながらその依頼を引き受けることはできない」

残念と言いながら、デビッドの言葉には毛筋ほどの逡巡も感じられない。

「どうしてですか」

「まずワタシが義足を造るとしても、材料や道具は本国にある。サラの身体の一部にするためには当然、ワタシに同行してもらわなければならない。義足の製作費とサラの渡航費用、滞在費用が必要になる。最初に伝えておくが、ワタシの造る義肢はおそらくタテノが造ったものよりも高価になる」

それは沙良も薄々予測していたことだった。

「二つ目にコーチングのことがある。ひと言ふた言アドバイスをするのではなく、完全なコーチとしてワタシを雇うにあたりワタシの宿泊施設及び衣類や食事、更にサラリーという、煩わしい問題をサラ一人で解決できるのかね？」

それは、と言い掛けたが後が続かなかった。しかしデビッドの指摘は尚も続く。

「いっそのことサラがアメリカに渡り、ワタシのコーチを受けるという方法もある。これなら現実的だろう。しかしその場合、今度は競技大会への出場が面倒になってくる。アメリカでトレーニングを行い、大会に参加する度に帰国する。そういうサイクルは他のアスリートたちに比べても不利になる」

これもデビッドの言う通りだ。アメリカと日本との往復は時間と費用を食う。尚且つ言葉に不安の残る沙良に、海外生活は精神的な負担にもなりかねない。

「三つ目に、ワタシは一人の専属コーチになる余裕がない。サラは知らないかも知れないが、ワタシは障害者団体のスポーツクラブで顧問をしている。それだけではなく、戦争で手足を失った兵士の義肢製作も依頼されている。サラの専属コーチになるということは、これらの要請を全て断ることになる。それは、サラがパラリンピックに出場することとバランスが取れることなのだろうか」

指摘がいちいち胸に刺さる。ウィキペディアの記載を鵜呑み（うの）みにしないまでも、デビッドが斯界（しかい）の著名人であることくらいは分かる。そんな人物を専属として雇うとなれば、金銭以外の犠牲を強いることになってしまう。

しかし沙良は諦めきれなかった。

「それでもお願いします」

頭を深く下げることで、どれだけこの外国人に真剣さが伝わるかは疑問だったが、自分にできるのはそれくらいしかない。

しかしデビッドの返事は冷徹だった。

「サラ。君のファイトには感心するし、手を貸してやりたい気持ちもある。だが言ってしまえば、それだけだ。スポーツの世界はファイトと同情心だけで動くものではない。それもオリンピックとパラリンピックに共通するものだ」

「でも！」

「実効性のない希望は、時に本人を蝕む。サラ、世の中には諦めることで進展するストーリーもあるのだ」

「お願いします」

再び下げた頭に冷ややかな返事が降りかかる。

「その執念を他に向けた方がいい。言い忘れたが、ワタシがサラの頼みを受けられない理由がもう一つある。サラの、そのひたむきさだ」

この態度のどこがマイナス要因なのかと、沙良は仰ぎ見る。

「ワタシは戦場にもフィールドにもいたから、腕や足を失くした者を多く知っている。身体の一部を失くした人間がどんな風に絶望し、どんな風に希望を持ち、そしてどんな風にその希望に蝕まれていくかを知っている。サラはパンドラの箱のエピソードを知っているか」

知っている。神々によって地上に送られた人類最初の女性パンドラ。その箱を開けた途端にありとあらゆる災厄が飛び出してきたが、箱の底に最後まで残っていたものがあった。それは〈希望〉だったと言う。

「楽観的なエピソードとして捉える者が多いが、真逆の解釈も存在する。人間にとって希望こそが最悪の災厄という解釈だ。希望があるためになかなか諦めることができず、未来永劫苦しみ続ける。ワタシも同じ見方だ。希望ほどタチの悪いものはない。大き過ぎる期待を抱き、何度も義肢を交換し、その度に新しい絶望に襲われる。そういう人間も少なくない。そして普通の者より肉体のパフォーマンスに恵まれていた人間ほど、その傾向が強い」

「わたしは、そんな」

「テレビで見掛けただけのガイジンにいきなり会い、義足の製作とコーチングを要請する。それだけで、どれだけ君が希望に飢えているかが分かる。君がこれ以上、絶望を繰り返すのを見るのは忍びないのだ」

デビッドは、それで会話を打ち切ろうとするかのように腰を上げる。

ここで立ち去られたら、本当に望みが絶たれてしまう――沙良が次にとった行動は自分でも思いがけないものだった。

「デビッド。ライター、持っていますか」

「持っているが……サラはアスリートなのに喫煙者なのか」

訝しげなデビッドからライターを受け取ると、沙良は火を点け、返された競技用義足のウレタン部分に近づけた。

「何をする！」

ウレタンに引火した炎が蛇の舌のように延びていく。

咄嗟にデビッドは義足を奪い取り、テーブルの上にあったコップの水をぶち撒ける。今まさに燃え上がろうとしていた火柱は黒煙となって辺りに充満した。

「お客様！　どうされましたか」

火と煙を見て従業員が飛んできたが、デビッドは手を激しく振りながらノープロブレムと繰り返す。

「タバコを喫っていたら、火が燃え移った。騒がせて済まない。もう大丈夫だから」

周囲を落ち着かせてから、デビッドは沙良の腕を摑んでカフェを退出する。

「いったい、どういう理由であんなことをした！」

「絶望しか与えてくれない義足なら要りません」

沙良は正面からデビッドを見据えた。

「ワタシの言ったことが理解できなかったのか」

「あなたの造る義足がわたしにとって唯一の希望なんです。希望が最悪の災厄ならそれでもいい。何度絶望してもいい。光が見える限り、わたしは何度でも立ち上がってみせます」

「それが愚かな行為だとは思わないのか」

「自分を賢いと思ったことなんて一度もありません」

デビッドは沙良とウレタン部分の燃えた競技用義足を代わる代わる見つめる。消し止めたとはいえ、広く燃えたソケットは部品をそっくり交換しなければ使い物にならないだろう。

「それにしても無茶なことをする。義足はサラの一部ではないのか」

「あなたの造る義足しか欲しくありません」

瞬間、舘野の顔が頭を過る。申し訳ないと思ったが、今はこうするより他にない。

しばらく沙良を見下ろしていたデビッドはやがて短い溜息を吐く。

「返事を一日待つことはできるか」

閉じられていた扉がわずかに開いた——そう思った。

「はいっ」

「考えるだけだ。あまり期待はしないでくれ。それと、この義足はひと晩預かっておくがいいか」

その理由は分からなかったが、デビッドの機嫌を損ねたくないので、沙良は二つ返事で承諾した。


翌日、デビッドは再びホテルのカフェに沙良を招いた。

義足を燃やしたのはやはりやり過ぎだったと反省しきりだった沙良に対し、デビッドは何事もなかったかのように振る舞う。

「昨夜、サラの義足をチェックした。タテノの技術は確かに素晴らしいが、彼はサラの走っている姿を見ているのか」

「いえ。それはなかったです」

「そうだろうと思った。バネの一点だけに負荷がかかり過ぎている。これではいずれ金属疲労を起こしてしまう。それに競技用義足特有の弱点が改善されていない」

「競技用義足特有の弱点？」

沙良が問い掛けても、デビッドはそれに答えない。

「欠損部分の大きさで義足の形状も変わらなければならない。つまり義足が小さければ小さいほど、コントロールが容易になるし、掛かる負荷も少なくなる。この原理は分かるか」

皮膚感覚として思い当たる。沙良の場合は膝下からの欠損だが、これがたとえば足首からだったらずいぶん楽だろうと思う場面が多々あるのだ。

「その選手に適した走り方があり、その走り方に適した義足がある。それがベストの義足だ。その製作のためにはサラのスプリントを記録したビデオが必要になる。すぐに用意できるか」

二百メートルの記録映像なら西端化成陸上部に保存されているはずだ——思い出したが、歓喜が先に立った。

「わたしの義足、造っていただけるんですか?」

「拒否したら、アメリカまで追っかけてきそうだからね」

「ありがとうございます!」

頭を深く下げたが、デビッドからまだ早いとたしなめられた。

「今からサラのデータをもらってアメリカの工場で造っても作業工程と時間にロスが生じる。幸い、今回は講演やトークショーを除けば日程に余裕がある。それでこういう方法を考えた。アメリカの工場から材料と道具を空輸してもらい、日本で組み立てる。滞在中に完成させればサラがアメリカに渡る必要もなくなる。問題は場所だ。まさかホテルの一室を作業場にする訳にもいかない。サラ、どこかにそういう場所はないか」

すぐに思いついたのは舘野の工場だった。しかし他の義肢装具士に軒先を貸すことを舘野が許してくれるかどうか不安だったので、即答しかねた。

するとデビッドがすかさず提案してきた。

「よろしい。それでは東大のラボラトリーに場所を提供してもらうように交渉しよう」

「そんなこと、できるんですか」

「元々、彼らはワタシの製作の過程に深く興味を抱いていた。デモンストレーションとして義足の製作風景を公開すると申し入れれば、おそらくオーケーをくれると思う」

その口調からまず拒否されないだろうという自信が聞き取れたので、沙良は胸を撫で下ろした。

「そして問題がもう一つ、義足の製作費だが概算で四万ドル必要だ。これは用意できるかね」

四万ドル。一ドル百二十円と換算して四百八十万円。

「……何とかします」

「よろしい。では、すぐに記録映像を手配してくれ。それからサラはワタシと一緒に来てくれ。サイズを実測しなければならないからね」

「あ、あの、コーチの件はどうなんでしょうか」

ふむ、と鼻を鳴らしてデビッドは考える素振りを見せる。

「それが残る難問だな。しかし一気に全ての問題を解決するのは困難だ。今はできることから片付けてしまおう」

一度決めるとデビッドの行動は早かった。沙良を伴ってホテルを出ると東大駒場キャンパスに直行し、生産技術研究所の小岩井（こいわい）所長に早速交渉を始めたのだ。

研究所側の対応もまた迅速だった。デビッドの申し出を聞くや否や、製作過程の一部始終を記録することを条件に場所と設備の貸与を快諾した。これはデビッドの読み通りだったので、傍らで会話を聞いていた沙良は笑いを押し殺すのに必死だった。

「それじゃあサラ。君のデータを収集するから」

別室に放り込まれて、いきなり半裸にされた。身長・座高・右足の長さ・断端面の大きさくらいは予想していたが、研究所の測定器は３Ｄ計測で沙良のありとあらゆる部位を測っていく。体脂肪率の測定や血液検査までされたのも想定外だ。

「肉体の一部を造るのだ。体脂肪率や血圧、肺活量に筋肉の伸縮率。全てを考慮しなければスプリントに特化した義足など造りようがない」

デビッドの言い分はもっともであり、沙良はおとなしく従った。

そして身体のあちらこちらを探られながら、頭ではどうやってコーチを引き受けてもらうか、それればかりを考えていた。

4

四日後、新しい義足が完成したとの報を受けて沙良は生産技術研究所に向かった。

「案外、早くできたよ」

出迎えてくれたデビッドは快活に言ったが、目の下がわずかに窪んでいるのを沙良は見逃さなかった。おそらく睡眠時間を削ってくれたのだろう。着ているシャツにも皺が目立った。

「予算内で仕上げた。ただし妥協した部分は一つもない」

デビッドの後に従い研究所の奥に進むと、それがアクリル板の上に立てられていた。

デビッド・カーター作、サラ・イチノセ専用のブレード。

以前の競技用義足を見た時は斬新なデザインだと思った。

だが、この形状は異様ですらあった。ソケットは細身になり、バネ足部分は横から見るとＳの字に湾曲、足首に当たる部分がわずかに括れている。全体の色も漆黒で、異様さに拍車をかけている。肉体の一部というよりは、武器のような趣きがある。

手が自然に伸びた。無機質で滑らかな表面。しかし鉄の冷たさはなく、じっと手を当てていると体温が向こうに伝わっていくのを感じる。

「材料はドライカーボンを使用している。オートクレーブ（大型圧力装置）で成形しているから、構造上の歪みも最低限に抑えられている。現時点では最高性能の義足だよ」

決して優雅な形状ではなく、むしろ禍々しい。

それでも手に取らずにはいられない吸引力がある。

「装着してもいいですか」

「オフコース」

日常用の義足を外すのももどかしい。早くこの黒い義足を嵌めたくて仕方なかった。

驚いたことに断端面とソケットの内部は元から一組だったかのように、ぴたりと一致した。

「３Ｄで測ったからな。完全に合ってくれなければ逆に困る」

「……前の義足よりも軽い感じがします」

「carbon-fiber-reinforced plastics. ドライカーボンというのは強化材に炭素繊維を使った繊維強化プラスチックだ。軽量なのに強度がある。だから建築の分野では耐震補強に貢献しているくらいだ」

装着して立ってみると違和感がある。ただし不快な違和感ではなく、片足に武具を装着したような感覚に近い。

一歩踏み出す。バネ足部分が短いので、接地面で歩くというより、爪先で歩いているようだ。

「歩いていても跳ねるような感じではないです」

「走ること、それもサラのスプリントに特化した形になっている。だから普通に歩いたり日常生活を送るには、まるで不向きだ」

望むところだと思った。日々の暮らしは日常用の義足で事足りる。武骨な外観も多少の不便さも物の数ではない。

「バネ足の足首のところが細くなっているのは何故ですか」

「走れば分かる」

デビッドは悪戯（いたずら）っぽく笑ってみせた。

「今すぐ試してみたいです」

「そう言うと思って第一グラウンドを借りておいたのだが……うっかりしてウェアのことを忘れていた」

「それなら心配ありません」

沙良は持参したバッグの中からランニングウェアを取り出してみせる。

「サラもそのつもりだったか」

デビッドはもう一度笑った。

第一グラウンドに向かう途中もデビッドは話し続ける。

「今から行くグラウンドだが、試作品の研究という名目で使用できることになった」

「本当に？」

「タイムをデータとして提出することが条件になるがね。計測は研究員がしてくれるし、計測データもトレーニングにフィードバックできるから……ああ、日本語では一個の石で二羽の鳥を落とすと言うんだったな。どちらにしても損な話ではない」

沙良は先刻から気になっていることを口にする。

「どうして研究所はそんなに協力してくれるんですか。ひょっとして研究所の弱みか何かを握って……」

「ハハハ、違う。こちらと向こうの思惑が一致しただけだ。こちらは場所と設備が欲しい。向こうは最新義足の装着による体力の向上過程をデータにしたい」

「そんなデータ、いったい何の役に立つんですか」

「現在、義肢に使われるテクノロジーは産業界から大きな注目を浴びている。障害者や義肢という言葉にマイナスのイメージを持つ者は多いが、義肢がテクノロジーの所産であるのなら、進化次第では人間の能力を超えることも可能だからね。サラのデータは技術開発に活用できる」

「人間の能力を超える、ですか」

「たとえば男子百メートルの世界でワールド・レコードを一秒縮めるのに百年近くかかるのに、障害者競技の世界では一年しかかからない。無論、選手本人の努力もあるが、義肢に投入される技術も無視できない。つまり技術次第では、障害者が健常者を上回ることができる。サラも同じだ。義足のあらゆる部位をサラの特性に合わせて設計しているから、健常者だった以前より速く走れるかも知れない」

「そんな……」

「そんなことは信じられない？　ではほんの三十年前、インターネットによって世界中の人間が個人レベルで繋がることを誰が信じられた？　一人一人が携帯端末を持つ未来を誰が予想できた？」

沙良への協力を渋っていた頃のデビッドとは、まるで別人のような振る舞いに見えた。

「ただしその進歩は最先端を走るパイオニアたちの不屈の意志があったからだ。スポーツは精神論ではなく科学だが、その科学を推進させるのはマインドでありモチベーションだ。これは矛盾しているかね」

「……いいえ」

「いつかの話の繰り返しになるが、希望は人類の最悪の災厄だ。だがその災厄をものともせず、逆に自分のエネルギーにしてしまえる人間がたまに存在する。要はサラがそういう人間かどうかだよ」

そして二人はグラウンドに立った。

義足を装着した沙良を見て何人かがちらと視線を寄越したが、障害者に対する好奇よりは新型義足の異形さに対しての興味のように思える。

「タイムは自動計測器が測ってくれる。フォームは彼が記録してくれる」

デビッドが沙良の背後を一瞥する。その視線を追うと、ビデオ機材を担いだ青年が二人の後を追い掛けてきた。

「ラボラトリーのキヌガワだ」

「はじめまして。教授の助手をしている鬼怒川（きぬがわ）です」

鬼怒川がぺこりと頭を下げる。背がひょろりと高く、眼鏡の奥の瞳が理知的な青年だった。

そうか。自分のデータ収集はこの瞬間から始まっているのか。

沙良は早速ストレッチを開始する。入念な前屈。それから後ろで手を組み、肩甲骨を寄せるようにして胸を反らせる。

「いつでもいけます」

沙良の声に鬼怒川が呼応する。

「こっちも準備オーケーです」

「最初は慣らし運転のつもりでいいぞ」

「とんでもない。全力でいきます」

沙良の答えを予想していたかのように、デビッドが苦笑する。

「サラならそう言うと思ったよ」

「On your marks」

デビッドの合図でトラックの中に入り、ブロックに蹴り足を乗せる。舘野バージョンに比べてバネ足が短いので、腰がより深く沈む。

「Set」

腰を上げると、健常者だった頃の感覚が戻りつつあることに気づく。身体が限界まで収縮し、飛び出すのを今か今かと待ち望んでいる。

思い出した。この感覚だ。

「Go!」

号令とともに沙良は前方に飛び出す。

コーナーを曲がる際、以前よりも義足が邪魔にならない。走ってみると分かるが競技用義足は、直進はともかくコーナーリングが苦手だ。ところがこの義足は何の抵抗もなく曲がってくれる。二百メートルはコーナーからの立ち上がりでタイムが決まるといっても過言ではない。沙良はストレスなくコーナーを抜けると、直線コースに入った。

何だ、これは。

地面を蹴りながら、沙良はかつて体験したことのない感覚を味わう。バネ足で走っているというのに跳ねる感じはない。むしろ生身の足で地面を蹴る感触に近い。

それでいながら身体は軽く、義足は生まれついてのように動いてくれる。

走ることが楽しい。風を切ることが何よりの快感に思える。

ああ、そうだ。

これはまだ両足が健常だった頃に味わった快感に似ている。走ることが試練でも勝負でもなく、ただ肉体の裡に秘められた力を思いのままに放出していた時の悦楽だ。

目の前にゴールが迫る。

しかし焦燥感はない。

一歩一歩に生の実感がある。

腕をひと振りする度に、柵(しがらみ)を振り切れるような錯覚がある。

そして沙良はゴールを通過した。

徐々にスピードを落として、空を見上げる。

心地好い疲労と解放感で、しばらく酔ったような気分だった。

ふと真横の電光掲示板に視線を巡らせ、目を剝いた。

『35.54』

そんな馬鹿な。

三十五秒五四？

咄嗟には信じられなかった。自己ベストをあっさりと更新しているではないか。驚いてデビッドの許に駆け寄ると、彼は鬼怒川が撮った映像を熱心に見ているところだった。

「デビッド！　わたしの記録……」

「ああ、こっちのビデオのデータでもタイムは三十五秒五四だ。計測器に間違いはない」

「でも、こんなにあっさり」

「ワタシが最新の技術を投入して造った義足だ。これくらいのパフォーマンスがなければ逆に不満だよ」

記録係の鬼怒川もまた冷静だった。

「過去の市ノ瀬さんのフォームに近いですね。若干ストライドが狭くなっていますけど、スピード維持区間での減速もほぼ同様のカーブを描いています」

どうやら、以前の自分の走りに近づいたのは気のせいではなかったらしい。

「でも、どうして」

「新しい義足の親和性が高いからだろう。何しろサラの体格から何から、全てのデータを集積しているのだ。まるで生身の足のようだったろう？」

「ええ。久しぶりに走るのが気持ちよかったです」

「だが、まだパフォーマンスを充分に引き出せていない。足首の部分が括れている理由に見当はついたか」

沙良はコーナーリングの感覚を反芻し、舘野の義足ではどこかぎこちなかった接地感覚が驚くほど改善されていたことを告げる。

「その通りだ。この義足の特長はまさにそこだ。従来の義足の形状では前方向に進むのはいいが、左右のバランスが取りにくいので横方向、つまりカーブを曲がる段になるとスピードが殺されてしまう。それで括れを作って足首と同じ役割を持たせた。義足の部分が短ければ短いほど足全体のコントロールがしやすくなる理屈は分かるな」

沙良は黙って頷いた。つまりテコの原理における支点位置のことだ。この場合は腰が力点になるが、支点が力点から遠いほど力は少なくて済む。当然、作用点をコントロールする力も最小限になる。

「今更欠損部分を再生することはできないが、仮想の足首を作ることで代替にはなる。爪先を短くしているから、より本物の足に感覚が近いはずだ」

「そう思います」

「だからこそ、その特性を生かしきれていない。二百メートルの勝敗はコーナーの処理にかかっている。もっと勇気を持ってスタートしろ。そして八十五メートル地点まで一気に加速したら、残りは自分の体力と義足を信頼してリラックスしろ。今走った後半の百メートルは気持ちがよかっただろう」

「はい」

「リラックスしていい具合に力が抜けた。その分、加速力を温存してラストスパートに繋ぐことができた。タイムがよかったのはそのためだ。しかし、まだ後半を飛ばし過ぎだ。二百メートルのトップアスリートたちの走りを解析すると、八十五メートル付近でトップスピードに達し、後はずっと維持している。サラの場合はそれが少し遅れている。後半はもっともっとリラックスしていいんだ」

デビッドはトラックの八十五メートル付近を指差す。

「まず自分をロケットだと思え。あの八十五メートル地点までに第一ブースターを燃焼し尽くす。大気圏を脱出したらすぐ第二ブースターに点火し、後はゆったりと宇宙空間を突き進む。そういうイメージで走るんだ」

ロケットのイメージで走れ、という言い回しが妙に気に入った。

「分かりました。もう一度トライしてみます」

元よりそのつもりだったらしく、デビッドと鬼怒川は当然のように頷いた。

ビデオ機材の準備を確認してから、沙良は再びスタートラインに立つ。向かい風、しかし微風。

「On your marks」

義足の特長をもう一度反芻する。足首を仮想したことで、本物の足と同様の使用感になっている。横移動に優れ、コーナーリングでスピードを殺す必要はない。

「Set」

デビッドを信じろ。デビッドの造った義足を信じろ。自分の体力を信じろ――。

「Go!」

わたしはロケットだ。そう念じながら沙良は飛び出した。

第一ブースター点火。

曲線路でのスタートでも、最初の八歩は直線と同じ走り方だ。下り坂を想定しながら身体を起こしていく。加速とともに上半身を持ち上げた頃にはコーナーの走り方に変わる。

加速しながら曲がる。義足の接地面に横方向への力が加わり、滑る恐怖に蓋をして地面を蹴る。大丈夫だ。接地面は地面に噛みついて横滑りする気配は一切ない。沙良はさっきよりも強引にコースを曲がった。

ここから八十五メートル地点まで全力噴射。

沙良は前傾姿勢のままストライドを心持ち広げる。義足への信頼感が、大胆なストライドを可能にさせる。

バネ足ながら、跳ねるというよりは地面を滑るような走行感だった。地面の固さが上半身に伝わる。接地の衝撃が上手い具合に分散していく。

加速とともに視界が狭まる。ゴールの位置さえ分かれば、それでいい。五感は麻痺し、神経は力の放出と維持に費やされる。

八十五メートル地点を通過。

沙良は第一ブースターを切り離し、第二ブースターに点火する。

速度を保ったまま力を抜く。矛盾しているようだが、これはデビッドの比喩が一番的を射ている。トップスピードで得られた勢いを生かして身体を流しているとでも言えばいいのか、大気圏外に打ち出されたロケットのように引力から解放されて慣性の法則で進んでいくのだ。だからこの部分は九割から八割の力で流し、スパートで発揮する分を蓄えておく。

両腕を締めて上半身をぶれないようにする。足は後ろに蹴るのではなく、むしろ置いていくように。

ラスト五十メートル、沙良は全身の筋肉を爆発させた。

蓄えていた残りの力を全て燃焼させる。

息を止め、ゴールへと向かう。

思考も感情も推進力に変えて、弾丸となる。

ゴール！

沙良は緩やかに減速しながら息を整える。全力疾走の後の脱力感が全身に伸し掛かるが、それよりも達成感の方が大きい。

さっきよりもいいタイムが出たことは皮膚が感知している。

徐に電光掲示板を見る。

再び目を瞠った。

『33.82』

まさか。

標準記録Bの三十三秒〇〇にコンマ以下まで迫る記録ではないか。

信じられない気持ちで二人の許に取って返す。今度はデビッドも鬼怒川も驚いた様子だった。

「一回のスプリントで二秒近くタイムを縮めるとは予想外だったな、サラ」

「素晴らしいですね。ちゃんと八十五メートル地点でトップスピードを記録していますよ」

駆け寄っていった沙良は、いきなりデビッドに肩を抱かれた。

「やるじゃないか、レディ。エキサイティングなのは性格だけじゃなかったのだな」

「その話は忘れてください」

「無理だな。あんなプレゼンテーションをする人間は後にも先にもサラくらいのものだろう」

「あの時は本当に必死だったから……でも、デビッド。今のタイムはあなたのアドバイスがあったお蔭です。わたしには、やっぱりあなたのコーチが必要なんです」

「うーん」

途端にデビッドの顔が曇る。

「お願いです。わたしの専属コーチになってください」

「今のスプリントを見てしまった後では、それはとても魅力的な申し出に思える」

「それじゃあ!」

「慌ててはいけない。悪いが、それでもワタシには決められたスケジュールがある。ワタシとその技術を必要としているのはサラだけではないのだ。いくら魅力的な提案であっても、ワタシの趣味を優先する訳にはいかない」

聞き捨てならない言葉を聞いた。

「趣味?　趣味ってどういうことですか。わたしは二百メートルに賭けています。それを趣味なんて言い草はあんまりです」

「サラにとっては人生の賭けかも知れないが、君に興味を抱いてアドバイスしたのはワタシの趣味でしかない。趣味には責任が伴わない。現段階でワタシが責任を持てるのは義足の完成度であって、サラのタイムではない。この理屈は理解してくれるか」

「……要は報酬が発生するかどうかということなんですか」

「何度も言わせるな。サラのタイムに責任を持とうとしたら、サラ以外の障害者に義肢を提供できなくなる。サラのタイムを縮めることと彼らの義肢を製作することを交換しなければならない」

それを言われると、沙良には返す言葉がなかった。

並外れて優秀な技術を持つ者は時として公人の扱いを受ける。そして公人であるからには私的な思惑を優先させることはできない。

「ワタシにできるのは残り四日間、滞在時間いっぱいまでコーチしてやることだけだ」

たったの四日間。それでは多少タイムを縮められても、パラリンピック出場資格を得るまでには到底至らない。

気落ちしたのが顔に出たのだろう。デビッドはしばらく沙良を見ていたが、やがてその肩を軽く叩いた。

「あと四日でワタシは日本から離れる。しかしキヌガワたちラボラトリーのメンバーがサラのサポートを引き受けてくれる」

「えっ」

振り向くと、鬼怒川が会釈を寄越した。

「新型義足を装着したアスリートのタイムがどこまで更新できるのか。彼らのデータ収集はまだまだ続く。続く限り義足のメンテナンスや練習場所も引き続き提供される。また、そのデータはワタシのタブレットに随時送信される。もしアドバイスする箇所があれば、ワタシはアメリカから指示することができる。傍らについてはやれないが、それなら最低限のサポートができる」

すっと胸から澱が消えていくのを感じた。

「トラックを走る時は一人でも、サラの後ろには何人ものサポーターがいるのだ。それをくれぐれも忘れないでほしい」

奇妙なアクセントの言葉が胸に沁みる。沙良は危うく泣きそうになった。

「ありがとうございます……あ、それじゃあ今日を含めて五日間のコーチ代を」

「つくづく人の話を聞いていないな。コーチングはワタシの趣味だから報酬は不要だ。義足製作に費やした分だけ支払ってくれればいい」

「……四万ドル、必ず明日中に指定された口座に送金しておきます」

するとデビッドは訝しげな視線を送ってきた。

「ひと口に四万ドルと言うが、サラの家庭はそんなに恵まれているのか」

沙良は返事ができなかった。

四　踵に羽を

1

千代田区霞が関一丁目一番四号。

犬養が裁判所合同庁舎の正門で辛抱強く待っていると、やがてあの悪徳弁護士が姿を現した。

「何だ、あなたか」

御子柴はさして驚いた風もなく、犬養の傍を擦り抜けていく。

「そんなに邪険に扱わないでもらえませんかね」

「殊更邪険に扱っている訳じゃない。クライアント以外、わたしは誰にでも公平に接している」

「敵方である警察に対してもですか」

「敵だと思ったことはない」

「ほう、敵にもならないということですかね」

せいぜい皮肉を効かせたつもりだったが、御子柴は眉一つ動かさない。相変わらず感情の読めない男だ。

それならこの切り口ではどうか。

「今日の出廷は宏龍会（こうりゅうかい）の案件ですか」

この悪徳弁護士は少年時代の旧悪が暴露されてからというもの、大口の顧問契約が激減し、現在、顧問をしているのは広域暴力団の宏龍会くらいだと聞いた。弁護士という人種はプライドの塊だ。いくら背に腹は代えられなくても、ヤクザの片棒を担がされていることを揶揄されて平気でいられるはずもない。

だが、御子柴はこれにも反応しなかった。

「御子柴先生。わたしの話、聞こえていますか」

「ああ、聞こえている。相手の自尊心を刺激しようという魂胆が見え見えの言葉だが、そういう手法はわずかでも自尊心のある人間に使うべきだな」

畜生、これも見透かされているか。

「どこか落ち着いた場所で話がしたいのですが」

「わたしはしたくない」

「あなたが相楽泰輔の死亡保険金を管理していることについて、ですが」

これで足を止めると思ったが、御子柴は構わず歩き続ける。

「あまり動じませんね。この程度のことはすぐに調べられると織り込み済みでしたか」

「動じるとか動じないとか、そんなに人を驚かせたいなら、手品師にでも転職することだな」

「とんでもない。こちらはいつもトリックを暴く側でしてね。まあ、いい。先生がご多忙なのは承知してます。歩きながら話すとしましょう。ご迷惑ですか」

「迷惑だと言ったらやめてくれるのか？」

「打てば響くような皮肉ですね」

「話すのが商売だ」

「こちらは訊くのが商売だからちょうどいい。さて先生。被害者相楽泰輔は生前五千万円の生命保険に加入していた。普通、保険金の受取人には親族が指名されるもので、相楽泰輔の場合もその例外ではない。受取人は母親の千鶴になっていた。ところが先生が相楽泰輔の代理人になった直後、保険金受取人である母親は被保佐人とされ、保佐人には御子柴先生、あなたが選任されている」

保佐というのは成年後見制度の一つだ。以前は禁治産者（心神喪失し財産の管理や処分が困難な者）・準禁治産者（心神喪失ほどではないが正常な判断力を失っているか、浪費癖のある者）という呼称だったが、一九九九年の民法改正でそれぞれ被後見人・被保佐人という名称に改められた。いずれにしろ家庭裁判所の審判によって決定され、決定後は後見人および保佐人が本人の代理として財産を管理・処分することになる。

「あの母親なら被保佐人に認定されても仕方あるまい。どうせ借金のことも調べが済んでいるんだろう」

「ええ。生活費だかギャンブルだか知らないが、あちこちから借りまくっていますね。十年前には一度破産宣告もしている」

「泰輔の弁護費用も、問い質してみたら闇金からの借り入れで工面したカネだった。馬鹿な母親だ」

「子供可愛さになけなしの弁護費用を無理して工面したとは考えられませんか」

「子供への愛情があろうがなかろうが、馬鹿であることに変わりはない」

御子柴は淡々と千鶴を論う。

「弁護人に選任された際、それを知らされたから泰輔と相談してついでに成年後見の申し出をした。損害賠償請求の過程でかなりの金額が動くのに、肉親が借金塗れではおちおちカネ集めもできん」

「被保佐人にしてしまえば、母親は先生の許可なく財産を処分できなくなりますからね。そして母親が被保佐人になった後、何故か偶然にも泰輔が死亡して五千万円が転がり込みます」

「ふん。偶然とは思っていないような口ぶりだな」

「あなたの弁護はカネがかかることで有名だ」

「弁護士報酬は実績に比例するから当然だろう」

悪辣ぶりもここまでくれば大したものだ。悪びれもしない口調はいっそ清々しささえ感じられる。

「わたしを容疑者扱いしたいらしいが、事件当日のアリバイは証明済みではなかったのか」

「なにも先生が相楽泰輔を殺したなんて言ってませんよ」

だが、言外に怪しんでいることは否定しなかった。これだけ冷静で且つ頭の回る男なら、嫌疑をかけられていることくらいとうに承知している。だが、だからといってあからさまにしていい訳でもない。要は腹の探り合いだ。

御子柴にはアリバイがあるので実行犯の可能性は小さい。しかし、殺人教唆あるいは殺人幇助の可能性ならどうか。たとえば犯行が可能だった市ノ瀬輝夫と利律子の夫婦だが、どちらかを焚きつけて相楽泰輔を殺害させたとすればどうか。

御子柴が相楽泰輔の代理人になった時点では、扱う事件は単なる損害賠償請求だった。いくら悪徳弁護士とはいえ、その種の事件で常識外れの弁護士報酬を掠め取るのも困難だろう。

しかし、泰輔の死亡保険金に着目すると話は違ってくる。折半しても二千五百万円のカネは犯罪に手を染める価値がある。人身事故の加害者側の代理人弁護士が被害者側と結託して依頼人の保険金を奪取する——およそ弁護士倫理にもとる行為だが、元よりこの弁護士は倫理など子供の時に棄てている。

「己の手を使わずとも果実は捥ぎ取れる。わたしを疑っているのなら、当然そんな可能性も想定しているのだろうな」

さすがに犬養はぎょっとした。

いつもとはまるで逆だ。こちらの考えを全て読まれている。

「言っておくが、可能性はともかく共犯者を作るなど愚の骨頂だ。犯罪が露見する確率が徒に増える。わたしがそんな迂闊な人間だと思われているのなら心外だな」

何という男かと少し呆れた。この男は容疑者にされるよりも、迂闊さを嗤われることに怒っているのだ。

「普通はそこで、自分は与り知らないと抗議するところじゃないんですか」

「疑いをかけている相手の言うことなどどうせ信用するまい。法廷でもあるまいし、抗議するだけ体力と時間の無駄だ」

それなら別の角度から斬り込ませてもらうか。

「生命保険会社から送金された五千万円は先生の管理下にあります。預金として管理しているのでしたら銀行通帳を、現金なら残高の確認できるものを提出していただけませんか」

「断る。提出する理由がない」

「理由ならありますよ。市ノ瀬沙良は事故で片足を失くしましたが、つい最近義足を買い換えました。日常生活用のものから競技用義足にしたんです。それも二度。かかった費用は少なく見積もって合計で六百万円。彼女は勤めていた会社を辞めてしまいましたが、二十歳そこそこの女の子にそんな退職金が支払われるはずもない。では、どうやって工面したのでしょうね」

御子柴から市ノ瀬の両親にカネが渡り、両親が沙良に義足を買い与えた——それが犬養の読みだった。

しかし、相変わらず御子柴は表情を変えない。

「だったらわたしに訊くのはお門違いというものだ。市ノ瀬沙良に直接訊けばいいだろう」

そう言われると言葉を継ぐことができず、黙り込むより他になかった。足を止めた犬養を置き去りにして、御子柴の背が遠ざかっていく。

ここは当然悔しがる場面のはずだが、むしろ犬養はむらむらと好戦的な気分になってくる。相手にとって不足なし。いや、それどころか今までで最も手強い相手かも知れない。

では、お言葉に甘えて本人を直撃するとしよう。

市ノ瀬宅を訪れると、母親の利律子が応対に出た。

「沙良は外出して不在です」

自分たちが疑われているのを自覚しているせいか、利律子の態度は尖っている。

「どちらに行かれましたか」

「さあ、存じません。そちらでお調べになったらいかがですか。それがお仕事なんでしょう」

「そうですか。ではあなたにお訊きしたいことがあります。沙良さんに競技用義足を買い与えたのは、あなたなんですか」

するとと利律子はひときわ険しい目をした。

「さあ。それを調べるのもあなたの仕事でしょう」

粘っても埒(らち)があきそうになく、利律子の言うことももっともだ。犬養は一礼して市ノ瀬宅を辞去する。

どうせ沙良の居場所は見当がついている。

最初に沙良に疑惑の目を向けてからというもの、明日香に命じて継続的に彼女の身辺を探らせていた。彼女が義足を二度も買い換えたのも、尾行したお蔭で知ることができた。家にいないのであれば、彼女の行き先は一つしかない。

トラックの上だ。

明日香の話によれば、沙良は東大駒場キャンパスの第一グラウンドに日参している。尾行だけでは事情が不明だが、どうやら沙良は生産技術研究所の協力を得て独自のトレーニングを開始したらしい。いい機会なので、犬養としては研究所に経緯を聴取したいと考えていたところだった。

キャンパスに到着すると生産技術研究所に直行する。来意を告げると所長室に通された。

「きっかけは先ごろ研究所の招待で来日していたデビッド・カーターでした」

所長の小岩井はその時の様子を丁寧に語ってくれた。それによれば研究所では予(かね)てよりデビッド・カーターの手になる義肢に興味を抱いていたのだが、いきなり沙良が義足の製作を直訴したために、突発的にプロジェクトが組まれたのだという。

「片足を失くしたスプリンターがデビッドの義足を装着し、どんな過程で以前のパフォーマンスを奪還し、また越えていくのか。義足に採用されたテクノロジーと能力向上の相関関係はどうか。研究所としてはこの機会を放っておく手はありません。フィードバックされたデータは全て有効活用できます」

「それでグラウンドやスタッフを提供できるのですね」

「彼女が遠征費用まで必要となった時は、どこまで助力できるか分かりませんけどね。少なくとも現時点では、彼女に必要なサポートができているはずです。まあ、それも彼女のデータがもらえるので共存関係にあるからなんですけどね」

たしかに研究所がデータ取得に必要な最新の義肢と、その条件に合致した障害者アスリートを同時に揃えるのは容易ではなかっただろう。つまり沙良と研究所の双方にメリットのある出会いだったことになる。

「スケジュールの関係でデビッドは帰国してしまいましたが、オンラインで我々と情報を共有していますからね。実際に彼のコーチングを受けているのと変わりがありません」

「そのデビッドの義足は、沙良さんが自腹で購入したんですよね。いったいいくらしたんですか」

「四万ドルと聞いています」

四万ドル、日本円で約四百八十万か。

「なかなかに大金ですね」

「工場で大量生産できるようなものではありません。それにデビッド製作の義足なら、四万ドルはお値打ち価格ですよ」

研究者の金銭感覚は一般庶民のそれと隔絶しているのか、それともこの研究所は科研費が潤沢なのか、さも当然のように言う。

思っていることが顔に出たのか、小岩井は意味ありげに笑ってみせた。

「金銭感覚がおかしいと思っておられるかも知れませんが、わたしたちは義肢を道具だと捉えていないのですよ。それは義肢を必要としているアスリートや患者さんも一緒ではないでしょうか」

「道具ではない？」

「それこそ失われた肉体の一部なんですよ。物を取る。書く。握る。抱き締める。走る。跳ぶ。感情を表現し、何かに挑む時、常に手足は意思を代弁します。逆に言えば、指を失ったピアニストがどんな絶望に襲われるか。もしも自分の手と遜色ない義手があれば、一千万円出しても惜しくないと思うでしょう。何故なら、それはただの道具ではなく彼の肉体、彼の意思の一部だからです。犬養さんは何か重篤な病に倒れられたことはありませんか？」

不意に娘の沙耶香の顔が浮かんだ。沙耶香は腎不全を患って、未だ病院のベッドの上にいる。

「病んでしまった器官を完全な人工物と交換できるとしたら、四万ドルは安い買物と思えませんか？　不遜に聞こえてしまったのなら申し訳ありませんが、デビッドの仕事やわたしたちの研究とは、つまりそういうことなのですよ。もちろんコストダウンも図らなければなりませんが、目下の課題は生体と同様の機能を獲得できるかどうかなのです。そしていずれは生体の性能をも超越していく」

「何というか、その……まるでＳＦに出てくるサイボーグのような話ですね」

「ああ、それは間違っていませんよ。元々サイボーグというのは Cybernetic Organism（サイバネティック・オーガニズム）、つまり生命体と自動制御系技術の融合を意味する言葉ですから。しかし現在はもうＳＦではありません。医療分野のペースメーカーや人工心臓など既に実用となった技術も数多くあります。沙良さんの装着している義足もその一つです」

「そうした人工物が生体と同等、あるいは超越した性能を獲得するというのは、本当に可能なのですか。たとえば人工腎臓とか」

ひょっとしたら体内埋め込み型の人工腎臓も実現可能なのかと、つい犬養は想像を膨らませてしまう。

「人工腎臓ですか。確か我が国でも岡山理科大をはじめとして多くの研究者が開発に携わっています。まあ、こちらの分野ではｉＰＳ細胞での再生医療との並行になるのでしょうけどね。いずれにしても生体と同等の肉体を造ることは、決して夢物語でも何でもないのですよ。そして、それを立証しようとしている一人が、市ノ瀬沙良という女性なのです」

小岩井が誇らしげにその名前を口にした時、何故か犬養は居心地の悪さを感じた。

沙良に面会したい旨を告げると、既に着替えを済ませてグラウンドに向かっている頃と教えられた。

「わたしは彼女の保護者ではないのでこれを言うのも僭越なんですが、スプリント前の彼女にはあまり精神的なプレッシャーを与えて欲しくありません」

「単なる事情聴取ですよ」

「それでも警察が彼女に接触するのは、彼女に近しい人が不自然な形で亡くなったからでしょう。悲痛な記憶の喚起はコンセントレーションの妨げになります。陸上競技に限らず、メンタルとフィジカルは常に相互関係にあります」

適当にやり過ごすこともできたが、真摯に対応してくれた小岩井を騙すような真似は気が引けた。

「先生には申し訳ありませんが、訊くべき時に訊くべきことを訊くのが警察の仕事です。それに苦しみにせよ哀しみにせよ、裡に溜め込むよりは口に出した方が楽になるのではありませんか」

すると小岩井は哀しげに頭を振った。

教えられた通り、研究室から第一グラウンドに向かう。ロッカールームを過ぎ、グラウンドへ続く通路を歩いていると、その途中で当の本人に出くわした。

だが、これからトラックに赴くような勇壮な姿ではなかった。

沙良は壁に背を預け、両手で顔を覆っていた。

「ごめんなさい……ごめんなさい……」

指の隙間から、くぐもった声が洩れた。

いったい誰に何を謝っているのか。

声を掛けるのも憚(はばか)られ、犬養はそのまま見ているより他なかった。

ひとしきり泣いた後、やがて顔を上げた沙良がこちらに気づいた。

「あ、あなたはこの間の」

「警視庁捜査一課の犬養だ」

「い、いくら警察だって、こんなところで黙って見ているなんて」

「申し訳ないね。声を掛けそびれてしまった」

慌てた様子で目の下を拭うが涙目は隠しようもない。泣いている顔を見られたのがよほど悔しいのか、それとも泣いた理由を知られたくないのか、沙良は顔を真っ赤にして怒っている。そして生憎、女心に疎い犬養は彼女に差し出すハンカチも慰める言葉も持ち合わせていない。

「まあ、落ち着いてくれませんか。でなきゃ話もできない」

「事件のことなら、泰輔くんを憎んだり恨んだりなんかしてないって、前にお話ししたはずです」

「ええ、確かに聞きました。今日は別件で来たんですよ。ところで、さっき小岩井さんと少し話をしました。新しい義足にしてから調子がいいみたいじゃないですか」

犬養は義足に視線を移す。細身のソケットとS字に湾曲したバネ足。犬養の知る義足とはまるで別物だ。それでいて沙良の身体に装着すると不思議に違和感がない。先刻の小岩井の言葉に影響されたのか、目の前に立つ人間がサイボーグという別種の人間のように思える。

沙良の方は話題が義足に移った途端、緊張を緩めたようだった。

「ええ。調子、すごくいいです。この義足に替えてから、毎日のように記録が更新されていくんです」

声もいくぶん弾んでいた。まるで手の平を返したような反応だが、アスリートというのは記録の更新がそれほどに嬉しいものなのだろうか。

「元気そうで何よりです。最初にお会いした時には、あまり表情を出していなかった」

「あの時は、もう二度と走れないと思ってましたから。今はもう、この足がありますから」

そう言って、誇らしげに義足を指す。

「競技用に特化しているせいか、ずいぶん前衛的な形に見えますね。普通に街を歩いている時もこの義足を履いているんですか」

「いいえ、ちゃんと日常用のものとは履き分けています。でも、最近はそんなことしなくてもいいんじゃないかと思い始めて」

「どうして」

「こっちの義足の方が歩いていても、自分の元の足みたいでしっくりくるんですよ。日常用はどうしても竹馬に乗っているような感覚があって……それにこの義足、表に出しても変に同情心を誘うような形じゃないでしょ。このままで街中を歩いても、結構カッコいいんじゃないかなって」

形状に関しては同意せざるを得ない。片足を失くしたのだという憐憫など彼方(かなた)に吹っ飛ばし、何者かに抗うような気迫が漲っている。

　これは日常生活の補助器具ではない。

　戦闘用の武器だ。

　そう考えれば沙良が義足を自慢しているのにも納得がいく。彼女は再び戦場に赴くのが嬉しくて仕方がないのだ。

「走ることはそんなに楽しいかい」

「当たり前じゃないですか。わたし、アスリートなんですよ」

　あまりに無邪気な顔をするので、ふと犬養は訊いてみたくなった。

「教えてくれないかな。あなたに限らず、そして障害者に限らず、能力の限界に挑戦しているアスリートがこの世には星の数ほどいる。だが、一部を除いてほとんどの競技は選手生命が短い。それは身体能力のピークが短期間しか継続しないからだ。大抵の競技者は志半ばで戦線から離脱する。頂点に立ったはずの者も境遇は大して変わらない。体力気力の衰えとともに一線から退く。それまでの人生を競技一本に費やしても残りの人生が保障される訳でもない。ある統計によれば、一般人よりも平均寿命が短いそうだ」

「知ってますよ、それくらい」

　沙良は事もなげに言う。

「でも、言われてもピンとこなくて。競技年齢の短さとか、生活の保障だとか、そりゃあ心配したことがないとは言わないけど、走っている最中にそんなこと考えたりしませんよ」

　そうなのだろうな、と思う。

前しか向いていない人間には、横からの声は金言であろうが野次であろうが全て雑音だ。

「第一、残り時間を気にして生きていくなんて性に合いません。気にする時間は二百メートルのタイムだけです」

威勢の良さは聞いていて胸がすく。そしてまたほろ苦くもある。

中学に上がるか上がらないかという時期に、娘の沙耶香は腎不全を発症させた。別居していた事情もあり、犬養は父親でありながら沙耶香の潑剌とした姿を見なくなって久しい。身体に障害を持っているという点では、娘も沙良も同等だ。沙良と同じく、もし人工の優れた臓器を手に入れたら沙耶香もこんな風に輝きを取り戻すのだろうか――。

おっと危ない。

犬養は慌てて感情に蓋をする。容疑者に娘の姿を重ねるなど、およそ刑事として誉められた話ではない。

「デビッド・カーター氏の義足はそんなにすごいのかな」

「装着した者にしか分からないと思います。変な喩えかも知れないけれど、走っているとまるで踵に羽が生えたみたいに感じることがあります」

「そいつは大したものだ。さぞかし高価だったんだろうね」

「ええ。四万ドルもしたけど全然高価だなんて……」

沙良は言い掛けて、やめた。

「ふむ。四万ドルが高価であるのは承知しているんですね。日本円に換算して約四百八十万円。しがない公務員から見れば大層な金額です。しかもあなたは、それ以前にも舘野製作所で競技用義足を購入している。二つで合計八百万円近く。いったい、あなたはそんな大金をどこから手に入れたんですか。まさか西端化成が二十歳そこそこのスポーツ枠社員に、そこまで多額の退職金を用意するとも思えない」

「あなたには関係ないことです」

沙良の表情は凍りついていた。

「わたしが自分の義足を買うためのおカネをどうやって工面しようが、放っておいてください」

「放っておくには金額が大き過ぎる。犯罪捜査だからね。相楽泰輔に多額の保険金が掛かっていたのなら尚更だ」

沙良の目つきはいよいよ険しくなる。これで折角直っていた機嫌も元の木阿弥だ。

「購入費用はその保険金の一部じゃないんですか」

「違います」

「それに、あなたがさっき泣きながら謝っていた相手はひょっとしたら相楽泰輔じゃなかったんですか」

「いい加減にしてください！」

そう叫ぶなり、沙良は背中を向けた。

「疑うのなら、どうぞ勝手に調べてください。わたしに協力できることはありませんから」

「捜査にご協力を」

「それなら警察やあなたは、わたしに何を協力してくれるんですか。わたしの足が奪われた時、警察と検察はわたしのために、どれだけ熱心に捜査してくれたっていうんですか」

それが捨て台詞だった。沙良はそれだけ言うと、一度も振り返ることなくグラウンドに消えて行った。

警察が何もしてくれなかったから、自分も協力する気はない――子供じみた理屈だ。幼稚すぎてまともに相手もできない。

だが、犬養はしばらくその場から一歩も動けなかった。

沙良の吐いた呪詛の言葉が五体を縛り付けている。

相楽の明らかな危険運転の末、沙良は片足を失った。それにも拘わらず所轄と検察は相楽を危険運転致死傷罪で訴えることができなかった。法律の不備を指摘されればそれまでだが、結果的に沙良を二重に絶望させてしまった。アスリートにとって足を奪われるという最悪の絶望に苛まれた彼女に、更なる絶望を与えることしかできなかったのだ。彼女が警察や犬養を厭うのはむしろ当然だろう。

いくら高い検挙率や緻密な科学捜査を誇っても、たった一人の無念さえ晴らせなかった。忸怩たる思いが犬養の四肢を石に変えていた。

2

「遅れてすみません」

沙良が謝りながら駆け寄ると、測定機材のチェックをしていたらしい鬼怒川はひらひらと片手を振ってみせた。

「ああ、構いません構いません。こちらももうじきセッティングが終了するところですから。ストレッチ、済みましたか」

「ええ、完璧」

だが、鬼怒川はしばらく沙良を観察するように見てから眼鏡をくいと上げた。

「うーん、僕の見る限り完璧とは言えませんね。特にここの辺りが」

そう言って自分の胸に手を当てる。

「はい？」

「沙良さん、いつもと違う形で興奮しています。決してスプリントには向かない興奮の仕方ですよ」

「それは……」

「あの、渋いイケメンおニイさんのせいですか」

鬼怒川の視線を辿ると、グラウンドの隅に立ちこちらを見ている者がいる。

犬養だ。

「言い争う声がここまで聞こえてきました」

「すみません……」

「謝ることじゃないです。それより早くいつもの状態に戻してください」

鬼怒川は何事もなかったかのように、また測定機材の調整に取り掛かる。沙良もまた、犬養のいる場所から無理やり視線を引き剝がす。今はあんな刑事に関わっている時ではない。

今、調整しているのは三脚の上に備えられたレーザー速度測定器だ。鬼怒川の説明によれば、二百メートル走中の継時的な速度変化を無色レーザーによって即座に計測、表示することができる。隣に立っている、これも三脚に立てられたビデオカメラと併用すれば、走行中の一歩毎のストライド、ピッチ、速度も算出できる。

その様子を眺めながら、沙良は地べたに座り込んでストレッチを始める。現金なもので身体を動かしていると、胸の底に溜まっていた澱が次第に溶けていく。

ふと、鬼怒川の背中に問い掛けてみる。

「あの人は警視庁の刑事さんです」

「みたいですね。さっき所長から連絡がありました」

「わたしを疑っているんです」

「そうですか」

「興味なさそうですね」

「はい。興味ありません」

「ちょっと変わってますね」

「そうでしょうか。人間って森羅万象全てのことに興味を持たなきゃいけませんか。そんなの科学者だって哲学者だって無理ですよ。興味は知識欲の源です。でも人一人が得られる経験や知識は限られています。ただその収納スペースにとんでもない個人差が存在するだけです」

その口調で、鬼怒川が少し面白がっていることに気がついた。

「たとえばですね。僕は歴代のノーベル物理学賞受賞者を諳(そら)で言えますけど、某アイドルグループのメンバーの名前は一人も言えません。同じように、沙良さんのタイムがどこまで縮まるのかは興味ありますけど、沙良さんの私生活には全く興味ありません。あ、食事の内容と睡眠時間は別ですけどね」

いささか極端な例えだが、よくよく考えれば沙良にもそれは当て嵌まる。自分にしてもスポーツ一般に興味はあっても、政治や経済についてはからっきしではないか。

「結局のところ興味の優先順位というのは、その人の価値基準じゃないかと思うんです。言い換えれば、僕は沙良さんがしてきたことよりも、これからすることに価値があると考えている」

「わたしがこれからすること？」

「デビッド・カーターが言っていた、義肢によって人間の能力を超えることですよ。沙良さんにとっては、ただ自己ベストを更新するという意味に留まるかも知れないけれど、これはテクノロジーの進化の上でエポック・メイキングになるんです。身体に障害を負った患者さんがテクノロジーの力でヒトという種の限界を打ち破っていく……それって、とても素晴らしいことだと思いませんか」

こちらを振り向いた顔は、まるで遊んでいる最中の子供のようだった。

「沙良さん、僕と同年代だから共通認識があると思うけど、僕たちの世代ってことある毎に、あなたたちは皆特別なオンリーワンとか言われ続けていたでしょ。先生の言うことを真に受けるヤツもいたけど、賢いヤツらは早くからそんなの世迷言（よまいごと）なのを見抜いて聞いたふりだけしてましたからね。大体、ナンバーワンを目指さない人間がオンリーワンになれる訳もない。人だって組織だって競争があるから向上するんだし」

これは沙良にも頷ける話だった。スプリンターとしての才能を自覚したのは中学の頃で、それからは絶えず誰かとの競争だった。競争し続けたからこそ、今の自分がある。二百メートルにかけては特別な存在になれるという自負がある。

「大学に入っても、ずっと考えは変わらなかった。でもね、小岩井所長のお手伝いをするようになってから、がらりと変わったんですよ。昔の教師が言っていた意味とは違うけれど、誰もがテクノロジーの力で特別な存在になれるんです。そしてその尖兵が沙良さん、あなたなんです」

レーザー速度測定器の調整が終わったらしく、鬼怒川は手元にあったインソール一枚を差し出してきた。

「じゃあ、これ。いつものヤツ」

沙良はインソールを受け取り、一足きりのシューズの中に嵌め込む。鬼怒川は鬼怒川で、義足の接地部分に加工したインソールを取り付ける。

このインソールはただの中敷きではない。中にセンサーが組み込まれてあり、足裏や脚・膝にかかる圧力を計測してデータ化する。そのデータは動作解析システムに送信され、運動中の重心変化、地面反力、関節角度、関節回りのトルク発揮をリアルタイムで表示する。このデータ解析によって、各スプリントの特性や理想値からの乖離を明確にして次のスプリントに生かそうというのだ。

シューズを履いて沙良は立ち上がる。

「ストレッチ、完了しました」

「そのようですね」

鬼怒川は号砲用のピストルを手に、所定の位置につく。

「前回のスプリントではコーナーリングの際、重心が本来よりやや右に傾いていました」

「どうしても身体が外に膨らもうとします」

「コーナーなので外側に重心が傾くのは仕方ありませんが、そのためにコーナーを抜けるタイミングがわずかに遅れるようですね」

理屈は呑み込めている。重心は外側ではなく内側に。そのためには義足の傾斜角度を九〇度に近づける必要がある。

沙良は地面にスターティングブロックを打ち込みながら、脳裏に理想のフォームを思い描いてみる。

「フォーム修正についてはデータ解析の後、デビッドからの指示を待ちましょう。じゃあ、準備はいいですか」

軽く頷いて腰を落とし、ブロックに足を掛ける。

「On your marks」

重心を内側へ。

トラックの内側を削るように。

「Set」

号砲とともに飛び出せ。お前の踵には羽が生えている。

そしてピストルが吠え、沙良は思いきりブロックを蹴った。

ダッシュから徐々に頭を突き出していく。重心移動に留意はするが、意識し過ぎても逆効果になる。

コーナーリングの際、やはり外側に身体が持っていかれる。だから頭を突き出せば重心が前方に移動する分だけ膨らみを抑えられるのではないか——頭ではなく、身体が弾き出した推論だった。

姿勢を低く保ったのが功を奏してか、遠心力にはかなり抵抗できたが、その分義足への負担が増大したようだった。前回のスプリントより接地面に圧力のかかっているのが分かる。義足を装着した者なら誰でも反射的に不安を覚えるところだろう。

だが、これはデビッドの手になる義足だ。躊躇も気兼ねも要らない。沙良は義足を信頼して体重を預ける。

コーナーの出口から徐々に頭を上げていく。ここからは直線コースだ。

風は向かい風。だが、身体で風を切る感覚が逆に快い。

測定用のインソールにわずかな違和感を覚えたのは最初だけで、直線コースに入ってからはないも同然だった。ストライドを拡げると接地の感触は瞬間的になり、走るというよりは滑空しているような気になる。

踵に羽が生えている——単なる比喩ではなく、本当に翼の生えた足で天を駆けている気分だった。

最大速を振り絞り、その後は速度を維持しながら力を抜いていく。身体自体がスピードに乗っているので、力を抜いても足が遅くなることはない。

力を抜いて滑空している。宇宙遊泳でもしたら、こんな状態になるのだろうか。

四肢は忙しく動いているはずなのに、意識は肉体から解き放たれている。前にも同じ感覚を味わったことがある。まだ左足が健常だった頃、初めて二十三秒台を記録したスプリントがちょうどこんな具合だった。

このまま走り続けていたい。ゴールを切るのがもったいない——甘美な誘惑が頭を過るが、気がつけば既にゴールラインは視界に入っている。

沙良は最後のエンジンに点火した。

左足が人工物であるという意識は既にない。

息を止め、全力で疾走する。

今しがたまで満喫していた自由が不意に遠のく。

身体の重さを実感する。両腿の疲労を感知する。理想通りに足が動かない。

ゴール。

沙良は足を緩めて、両手を開く。途端に身体中の放熱を感じた。

電光掲示板を見る。

『33.61』

自己ベスト。だが満足感は微塵もない。ラストスパートで力を出し切れなかった憾みが残る。

「どうでしたか」

モニターを前にした鬼怒川に駆け寄る。

「コーナーリングが改善されているのは、さすがですね。右足にかかる圧力が前回より減少して、結果的に重心が中央寄りに是正されています。あまり横方向へのGはなかったでしょ」

「ええ」

「その分、コーナーを抜け出る時間が短縮されました。好タイムが出たのはそのせいですかね」

二百メートルの勝敗はコーナーの処理で決まる。鬼怒川の分析は正当だ。

だが本人にしか分からないこともある。

「全然、駄目でした」

「えっ。でもベストタイムですよ。スパートでも失速していないし」

「西端の陸上部で自己ベストを叩き出した時、二十三秒六四でした」

「いや、そのタイムを比較対象にするのはちょっと」

「タイムじゃないんです」

沙良はモニターに表示された各区間の平均速度を指差す。

「あの時はゴールした際に、何ていうか解放感みたいなものがあったんです。直前のスパートでは全身の毛穴が開くような感じがして……要するに、力を出し切った感がないんです。不完全燃焼みたいな感じなんです」

「ゴールした時、余力残っていましたか」

「それはないんですけど」

「うーん」

鬼怒川は再度モニター画面を見ながら唸る。

「あながち感覚的なものだけじゃないとは思うんですが……とにかくデビッドにデータを送ってみましょう。彼なら何か明確なアドバイスをくれるかも知れません」

「すぐに送るんですか」

アメリカとの時差は十六時間。今からデータを送れば、向こうでの着信は前日の夜七時になる。

「デビッド氏は超多忙だから、チェックは後になりそうですね。まあ今日中には返事がくると思いますけど」

鬼怒川は気長に待てという風に話し掛けてくる。

その直後だった。

鬼怒川の胸元から着信音が聞こえた。

「うん？」

取り出したスマートフォンの画面を見て、鬼怒川はまさかと呟いた。

「デビッドだよ」

「ええっ。そんな、こんなに早く」

「……ハロー、デビッド。鬼怒川です。……はい、隣に……ちょっと待っててください」

そして沙良にスマートフォンを差し出した。直接話せということらしい。

『グッモーニン、サラ』

デビッドが帰国してからまだ三日しか経っていないというのに、ずいぶん懐かしい声に思えた。

『データを見た。自己ベストを更新したがサラ自身は不満があるようだな』

「はい、全力で走っているつもりなんですけど、上手くペース配分できないというか……何か気持ちいい走りができないんです」

『本来ならもっとポテンシャルを上げられるはずなのに、それがスムースリーにいかない。全力のはずなのに、八〇パーセントしか発揮できていない。そういうことか』

「多分、そうだと思います」

『データを見る限り、フォームも重心移動も問題ない。ペース配分もセオリー通りだ。だが標準記録Aの三十秒五〇を超えるには何かが圧倒的に足りない。サラの不安はそこにあるのではないのか』

「はい。でも明確にどこがどう足りないのか」

『各地点での平均速度を見た。スタートから八十五メートル地点までの加速は素晴らしい。百五十メートル地点までの減速区間もトップスピードの八〇パーセントを維持している。これもセオリー通りだ。問題はラスト五十メートルの加速だ。サラ、この五十メートルに不満があったのじゃないか』

目の前にデビッドがいないのに、沙良は何度も首を縦に振った。

『はっきり言おう。それはスタミナ不足によるものだ。百五十メートル地点までに過分なエネルギーを放出し過ぎて、五十メートルを残した時点でエンプティになっているのだ』

「で、でも百五十メートルまではあれくらいのスピードを維持しないと、三十三秒台がキープできないんです」

『だからスタミナが足りないと言っている。二百メートルは瞬発力と持久力の両方が要求される』

これはデビッドの指摘を受けるまでもない。二百メートルには、瞬発力を誇る百メートルの選手と、持久力を誇る四百メートルの選手が参入してくるのもそのためだ。

『サラはスターティングから八十五メートル地点までの加速が素晴らしい。それならば、いっそ百メートルに種目を替えてみたらどうだね』

柔らかな言葉だったが、沙良の胸を射抜くには充分だった。

百メートルへの転向。今まで全く考えなかったことではない。思うようにタイムが縮まらなかった時は、自分に適しているのは別の種目ではないかと揺れた。

それでも二百メートルを続けてきたのは、ようやく上位入賞が視界に入り迷いが解けたことによる。あれこれと種目を変更し、結局はどれ一つものにできずにトラックを去っていった先輩たちを目撃してもいた。

だからデビッドの話を聞いているうちに既視感を覚えてきた。これはいつか通りかけた道だ。一見、賢明な選択のようだが、その先には底知れぬ地獄が待っているような気がする。

「スタミナ不足は入院治療の期間が長かったせいです」

言葉は抗うように出てきた。

「ジムに通い始めてから間がありません。まだ完調になっていないだけで、もっともっと持久力は伸びていくと思います。いや、伸びます」

『種目を変更するつもりは、これっぽっちもないようだな』

「すみません……」

『謝ることではない。どんな決断であっても、現状からイージーに逃げるのではないのなら意味がある。それならサラ、具体的に何をするかは分かっているか』

「走り込んで、とにかくスタミナをつけようかと……」

『一度基本に戻ってインターバルを繰り返してみるのはどうだ』

インターバル走は短い距離の全力疾走を反復する練習方法だ。たとえば二百メートルを四十秒で走り、その後は二百メートルをジョギング、そしてまた二百メートルを四十秒で走る。これを疾走五回まで繰り返す。基本的な練習だが、これによって最大スピードと筋持久力の向上が見込める。

「スタミナ増強と並行してやってみます」

『スタミナ増強はいいが、くれぐれも無茶をするな。次の大会まで、もうあまり時間がないのだろう？　短期間であれもこれも試すのはよくない』

沙良が次の目標にしているのは、三週間後に迫ったチャレンジ陸上大会だった。デビッドの忠告は至極真っ当なものだが、焦燥が否応なく伸し掛かる。

『キヌガワに代わってくれないか』

それからデビッドは鬼怒川とふた言み言交わしてから通話を終えたらしい。スマートフォンを仕舞った鬼怒川は、悪戯っぽい目で沙良を見る。

「な、何ですか」

「いや、あなたはずいぶんデビッドに見込まれたんだなあと思って。スタミナ増強に焦った沙良さんが妙なモノを口にしないか、ちゃんと管理しておけってさ」

「妙なモノって……違法な薬物とか？　まさか」

「違法でなくてもドーピング検査に引っ掛かるクスリは結構ありますからね。クスリでなくたって、短期間にスタミナ増強だとか言って栄養バランス崩しちゃう人もいますし。学内に栄養学専攻のグループがあるんで、そこを巻き込んじゃいましょう」

「……楽しそうにやってますよね、鬼怒川さんて」

「実際に身体を痛めつけている沙良さんには申し訳ないけど、研究には楽しめる部分がないと辛いんですよ。逆に言えば、楽しさがあるから研究も面白くなる」

鬼怒川の言うことは全部ではないが理解できた。楽しいという意味合いからは外れるが、沙良もタイムがコンマ一秒縮まる毎に別の自分が見つかるような興奮を知っている。まだ見ぬ領域に踏み込む冒険心という点では、競技も研究も似たようなものなのだろう。

デビッド、小岩井をはじめとした研究所のスタッフ、そして栄養学専攻の学生たち。期せずして舘野の提案していた沙良専門のチームができつつある。左足の欠損に嘆き絶望していたのが、まるで嘘のように思える。皆にどれだけ感謝してもし足りない。

だが感謝や礼はいつでもできる。今は自分の能力を限界まで引き出して、皆の期待に応えるのが沙良に課せられた使命だ。

早速、インターバル走を練習すると昼休みの時間になった。いったん機材を片付け始めた鬼怒川を残して研究所に戻ろうとしたところ、廊下で会いたくない人物に出くわした。

「お疲れ様でした」

壁に凭(もた)れたまま、犬養は首だけをこちらへ向けていた。

「ひょっとして、ずっといたんですか」

「陸上選手の練習風景を見学する機会なんて、そうそうあるものじゃない。堪能させてもらったよ」

「よく不審者と間違われませんでしたね。それじゃあ、ごゆっくり」

精一杯の嫌味を効かせてその前を通り過ぎる。しかし、やはり素通りさせてはくれなかった。

「タイムが縮まらずに不機嫌そうだったな」

「刑事さんには関係のないことです」

「ああ。関係ないから見えることもある。岡目八目というヤツだ。今のままじゃあ決してタイムは縮まらないだろうな」

「どうして、そんなことが言えるんですか」

「あなたは胸の裡に重い澱を抱えているんじゃないのか」

姿勢はそのままでも、言葉だけが襲ってくる。

「その重さがあなたの足を引っ張っている」

「訳分かんない」

動揺を隠してその場から立ち去ろうとする。

普通に歩け。小走りになったら逃げたと思われる。

それでも犬養は執拗だった。

「何によらず、スポーツはメンタルが重要なんだろう。あなたが一刻も早く、その澱を吐き出してくれるように待っている」

その場から遠ざかっても、犬養の言葉はしばらく背中に張りついていた。

3

「凶器が見つかったんだって」

「まだ、そうと決まった訳じゃありません」

　犬養が問い掛けると、助手席の明日香は弁解がましくそう答えた。

「発見者が浅草署に届け出たのを、柏葉さんが教えてくれただけなんです」

「教えてくれるからには、それ相応の理由があるだろう」

「発見された刃物の形状が御厨検視官の見立て、それから剖検で指摘された内容と酷似しているそうです」

　御厨の見立てによれば、相楽泰輔を殺害した成傷器は有尖片刃器の一種ということだった。カッターナイフ状であればさほど珍しい物ではない。柏葉が注目したのであれば、形状以外の特異点が何かあるはずだった。

　浅草署に到着すると、柏葉が別室で待機していた。同席していたのは六十代ほどの陽に灼けた男性だ。どうやら凶器を届け出た主らしい。

「屋形船を経営されている堀口（ほりぐち）さんです」

　紹介されると、堀口はぺこりと頭を下げる。

「屋形船、ですか」

「はあ。もう四十年ほど隅田川で漁をさせてもらっとります」

聞けば、屋形船に客を乗せ、獲れたばかりの魚をその場で調理して振る舞うのが売りだと言う。漁は投網が主体で、隅田川を回遊しながらここぞと思うポイントに網を投げ込む獲り方だ。隅田川はプランクトンに恵まれた豊かな漁場で、この流域で生計を立てている漁師は少なくない。

「それが今朝がた、物騒なモノが引っ掛かりまして。前々から浅草署さんから問い合わせがあったのを思い出したんです」

「浅草署が総出で川浚いした時は空振りでしたからね。念のため、隅田川で漁を営んでいる方々に声を掛けておいたんですよ」

凶器は薄い刃と推測されていた。軽い物なら流れで東京湾まで運ばれる。いくら浅草署が川浚いを増員させようが、そこまで広範囲になれば手の出しようがない。浅草署が漁師たちに依頼したのは賢明だったと言える。

「しかし、よく凶器だと分かりましたね。血なんて洗い流されていたでしょうに」

「特徴があったんですよ、犬養さん。まあ、現物を見てください」

そう言って柏葉が取り出したのは、ポリ袋に収められたカッターナイフだった。

刃にはところどころ錆(さび)が浮いている。プラスチック製の柄も川底の藻で滑っている。

御厨の見立てでは有尖片刃器、それも刃背の狭い薄刃ということだったが、現物のカッターナイフの形状はその条件にほぼ合致している。工業用カッターナイフで刃背は薄いものの、刃幅が二センチほどもある。工業用カッターナイフの多くは刃が炭素工具鋼なので強靱性も折り紙つきだ。これで刺されれば、刃先は容易に胸板を貫き、心臓に達することができる。

特異な点は柄にあった。握りの部分に穴が開いており、そこに白い糸がくくりつけられている。

どうやらタコ糸のようだ。三十センチほどで断ち切れているのは水によって脆くなったせいだろう。

「早速、鑑識に回してみます」

血液が洗い流されてもルミノール反応は確認できる。問題は、このカッターナイフが果たして相楽殺しに使用されたものであるかどうかだが、これは柄に指紋が付着しているか糸の部分に何らかの残滓があるのを期待するしかないだろう。

「しかし、このタコ糸は何のために結わえてあるんでしょうね。これがずっと繋がっていたら、何か手掛かりが得られたのかも知れないのに……」

柏葉は口惜しそうに言うが、犬養はさほど残念とも思わない。

「堀口さん、このカッターナイフはどこで拾ったんですか」

柏葉は携えていたタブレット端末に隅田川一帯の地図を表示させる。

「清洲(きよす)橋の手前でしたねえ。そう、この辺り」

堀口が指し示したのは江東(こうとう)区清澄(きよすみ)にある水門管理センターの付近だった。

事情聴取を終えた堀口を解放すると、柏葉が物憂げな顔を見せた。

「事件発生の七月十七日から既に二カ月以上経ちました。川の流れから、凶器を投げ捨てた場所を特定するのは困難ですね」

犯行現場となった浅草仲見世通りの相楽宅から清洲橋までは三キロほどの距離がある。犯人がその距離を走破したとも思い難い。おそらく凶器を捨てた場所は、それよりも上流だ。

「念のため、清洲橋付近に設置された防犯カメラも解析する必要がありますね」

柏葉は心なしか気乗り薄だった。解析したところで、犯人が清洲橋から凶器を投げ捨てた場面が映っている可能性は皆無に等しいだろう。それでもゼロでない限り、調べずにはいられない。

「防犯カメラに映っているかどうかはともかく、凶器らしき物が見つかったのは大きな前進だと思いますよ」

するとと柏葉と明日香が同時に犬養を見た。

「柄に結わえられたタコ糸。これだけでも大した手掛かりになります」

預かったカッターナイフを鑑識に託して三時間もすると、早々に結果が出た。ただし報告は正式なルート、つまり捜査本部宛てに届いたため、犬養と明日香は麻生の前に立たされる羽目となった。

「相楽泰輔の死体に残されていた刺創および創洞が、発見されたカッターナイフと一致した。しかし、残念なことに指紋は川底の土砂や藻に削られて検出できなかったらしい。カッターナイフとタコ糸そのものはマスプロ品で、そこからエンドユーザーを絞り込むのは事実上不可能。従って現段階では犯人に直接結び付くような事実はない。もっとも」

麻生は眼前の犬養を睨め回すように見上げる。

「どこぞの誰かしらんは、それだけでも大した手掛かりになると豪語したそうだがな」

情報の漏洩元は二人しか思い当たらない。隣にいた明日香に視線を移すと、さっと顔を背けてしまった。

「言え。いったい何を摑んだ」

麻生が凄んでみせる気持ちも分からなくはない。相楽泰輔が死体で発見されてから、はや数カ月。捜査本部の人員は既に半分以下に減らされ、このまま迷宮入りになる恐れが日増しに高まっている。陣頭指揮を任された麻生としては焦るのも当然だろう。

「何も摑んじゃいませんよ。ただ、折角見つかった物的証拠を無駄にしたくないんで。それより清洲橋付近の防犯カメラに不審な人物は映っていませんかね」

誤魔化すように話をはぐらかす。長い付き合いの麻生は、しばらく犬養を睨んでいたがそれで察してくれたようだった。

刃物に糸を結わえる理由など限られている。肝心なのは、誰がそれをしたかだ。

犬養の頭の中で、ばらばらだったピースが一枚の絵になろうとしていた。

防犯カメラの解析を明日香に丸投げし、一人犬養は相楽宅へ向かう。二人ひと組が捜査行動の基本だが、これは自らの推論を確認する作業なので単独が望ましかった。

犬養の摑んだものは単なる勘だ。証拠も根拠もない。喩えればピースの山を眺めているうち、不意にぼんやりとした全体像が思い浮かぶような感覚だ。

外れて恥を搔くのは一向に構わない。しかし事件の様相を一変させてしまうような推論は慎重に確認するべきだろう。

到着したのは午前中だったが、千鶴は在宅していた。以前に見た時よりも相当に憔悴しており、家の中も散らかっていた。

「今日は何の用ですか」

化粧っ気もなく、目は虚ろになっている。頬の肉が削げ落ち、風呂に入っていないのか体臭がこちらまで漂う。荒廃は家の中だけではなく、心の中にまで押し寄せているようだ。

御子柴の申し立てにより千鶴は被保佐人となり、闇金融からの借財も整理されているはずだが、家の中には腐臭が漂っている。

物の腐る臭いではない。

人が内部から腐っていく臭いだった。

経済的な窮状から逃れられても、息子を失った哀しみからは逃れられない。千鶴は人としてまともな形を失いつつある。

「昔の話を伺いにきました。泰輔さんがまだ子供だった頃の話です」

そう切り出すと、千鶴はきょとんとして犬養を見返した。

「成人してからはともかく、その頃は市ノ瀬沙良さんとも何らかの交流があったはずですよね」

「それは……隣同士の幼馴染ですから」

千鶴は奥歯にものの挟まったような言い方をする。息子の仇のことなど口にしたくないという態度がありありと窺える。

「しかも同い年です。仲はよかったのではありませんか」

「中学の頃までは、よく一緒に登校していました。まあ、兄妹みたいな感覚だったと思いますから」

「お互いの家の行き来もあったんでしょうね」

千鶴は渋々といった体で頷く。

「多少はありましたよ。近所に公園とかなかったし、雨の日なんかはお互いの部屋で遊んだりしていました。さすがに中学生になってからは途絶えましたけど」

「二人の間に恋愛感情とか、ありませんでしたか」

まさか、と千鶴は一笑に付す。

「さっきも言った通り、兄妹みたいなものでしたから。間違ってもそんな間柄じゃありませんでしたよ。第一、もしそんな関係だったら、泰輔ちゃんが引き籠もった時に心配してくれるのが当然でしょ。それでも沙良さんは家に見舞いに来たことなんて一度もなかったんですよ」

引き籠もった息子は全ての人間から寵愛されるべきだと信じ込んでいる様子だった。

犬養はその心理が全く理解できない。これを言うと明日香にも眉を顰められるのだが、二十歳を過ぎれば引き籠もりになろうが鬱になろうが本人の勝手だ。周囲が腫れものに触るように扱う必要などない。本人以外の誰かが責任を感じる必要もない。

「もう一度、泰輔さんの部屋を拝見します」

千鶴は逡巡を見せたが、犬養は問答無用で泰輔の部屋へ向かう。背中で千鶴が抗議の声を上げたようだが、構ってはいられない。

泰輔の部屋は現場検証に訪れた時のままだった。鑑識が押収したパソコンの周辺はジャンクフードの袋とペットボトルが散乱し、ちょうどパソコンを取り囲むようになっている。床に足の踏み場がないのも以前通りで、違っているのは夥しい流血の跡がすっかり払拭されていることだ。

犬養の視線は部屋の一点に釘づけになっていた。今まで、どうしてこれに気づかなかったのか。全ての解答はこんなにも公然と目の前に提示されていたというのに。

犬養は自嘲しながら押入れを開ける。

押入れの中も外も似たようなものだった。読まなくなったコミック、使わなくなったゲームソフト、型落ちのパソコン周辺機器、コード類などが雑然と放り込まれている。

手前の物から外に掻き出す。要は地層の掘削と同じ要領だ。奥へ進めば進むほど古い物が埋もれている。犬養が探し求めている物は十年以上前の遺物なので、相当奥まで掘り進める必要がある。

「これは、いったいどういうことですかあっ」

千鶴の甲高い声を背中に浴びるが、犬養は手を休めない。

「申し訳ありませんが捜査活動ですので。ちゃんと後で片づけますよ」

「泰輔を殺したのはお隣でしょう。どうして隣の家宅捜索をせずに、ウチの押入れを引っ掻き回す必要があるんですかあっ」

「殺される側にも何らかの事情があるものです」

発掘は次第に高校入学以前へと進んでいく。証書ホルダーに入っているのは中学校の卒業証書だろうか。泰輔は物が捨てられない性格だったらしく、古めかしいフィギュアに交じって冬物のコートやら褞袍やらが埋もれている。どれも成人となった泰輔のものにしてはひと回りサイズが小さいので、中学時分に買ってもらったのだろう。物を捨てられない者の部屋がゴミ屋敷になりやすいというのは確かで、泰輔があと五年も引き籠もりの生活を続けていたら、間違いなく生活ゴミが部屋から溢れ出ていただろう。

「ああ、これは泰輔ちゃんが中学を卒業する年に買ったダウン。あっ、これは泰輔ちゃんが捜し回っていた人形……」

発掘した物を後方に放り投げていると、その一つ一つに千鶴が反応する。気持ちは分かるので、思い出に浸るに任せておく。

奥をまさぐっていた指が硬い厚紙に触れた。引っ張り出すと、それはアルバムだった。

最近はデジタルカメラや撮影機能付き携帯端末の普及により、写真をアルバムに貼付する習慣は廃れつつある。それでも泰輔の年代を考えれば、中学生の頃の写真は残っているだろうと踏んでいたのだ。

表紙はすっかり褪色していたが、中に収められた写真はそれほどでもない。ページを繰っていた犬養は、やがて目的のものを探し当てた。

そうか。

そういうことだったのか。

4

午前九時、沙良は東大駒場キャンパス第一グラウンドでインターバル走を繰り返していた。二百メートルを四十秒で走り、その後の二百メートルを軽く流す。そしてまたダッシュ——沙良は愚直にこれを繰り返す。当初は義足で走る沙良を物珍しそうに見物していた学生たちも、今では風景の一部と捉えているのかまるで見向きもしない。トラックの脇で鬼怒川が計測器とにらめっこしているのも、同じく風景に溶け込んでしまっている。

デビッドから課せられたのはラストスパートまでのスタミナ増強と温存だ。課題の克服には二つ、インターバル走と栄養管理が挙げられる。インターバル走はこうして鬼怒川の管理下で、栄養管理は鬼怒川の口添えで栄養学を専攻する研究生が行ってくれている。

こういうスタッフに恵まれていると、スポーツが精神論ではなく科学であることが実感できる。意味のない反復はなく、効果のない食事もメニューには載らない。運動一つ、咀嚼一つが手段となり、その成果は着実にタイムに反映される。

「沙良さんは僕らにとって、格好の実験台なんですよ」

鬼怒川はとんでもないことをあっけらかんと語る。

「普通、実業団所属のアスリートやオリンピック強化選手には専属のスタッフがつきっきりになってサポートするじゃないですか。そうなると、確かに選手のパフォーマンスは向上するんですが、肝心のデータは非公開なものだから研究成果がチーム内でクローズされちゃう。データはチームの財産だという理屈は分かるけど、それじゃあスポーツ界全体の利益にはならない」

「だからわたしが実験台なんですか」

「少なくとも小岩井所長の許で蓄積されたデータなり研究成果なりは普く公開され、スポーツ科学に携わる者の共有財産になります。素晴らしいことだとは思いませんか」

正直な話、沙良の方は自分の身体データが秘匿されようが流用されようが、そんなことはどうでもいい。ただ日本の最高学府に籍を置く者たちが自分のタイムを縮めるために、惜しみなく頭脳と労力を提供してくれることには感謝してもし足りないと思っていた。

彼らの厚意と熱意に応えるために沙良ができるとしたら、パラリンピックに出場して自分の走る姿を世界に見せつけることしかない。

「たとえ片足を失おうとも、鍛練と科学技術で過去の自分を超越することができる。あなたは世界にそれを証明してみせるんです」

鬼怒川の声は静かに昂っている。知的興奮とでもいうのだろうか、降って湧いたようなプロジェクトが意外に有意義で、しかも応用科学にも直結していることが楽しくてならない様子だ。

実際、所長の小岩井自ら率いるチームはデビッド製作の競技用義足と沙良のスプリントデータから、さほど練習をしなくても生身の足と同等の性能を発揮できる次世代義足の開発に着手しつつあるという。つまり沙良のような競技者でなくとも、義足を装着するだけで跳んだり跳ねたりが可能になるというのだ。

「日本という国は、どうしても障害者にマイナスのイメージしか持たないようです。社会的弱者、保護してやらなければならない立場の人間だと。それが悪いとまでは言いませんが、少なくとも強者弱者と分類することには抵抗を覚えます。四肢が不自由でも、とんでもない才能を持った人間が、この世にはわんさといます。そういう人たちが表面的な欠損だけで社会的弱者にカテゴライズされているのは、滑稽でしかない。肉体的な障害なんて、実はそれほど大したことじゃありません。たとえば僕なんて」

鬼怒川は自分の眼鏡を指差した。

「これがなければ日常生活にも事欠く有様ですけど、自分では大した障害だとは思っていません。それと一緒ですよ。もしも生体と同等の能力を発揮できる義足がリーズナブルな価格で提供されるようになれば、四肢を失った患者も眼鏡を使用する感覚で日常生活を謳歌できるようになる」

鬼怒川の話を聞きながら、ああやはりこの人は研究者なのだと沙良は思った。

小岩井や鬼怒川たちといて気づいたことがある。

彼らに限ったことではないのだろうが、科学者たちの歩みは決して早くない。一歩進む毎に着地の感触を確かめ、膝から上への衝撃度を測定しながら二歩目の位置を決める。だが、その目が見据えているのは遥か地平線の彼方、いや、ひょっとすると海の向こう側だ。

スプリンターにも似たところがある。あるレベルまで到達すると、更新できるタイムは数カ月かかってもコンマ〇一秒にしかならない。それでも見据える先はワールド・レコードであり、更にその先にある前人未到の世界だ。

肉体を使うか頭脳を使うかという相違はあれど、進む速さが同じならついていける。ともに歩いていける気がする。

「わたしには鬼怒川さんの言っていることの十分の一も理解できていないかも知れません。何せ脳みそ筋肉女ですから」

「謙遜のつもりでしょうけど、頭脳までが走るために機能しているというのなら、それは自画自賛ですね」

「とても鬼怒川さんたちに太刀打ちできる頭じゃありません。でも走ることなら、できます」

そして皆の期待を形に変えることも――だが、それはあえて口にしなかった。

口にするだけならどんな怠け者にもできる。自分に課せられているのは語ることではなく、示すことだ。

チャレンジ陸上大会は四日後に控えている。現在、沙良の自己ベストはインターバル走とスタミナ食のお蔭で三十一秒三二まで縮まっている。標準記録Aの三十秒五〇まではあとコンマ八二秒まで迫った。

だが、このコンマ八二秒の壁が途方もなく厚い。練習やスタミナ食の成果を性急に求めることが浅はかなのは承知しているが、五日も記録が足踏みをしていると不安がどうしようもなく頭を擡げてくる。

上位入賞では駄目だ。優勝でも駄目だ。標準記録を破らなければ、ジャパンパラ陸上競技大会の出場資格を得られない。

「そんなに焦る必要はないです」

きっと自分は単純だから、思っていることが全部顔に出てしまうのだろう。鬼怒川は柔和に笑いながら話し掛けてきた。

「デビッドの義足を初めて装着した直後のタイムを憶えていますか。三十五秒五四ですよ。あれから沙良さんは四秒以上もタイムを縮めてしまった。それがいかに規格外な話なのか、僕なんかが敢えて指摘することでもないでしょう」

それは沙良も自覚していた。デビッドの言葉ではないが、健常者競技の世界で百年かけて縮められるワールド・レコードが、障害者競技の世界では見る間に更新されてしまう。まるで別世界のフィールドを走っている感覚だった。

「悩ましい話でもあるんですよ。沙良さんの更新ペースが早過ぎるものだから、折角蓄積したデータだけど汎用性があるのか疑わしくなる」

「何もかもデビッドの作ってくれた義足のお蔭です。この義足には……踵に羽が生えているんです」


「脳みそも筋肉でできているという割には詩的な表現をするんですねえ」

鬼怒川は感心したように言う。

「でも、僕もその表現は好きです。踵に羽の生えた義足は、いったい僕らをどこまで運んでくれるんでしょうか。期待は高まるばかりです」

「そんな楽観的なことを……あと四日でコンマ八二秒縮めるんですよ。この五日間、全然縮まらないのに」

つい言葉尻がきつくなる。バックアップは有難いものの、実際にトラックを走るのは自分一人だ。過大な期待をされても、実現性が乏しければ辛さしかない。

「沙良さんのサポートをするようになってから、色んなアスリートのデータを収集したんですよ。するとですね、レコード・ホルダーとなるアスリートにはある共通点があることに気がついたんです。どんな共通点だか分かりますか」

沙良がゆるゆると首を振ると、鬼怒川は至極当然のように答えた。

「みんな、本番に強いんですよ。練習では越えられなかった壁を、あっさりと破ってしまう。きっと真横に競走相手がいるせいだと思うんですけどね。その新しい義足を装着してから、沙良さんはまだ一度も本番で走っていない。だから僕なんかは、つい期待してしまうんですよ」

競走相手と聞いて、すぐに頭に浮かんだ顔があった。

関東身体障害者陸上競技選手権大会。開催場所となった町田市立陸上競技場で、沙良に圧倒的な力量を見せつけた４０２番、多岐川早苗。あれほど力の差を誇示されると、仮想敵というのもおこがましい気がする。

　それでも、あの険のある目を忘れることはできなかった。


　四日後、熊本市水前寺競技場。

　空はどんよりと曇り、湿気を孕んだ風が吹いている。

「はっきりしない天気ですね」

　同行していた鬼怒川は不服そうに空を見上げる。

「暑くならないなら、わたしは大歓迎です」

　軽いストレッチをこなしながら沙良が答える。九州に遠征する前は強い陽射しを覚悟していたので、こういう天気は却って有難かった。

「天気に限らず、どっちつかずというのが苦手なんですよ。それに直射日光がなくても、この湿気はいただけません。準備運動だけで必要以上に汗が出てしまうと、代謝機能に影響を及ぼします」

　確かに軽いストレッチをしただけで首から下は結構な汗を掻いている。本番で体調を崩しては元も子もなくなるので、沙良はいったん身体の動きを緩めて会場を見渡す。

　チャレンジ陸上大会の参加資格は比較的緩やかだ。
（1）日本パラ陸上連盟に登録している者
（2）九州パラ陸上競技協会に登録している者
（3）熊本県内在住の身体障害者

（4）それ以外で主催者が認めた者

だからという訳でもないのだろうが、ひと目でそれと分かるアスリートたちに交じって、全身の筋肉が弛んだ選手も見かける。

「明らかに記録を競う気のなさそうな人たちもいますが、これも素晴らしいことですよね」

鬼怒川は目を細めていた。

「障害を負っていようが、スポーツを愉しもう、自分の限界に挑戦しようという人がいる。ああいう人たちが増えれば、いつか障害という概念は変革していくのかも知れません」

おそらく鬼怒川の言うことは正しいのだろう。障害者競技人口の増加は、四肢を失くした者たちの多くが病室から出ることを意味する。身体の一部を欠損している事実が、己の生き方を全うする上では何の障害にもならないことを証明していくのだろう。

だが沙良の関心は彼らには向けられない。

選手たちの塊から離れ、トラック脇で黙々と準備運動に勤しむ片足の彼女。

多岐川早苗がこの大会に参加しているのは意外だった。既にＩＰＣ公認の前回大会で三十秒〇二と標準記録をクリアしているので、ジャパンパラ陸上競技大会の出場資格を得ている。それなのに、何故わざわざ熊本くんだりまで来て走ろうとするのか。

その時、鬼怒川が胸元からスマートフォンを取り出した。

「はい鬼怒川……ええ、横にいますよ。少しだけ待ってください。はい、沙良さん」

「まさか」

「そのまさかから国際電話です」

奪うようにして端末を受け取る。耳に当てると彼の声が聞こえた。

『変わりはないか、サラ』

「デビッド」

『今日がオフィシャルな記録会だと聞いている。送られたデータを見る限り、スタミナの問題は解消されつつあるようだ』

「でも、タイムがあとコンマ八二のところで止まっていて」

『あまり心配していない。キヌガワとも話したが、サラはトライアルでは百パーセントの力を発揮できないそうだからな』

きっと睨みつけてやると、鬼怒川は笑いながら視線を逸らした。

『データは嘘を吐かない。サラのスタミナは間違いなくアップしている。後はその配分さえ間違えなければ、標準記録に手が届く。そのためにはコンセントレーションを失わないことだ。コンセントレーションは精神論ではない。肉体のあらゆる部位が脳からの命令で動くことを考えれば、過剰であったり歪んだりした情報は命令系統を乱すことになる。コンセントレーションはその弊害を最小限に抑える最適の手段だ』

「はい」

『かつて香港のカンフースターが名言を遺していたな。『考えるな。感じろ』だったか。荒唐無稽に聞こえるかも知れないが、コンセントレーションの要点を言い当てていると思う』

まさか、この局面でカンフーの話が出るとは予想外だった。

『適度な興奮と冷静な判断。そこに全ての勝機がある。忘れるな』

それだけ言うと、電話は一方的に切れた。

適度な興奮と冷静な判断——沙良はその言葉を脳裏に刻みつける。

『トラック競技は午前十一時からのスタートとなります。出場選手はトラック付近から離れ、指定された場所に待機してください』

アナウンスを受けて競技者たちが一カ所に流れていく。沙良も立ち上がった。

「それでは健闘を祈ります」

ビデオ機材を担いだ鬼怒川は、そう言って観客席の方へ消えていった。

沙良の向かう先に多岐川早苗の姿もある。前回あれだけ圧倒的な差をつけられたせいか、話し掛けてみたい衝動と気後れが綯い交ぜになって押し寄せる。幸か不幸か沙良よりも、相手の方が先にこちらを見つけた。

「あら。確か町田の競技場で会った人よね」

目が合ったのなら話をしない訳にはいかないと、勝手な理由をつけて彼女に近づく。

「あの時はどうも……市ノ瀬と言います」

「二百メートル？」

「はい」

「何組？」

「第二組です」

「ああ、あたしと同じ組だ」

また彼女と並んで走る羽目になるとは——それが自分のタイムにとって吉と出るか、それとも凶となって出るのか。いずれにしても心安らかにスタートを切るのは難しくなった。

早苗の視線が沙良の義足に向けられた。

「替えたのね、義足」

以前の義足を記憶していたのかと驚く。

「憶えてたんですか」

「て言うより、その義足がとても特異な形をしているから。国内製……じゃないわよね。そんなにマッシヴな競技用義足を作る義肢装具士なんて、国内じゃ見掛けないもの」

「デビッド・カーターという人に作ってもらいました」

デビッドの名前を出すと、早苗は少し驚いてから合点した様子だった。

「道理で。でも、よくあんな人に作ってもらえたね。確か二年先までスケジュールの詰まっている人だよ」

そんなに多忙な人だったとは知らなかったので、今度は沙良が驚く番だった。

早苗の無遠慮な観察は続く。沙良の全身を舐めるように見る。

「……どこにもロゴがついていないからスポンサーはついてないみたいね。家がお金持ちなの」

さすがに沙良も苛ついた。

「そんなこと、ないです」

「ふうん。普通の家の子に買えるような代物じゃないんだけどね」

「……あの、一つ訊いていいですか」

「何」

「どうしてこの大会に出場するんですか。町田の競技場で標準記録はクリアできているのに」

するると早苗は、ふんと鼻を鳴らした。

「多いのよね、あなたみたいな選手」

「えっ」

「IPC公認の大会で標準記録さえ出しておけばジャパンパラに出場できる。要はジャパンパラで上位入賞しさえすれば、パラリンピックに出られるんだから、それまで体力は温存しておいた方がいい……つまり、そういうことでしょ」

「いけないんですか」

「そんな風だから日本人アスリートは世界と闘えない。標準記録をどれだけクリアしても、パラリンピックで勝たなきゃ意味がない。標準記録なんてね、所詮は出場通知くらいの価値しかないのよ。そんなものを有難がっているなんてアマチュアもいいとこ」

自分がアマチュア呼ばわりされたような気がして、自尊心が大いに傷ついた。

「あ。気に障ったのならごめんなさいね。でも、出場通知を手にしただけで喜んでいるなんてやっぱりアマチュア以外の何者でもない。自分を満足させるためだけに、少なくとも参戦だけはしたんだ頑張ったんだって、自分を褒めたいためだけに走っている遊びのスプリンターでしかない」

「じゃあ、あなたはどうなんですか」

「あたし？　あたしはプロよ」

早苗はユニフォームに縫いつけられた企業ロゴを指差す。

「最近は障害者競技にもスポットが当たるようになって、ＩＰＣ公認なら地方大会でも地元のテレビ局が中継してくれたりニュースで取り上げたりしてくれる。そこで一秒でも長く映り、このロゴマークを見せる。それがあたしの仕事。スポンサーは満足して、またスポンサー契約を更改してくれる。あたしはその費用でもっともっと注目度の高い大会に出て、また一秒でも多く映るようにトップを目指す。あたしとアマチュアの違いはそれ」

そう言い残して、早苗は前へ歩いていく。

沙良はその場に立ち尽くして一歩も動けなかった。

自己満足のためだけに走るのはアマチュアに過ぎない――最初は悪罵にしか聞こえなかった言葉が、じわりと胸の底へと沈んでいく。

西端化成陸上部に所属していた頃から、スポーツのコマーシャリズムについては副島に教えられていた。企業がスポーツにカネを出すのは決して文化への貢献などという綺麗ごとではなく、広告媒体の一つくらいにしか考えていないからなのだと。

入社間もなかった沙良はその話に何となく不純さを覚えたものだが、やがて意識しないように努めた。熟考するまでもなく、副島の言葉が正鵠(せいこく)を射ているのが分かったからだ。

スポーツにはカネが要る。沙良のようにただ二百メートルの区間を走るだけでもシューズが要る。風の抵抗を受けないユニフォームが要る。より速く走るために膨大な研究データと機材、そして施設が必要になる。二百メートルのタイムがコンマ〇一秒短縮されても、誰が得をする訳でもない。陸上部の誰かがオリンピック強化選手に選ばれても、西端化成に有形の利益がもたらされる訳でもない。

全ては企業の宣伝のためだ。プロと名のつくほとんどのスポーツクラブに企業名が冠されているのがその証拠であり、ついでに言えば企業の業績が悪くなれば真っ先に検討されるのが実業団の廃止ではないか。

だが沙良は長らくその事実に目を瞑(つぶ)っていた。健全なスポーツの世界に利潤追求の論理を持ち込むのを生理的に嫌っていたからだ。

現実はどうか。片足を失った自分は少なくない資金で義足を手に入れた。現在は小岩井の研究チームに援助してもらっているが、これとても沙良にかけるカネを大学の予算で賄っているだけに過ぎない。

早苗が言ったことは至極正論だった。そして、たかだか標準記録に拘(こだわ)り、自己ベストに拘り、パラリンピックに出場できればいいと思っている自分はやはりアマチュアなのだ。

急に自分が情けなくなり、沙良は胸を燻(くすぶ)らせたまま待機場所に歩き始めた。

『女子二百メートルに出場する選手は所定の位置に集合してください』

アナウンスに導かれて沙良たちはトラックの内側に集う。

第二組の走者は六人。全員が膝から下を義足で補っており、T42～44という障害度合いに合致している。もちろん義足の部分が少なければ少ないほど有利であることに変わりないが、参加者の数からそこまで細分化することはできないのだろう。

デビッドの義足を装着するようになってからこれが初めての競技大会になるので、弥が上にも緊張感が高まる。

先刻の早苗の言葉はまだ心に引っ掛かっている。あちらはプロ、そしてこちらはアマチュア。見据えている先も違えば、おそらく見ている風景も違う。しかし、沙良にはプロ意識がなくとも使命感はある。

義足を作ってくれたデビッド、プロジェクトを立ち上げてくれた小岩井、そして常に隣にいてくれた鬼怒川たち。彼らの誠意に報いるために走る——今はそれで充分だった。考えるな、とデビッドも言っていたではないか。

沙良は前回と同じ三番レーン、そして早苗は外側六番レーンだった。

号砲とともに第一組が一斉にスタートする。

思いがけなくも更に緊張が高まる。今まで何度も自分のスプリントを待つ機会があったが、こんな気分はインターハイ以来だった。

刻一刻とスタートの時間が近づく。

雑念を振り払え。

コンセントレーション。

コンセントレーション。

「第二組、スタートラインに入ってください」

きた。

沙良たち六人はそれぞれのレーンに散らばる。

ブロックの位置を調整しながら、ゆっくりと呼吸を整える。剝き出しの肌にはうっすらと汗が浮き、風の強さと向きを教えてくれる。微風、向かい風。コーナーを回り切った時点で追い風になれば好都合だ。

観客席はまばら。ビデオ撮影のために最前列にいる鬼怒川の表情が見える。いつもふわふわと笑っている顔が奇妙に強張っている。

トラック以外の場所でも競技が進行中で、歓声とアナウンスが聞こえる。その音声が沙良の集中力を妨げることはない。まるで全神経を針のように鋭くする感覚で、沙良は世界を閉じていく。

六人は各々の準備を終え、スタートラインに着く。

「On your marks」

身を沈め、ブロックに蹴り足を乗せると、歓声がどんどん遠ざかっていく。隣の走者の鼓動がこちらまで伝わってくるようだ。

顔を上げれば、斜め前方に早苗の姿があった。身を低くした体勢は、まるでネコ科の肉食獣のようだ。

「Set」

時間が凍りつき、一瞬沙良の鼓動も止まる。

ぱんっ。

乾いた号砲と同時に身体が飛び出した。耳で聞いたのではなく、身体が反応した。

ダッシュは遅れなかった。

八歩目まではインに寄せず、風の抵抗を逸らしながら徐々に身体を起こしていく。ここでも義足の括れが有効に機能する。おそろしくGのかかる箇所だがしっかりと、そして柔軟に受け止めてくれる。剛性と柔軟性という相反する性質を兼ね備えているのが、デビッド製義足の特長でもある。

外周を走っていた早苗の背中が見える。

慌てるな。

沙良も加速をかけ、二人の間は一メートルと開いていない。前回はここから離されていったのを不意に思い出した。

見るな。考えるな。

目一杯かけた加速を、ふっと抜く。一瞬、風の抵抗がなくなる。いったん身体を惰性に任せてから、第二ブースターに点火する。

ここから八十五メートル地点まで再加速。

見まいとしても斜め前を走る早苗が視界に入る。まだその差は開いていない。

前回はここで躓（つまず）いた。早苗の存在を意識するあまり、ペース配分を狂わせて自滅した。もう二度と同じ轍（てつ）を踏むものか。

ただし早苗から受ける脅威はいささかも減じていない。同じ時間と空気を共有している者だけが感じることのできる脅威。

このスピードについていかなければ負ける。どれだけ自分とかけ離れたペースであっても、多岐川早苗の走りは絶対的な体力に裏打ちされたもので決して無謀ではないからだ。

早苗以外の五人はその脅威と向き合いながら彼女の後を追っている。

二番レーンの走者が急にスピードを上げて沙良の前に出た。早苗と並走しようとしているらしいが、その表情はすっかり余裕を失くしている。

続いて四番レーンの彼女がそれに続く。しかし元からスタミナ不足なのか、すぐに後退してしまった。

二番と四番の動きに動揺したのは明らかだ。残る五番と七番もペースを上げてきたが、これも五十メートルも走らないうちに呼吸を乱してしまう。

次々と脱落していく彼女たちを尻目に、沙良は加速を続ける。アウトコースを走る早苗の背中が次第に迫ってくる。

疾走中、外部からの音は途絶え、五人の呼吸音だけが耳に届く。沙良はその音だけで彼女たちのペースを把握できるような気がする。

八十五メートル地点まで加速すると、案の定自分の前には早苗の姿しか残らなかった。後の四人の存在は、はるか後方に感じられる。

沙良は力を八分に落とすが、惰性を利用してスピードは維持する。

エネルギーの調整。

大丈夫だ、まだ余裕がある。

身体が風を切り裂いていく。自分では意識しない脚力が身体を引っ張ってくれている。

競技の中で走ってみると、デビッドの義足がいかに規格外であるのかが分かる。繊維強化プラスチックであるにも拘わらず、生体と融合してそれ自体が生命と意思を有しているかのようだ。脳から下される命令に従い、着実に地を蹴り、軽々と沙良の身体を跳躍させる。踵に羽が生えているというのは誇張でも何でもなく、この義足さえ装着していれば、どこまでも遠く、そしてどこまでも高く跳べそうだ。

百五十メートル付近、沙良は早苗と二人きりで走っているのを実感した。ここからはこの二人だけで雌雄を決する。

ラスト五十メートル、早苗との距離は未だ一メートル未満。

先に仕掛けたのは沙良の方だった。

最後のブースターに点火する。

タイミングは完璧だった。

この五十メートルを制覇するためのインターバル走だった。デビッドに指示されてからは来る日も来る日もこれを繰り返した。お蔭でスタミナの残量と燃焼度合は頭でなく身体が憶えていてくれる。

見る間に早苗との距離が縮まり、すぐに真横に並んだ。

いける。

今まで意識すまいとしていた存在が俄に大きくなる。

標準記録なんて出場通知ほどの価値でしかない。

誰よりも速く走り、誰よりも注目を浴びるのがプロだ——。

あなたの言い分は分かった。

それならアマチュアであるわたしが、その言い分を虚仮にしてやる。

沙良は猛然とスパートをかける。風は俄然強くなり、視界も急速に狭まっていく。

早苗を捕捉し、一気に抜きにかかる。それでもスタミナは充分に残っている。自分のペースを乱している訳でもない。

これなら勝てる、そう思った時だった。

突如、早苗の加速に拍車がかかった。

ごう、という加速の音がこちらまで届くかと思えた。早苗の姿が横並びになったのはほんの一瞬で、沙良は呆気なく間を空けられてしまう。ついさっきは一メートルもなかった間隔が見る間に開いていく。

比喩でも何でもなく、彼女の義足にはロケットがついている――そうとしか考えられなかった。急いで追走する。まだついていけるはずだ。ここから百パーセントの出力を続けても、ゴール前で息切れすることはない。

沙良は息を止め、早苗の背中を必死に追う。だが、どれほど焦ってもその差は縮まるどころか拡がる一方だ。

馬鹿な。

あれだけインターバル走を繰り返し、充分なスタミナ対策を採ったというのに。あれだけ毎日の食事を管理し、五十メートルのスパートにエネルギーを充塡(じゅうてん)させたというのに。

ゴールまであと二十五メートルの地点で、更に早苗の背中が遠ざかり始めた。沙良との間隔はとうに一メートル半を超えている。

もっと速く。

もっと遠く。

だが祈りも空しく、早苗の背中には手も届かない。

そろそろ心肺が悲鳴を上げ始めた。

これが最後の滑走だ。沙良は蓄積していた全てのエネルギーを放出して疾走する。

あと十五メートル。

早苗の背中がまた遠くなる。

あと十メートル。

視界がぼやける。

あと五メートル。

駄目だ――。

先にフィニッシュを決めたのは今度も早苗だった。沙良の身体は惰性だけでゴール地点を通過する。

何が早苗の言い分を虚仮にする、だ。完敗ではないか。

減速していくとともに、身体中から一気に放熱が始まる。余力はなく、沙良は前屈みになって息を整える。

全力を出し切った。ペース配分は完璧で、ラストスパートもスプリント前に思い描いていた通りだった。

それなのに負けた。

ゆるゆると振り向いた先の電光掲示板には早苗のタイムが表示されている。

『29.30』

視界の端に、にこりともしない早苗が映る。彼女にとっては、このタイムさえほんの通過点でしかないのか。

電光掲示板には二位以下のタイムも順次表示され始めた。沙良のタイムは三十秒四八。標準記録を見事にクリアしていた。

だが勝利感など微塵もなかった。早苗はつまらなそうな顔をしたまま立ち去っていく。それを追いかけているのは、地元テレビ局のクルーだろうか。

すっかり重くなった足を引き摺りながらトラックを離れると、ビデオ機材を抱えた鬼怒川が駆け寄ってきた。

「沙良さん！　すごいですよ、三十秒四八！　これでジャパンパラに出場できる」

「有難うございます」

「さすがですね。予想通り、本番では百パーセント以上の力を発揮できる」

「あんなんじゃ駄目なんです」

「えっ」

「標準記録をたかがコンマ〇二秒上回っただけじゃ駄目なんです」

「でも、スプリント中のデータを見る限りでは理想的な走りでしたよ。ペース配分も申し分なかったし、ラストスパートでの加速は僕も目を瞠りました」

「ジャパンパラでは、もう標準記録なんて関係ありません。一位を獲らなきゃ、あの人を抜き去らなきゃ、何の意味もないんです」

早苗の姿が更に遠ざかっていくが、沙良の視線は彼女の背中に吸いつけられたままだ。

「わたし、デビッドの義足を装着してから、可能と思えることは全部やってきたつもりです」

「分かっていますよ。ずっと横で見ていましたからね」

「でも、きっと全部じゃなかったんです。まだ足りてない。全然足りてない。あの人の背中を捉えるには、まだ何かが必要なんです」

疲弊した肉体の裡から、ふつふつと込み上げるものがあった。

絶望と困惑、そして己に対する怒り。

胸に点った熾火（おきび）が、緩やかに燃え上がる。

五　甦る翼

1

「何度も言いますけど、フォームにしてもペース配分にしても、今はほぼ理想に近いのですよ。これ以上弄(いじ)ったら、却ってタイムが悪くなる惧(おそ)れがあります」

小岩井の研究室で、鬼怒川は注意深く言葉を選んでいるようだった。今のままでは絶対多岐川早苗に勝てないという沙良の訴えが、よほど感情的に聞こえたせいかも知れない。

「三十秒四八の記録も、義足を装着するようになってからの期間を考えれば驚異的な数値です」

「わたしにとっては驚異的な数値かも知れませんけど、多岐川さんにしてみれば凡庸なタイムでしかありません。だって向こうは二十九秒台なんですよ」

「そんな、他のアスリートと比べたって……」

「競技会は他人と比べられる場所なんです。あの人に勝たなきゃ何の意味もないんです」

「沙良さんはパラリンピックのためだけに走っているんですか」

「鬼怒川さんだって、ナンバーワンを目指さない人間がオンリーワンになれる訳もない、と言ったじゃないですか」

「そのために身体に変調を来したんじゃ元も子もない。研究所のテーマは、技術で人間の能力を超えることです。被験者の肉体を蔑ろにすることじゃありません」

聞きながら、やはり鬼怒川は研究者なのだと思った。彼の頭には沙良の身体能力を究めるという実利はあっても、パラリンピックに出場するという栄誉はない。

やり取りを難しい顔で聞いていた小岩井が、二人の間に割って入る。

「沙良さん。これはある種のジレンマだが、アスリートの寿命は一般人よりも十歳短いというデータを知っていますか。スポーツが健康のために有益というのは、半分当たっていて半分間違っている。生身の身体能力のマックスを維持し続けることは、結局肉体を酷使するだけだ。プロと名のつくアスリートたちの選手生命が押しなべて短いという事実は、沙良さんだって知っているでしょう」

小岩井の言葉に間違いはない。

「栄誉を求める気持ちは分かりますが、それに固執していいことはあまりありませんよ」

「でも、たとえば小岩井先生のように研究者だったら、ノーベル賞を目指すじゃないですか」

「最初から受賞目的の研究者なんていません。トライアル・アンド・エラー。ノーベル賞も、その繰り返しとささやかな成功の積み重ねのご褒美みたいなものです」

それは先生たちが定年後の生活まで保障されているからです——という言葉が喉元まで出かか

った。

交渉決裂で席を立ち、小岩井たちと袂を分かつという選択肢もあるが、今更自分一人が足掻いたところでどうしようもない。何とかして研究所の協力を得なければ勝てる試合にも勝てない。

沙良はしばらく考えて有効と思える妙案を思いつく。

「小岩井先生の目的は義肢の技術によって人間の能力を超えることですよね」

「そうだよ」

「そのための資金は潤沢ですか」

すると小岩井は首を横に振った。

「それは難しいところだね。今回、我々が沙良さんに協力できるのはデビッドの義足、そしてデビッドと沙良さんがここで邂逅してくれたお蔭です。情けない話、その義足を購入するだけで研究室の費用数カ月分が吹っ飛ぶ」

「生産技術研究所のロゴを作ってくれませんか。ウェアに貼りたいので」

「ロゴ？　そんなものは簡単に作れると思うが、何のために」

「パラリンピックの決勝は必ず世界中に放映されます。もしわたしが二百メートルで優勝したら、研究所の名前と実績が一躍世界に広まりますよ。そうなれば各国の企業から技術を買いたいとか提携したいとかの申し出があると思いませんか。それにパラリンピアンを輩出した実績があれば、大学側も予算の配分を考え直すんじゃないんですか」

小岩井と鬼怒川は驚いたように沙良を見ていた。

「まさか、あなたは利権で小岩井教授を誘惑しようっていうんですか」

「誘惑じゃなくて、取引です」

沙良は居丈高に胸を張ってみせる。これは交渉だ。相手に弱みを見せる訳にはいかない。

「わたしはこの身体を先生たちに提供する。そして先生たちはわたしに知識と技術を提供する。共通の目標はパラリンピック出場。わたしの将来を心配してくださるのは有難いですけど、わたしの身体はわたしのものです。どう使おうが、酷使したせいで寿命が短くなろうが、わたしの勝手です。誰の責任でもありません」

二人は揃って口を半開きにしながら沙良を見つめる。

不意に小岩井が相好を崩した。

「はは、参ったたな。まさか沙良さんにこんなビジネスセンスがあるとは思わなかった」

「これでも勤め人でしたから」

「水を差すようだが沙良さん、あなたは今年やっと二十歳になったばかりだ。だからわたしのような中年ジジイの話はピンとこないかも知れない」

小岩井はとても優しい眼差しをしていた。

「多岐川早苗さんとの差はおよそ一秒。だがデビッドの義足を手に入れてあっという間に自己ベストを三秒も縮めることができたのだから、少し無茶をすればあと一秒程度なら何とかなるだろう。無茶をしてもすぐ元に戻るだろう……そんな風にとんでもなく楽観的に考える。わたしもあなたくらいの齢の頃には似たようなものだった。敗けるなんて、失敗するなんて想像すらしなかった。だけどね、勝ち続ける人間なんてどこにもいない。いつかは敗けるし、大抵の人間は敗けることの方が多い。何故なら、一つ一つ敗けを重ねることで人は成長していくものだからだ」

何だ、大人の分別臭い説教か。

そんなものに屈して堪るものか。

「わたしだって、ずいぶん敗けたんですよ。優勝したのはインターハイくらいでその後は表彰台の一番上に立ったことがないんです。それに楽観的でもありません。まさか片足を失くしたアスリートが、ずっと能天気でいられたと思うんですか」

これ見よがしに左足を差し出すと、さすがに小岩井も眉を顰めた。

「いっぱい敗けました。死ぬほど絶望しました。この上、一つか二つ絶望してもあまり変わりません。だから、わたしの身体を酷使してくれて構いません。どんな方法でもいいですから、多岐川さんに勝てるスプリントを試してください。お願いします」

深く頭を下げて小岩井の返事を待つ。

居丈高も開き直りも、そして自分を広告塔に使うというアイデアも乏しい頭で必死に捻りだしたものだ。出たとこ勝負、勝算はなきに等しい。それでも、今の自分にはこうするより他にない。

空気が肌にひりつく。両拳を握りしめていると、やがて小岩井の溜息が聞こえた。

「さっき言ったことを撤回します」

「はい？」

「あなたと同じ齢だった頃も、わたしはそんなに無謀じゃなかったし、破滅型でもなかった。多少は計算していた。計算した分だけ臆病だったとも言える」

小岩井がこちらに近づいてくる。緊張で沙良は金縛りに遭ったように動けない。

「やれやれ。娘ほども齢の離れた人にやり込められるのはちょっと癪に障るが、その熱量に当てられたらどうしようもない。いいでしょう、その取引に応じようじゃありませんか」

「ありがとうございます！」

「ただし条件がある。あなたの申し出だから無理は許容するが無茶は認めない。途中で変調の兆しが見えたら、すぐに中止させる。それが呑めないのなら交渉は決裂だ」

「結構です」

考えもせずに即答した。

多岐川早苗に勝てるのなら、パラリンピックに出場できるのなら、寿命が何年縮まろうが選手生命が短くなろうが構わない。元より事故で左足を失った時に、いったんは全てを諦めたのだ。

「それじゃあ、早速取り掛かるとしようか。最初に聞いておくけど、沙良さんの方から何か提案はありますか」

「わたしの身体を改造できますか」

「何ですって」

「わたしの身体を多岐川さんと同じにして、多岐川さんと同じ走法に変えてみてください」

小岩井と鬼怒川は、今度こそ呆れ果てたという顔をした。

「申し訳ない、沙良さん。世代が違うせいか、わたしにはそのジョークが面白いものだとは思えない」

「ジョークじゃなくて本気です。公式記録を見ると、わたしと多岐川さんの身長差は一センチ、体重差は二キロ、体脂肪率は三パーセント違います。わたしの身体を多岐川さんに合わせ、走法もペース配分も彼女と同じにしたら、タイムも近似値になると思いませんか。勝てないまでも敗けることはないと思いませんか」

「奇抜なことを考えるね。しかし体格や走法だけを真似てどうなるものでもないでしょう」

「身体能力で彼女に引けを取っているとは思いません」

「彼女の走法やペース配分をコピーすると言ったけど、ジャパンパラまではあと一カ月ほどしかない」

「一カ月あれば何とかします」

「君は自分の走りを棄てようと言うのですか。スプリントのスタイルというのは健常者の頃から積み上げてきた、言わばあなたの個性と呼べるものではないのですか」

「トップを獲れないような個性なんて、わたしは要りません」

本音だった。

「そんなの、才能と努力のなさを個性と言い換えているだけです。アスリートは記録が全てです。個性だとか、玄人好みだとか、記憶に残るだとかは観ている人間の勝手な思い込みです。研究者の世界はそうじゃないかも知れないけれど、アスリートの世界には二つの順位しかありません。トップとそれ以外です」

二人の顔には幻滅の色がありありと浮かんでいる。夢ではなく現実を見せつけられた顔。喩えて言うなら、サンタクロースの正体を知らされた子供のようなものか。

やがて小岩井は諦めたような溜息を吐く。

「目的は同じ、交換条件も納得できるし、沙良さんの身体を沙良さんがどうするかも自由。わたしが文句を言う筋合いではないな。いいでしょう、あなたの案は突飛だが研究課題として面白い。

ふむ、任意のスプリンターを生身の人間がどこまで精巧にコピーできるか、か」

急に興味を覚えたのか、小岩井の眼に好奇の光が宿る。

「しかしくどいようだが、無謀な実験で沙良さんのスプリントスタイルが崩壊しても、身体能力に悪い影響が出たとしても、我々は責任を負いかねる。本当にそれでいいんですね。後悔はしませんね」

「できることを全部やっておかない方が後悔します」

「軽々に賛同するつもりはないが、正直言って羨ましい」

部屋を出ようとした小岩井は、すれ違いざまに沙良の肩を軽く叩く。

「ついにわたしが持ち得なかったものを持っている。ひょっとしたら最初に協力しようとしたのはデビッドの義足を装着しているからではなく、あなたの気風に惚れ込んだせいなのかも知れないな。ああ、そうだ。このことはデビッドにもう伝えたんですか」

「いいえ。伝えたら反対されそうなので……」

「わたしたちにも黙っていろと？」

「できれば」

ふむ、と了承したように頷いて、小岩井は出ていく。

後には沙良と鬼怒川の二人が残された。

「沙良さんと一緒にいると退屈しないなあ」

鬼怒川はいつもの調子でまぜっ返す。

「今までの積み重ねをいったんゼロにするなんて真似、僕らには考えもつかない。その方向性が正しいかどうかはともかくとして、その思いきりのよさは僕には絶対無理だ」

「それ、褒めてるんですか」

「尊敬の念とともにね。僕も所長と同じく、知と経験の積み上げで成果を求めていくタイプだから」

お前には積み上げる経験がない——聞きようによっては皮肉とも取れるが、これは沙良のコンプレックスによるものだろう。

積み上げたものをリセットすることには、もう慣れていた。


再開したプロジェクトは、まず沙良のダイエットから始まった。競技大会まであと一カ月、期間が短いので減量と早苗の走法トレースを併行させていくことになる。

「一カ月で二キロの減量というのはそれほど苛酷な目標値ではありませんが、沙良さんのようにアスリートと呼ばれる人たちは既に理想体型に近いので、そこから更に二キロを絞るとなるとこれは難題です」

トレーニングルームで、鬼怒川はタブレット片手に話し始める。

「脂肪を落としていくに従って体脂肪率は改善されていきますが、筋力を下げては元も子もありません。そこでまず炭水化物の摂取を現状よりも減らし、同時にインシュリンの力を借りずとも血糖値を下げていくようなメニューに切り替えます」

これは沙良にも理解できる理屈だった。

栄養素の中でカロリーとして挙げられるのは炭水化物・タンパク質・脂質の三つだ。この三要素に含まれる一グラム当たりのカロリーは炭水化物とタンパク質が四キロカロリー、脂質が九キロカロリー。数値上では炭水化物のカロリーは脂質の半分以下だが、炭水化物は消化吸収が早いため、約一時間以内に消費しなければ脂肪として蓄積されてしまう。

インシュリンも同様だ。炭水化物にはタンパク質や脂質に比べて血糖値を上げやすい成分が多く含まれている。この血糖値を下げるために体内からインシュリンが分泌されるのだが、インシュリンもまた大量分泌されると脂肪は燃焼されにくくなってしまうのだ。

「従って毎日のメニューはより偏った内容となり、女性としてのシステムにも変調が及ぶことが予想されます」

過度なダイエットと偏った食事がホルモンバランスを崩して生理不順になる。これも当然のことなので、大して重くは受け止めなかった。

「多岐川早苗さんのスプリントについては解析が終わっています。ペース配分から十メートル毎のストライドを３Ｄデータにしているので、沙良さんのフォームをそのデータに近づけていきます」

自分のスタイルを捨て、他人のそれを盗む――中途半端なプライドを持った者ならさぞかし耐えられない話だろう。

「でも、近づけるって具体的にどうするんですか」

するど鬼怒川は沙良の目の前に指先ほどの大きさの吸盤を差し出した。

「これは?」

「マーカーといいます。これを、各関節を中心とした三十二カ所に装着し、トラッカーで検出すると沙良さんの筋肉の動きがデータ化されます。モーションキャプチャーといって、コンピュータ・アニメーションを自然に動かすために開発された技術ですが、わたしたちはこれを逆に利用します。多岐川さんのデータを基準にし、沙良さんの筋肉が違う動きをしたらその部分のマーカーに電気信号が走るようになっているんですよ」

「電気信号って……あの、感電するってことですか」

「それじゃあ何かの罰ゲームですよ。電気信号といってもぴりっとくるだけで、痛みというほどじゃありません」

つまり、その電気信号を感知せずに二百メートルを完走できれば、早苗のスプリントスタイルをそっくりトレースしたことになる。

「先端技術を使いながら結局は身体に直接刺激を与える原始的な手法なんだけど、短期間で他人のスプリントスタイルを会得するには、これが一番近道だと思いますよ」

見て覚えるより身体で覚えろということか——その方が自分には合っていると沙良は納得する。

「それでは、まず多岐川さんの走りをモニターで確認してから……」

鬼怒川が言いかけたのを、途中で沙良が遮った。

「わたしも身体に直接教える方が早いと思います。今すぐ、そのマーカーを装着させてください」

「いきなり、ですか」

「わたしの脳は脚の付け根にあるんです」

鬼怒川は苦笑すると、白衣のポケットから山ほどもマーカーを取り出した。

マーカー三十二個を装着して走ってみると、なるほど電気刺激の効果は歴然としていた。二度、一緒に走っているので走法の概要は知っていたつもりだったが、多岐川早苗との違いが秒単位で体感できる。

ひと言で言えば早苗の走りはダイナミックだった。腕の振りもストライドも大きく、身体が爆発するような感じがする。それに比べて沙良の走法はどこか小さく纏まっている。

「おそらく体力に裏打ちされた走り方なんでしょうね」

タブレットに表示された二人のデータを見比べながら、鬼怒川が感嘆するように呟く。

「ペース配分といっても、彼女の場合は沙良さんよりも減速距離が短い。二百メートルほぼ全域に亘って全力疾走しているようなイメージですが、自分の体力に自信がない限りそんな走り方にはならない」

「足を失う前の走り方はどうだったんですか」

「現存しているビデオ映像を見ると、健常者であった時も似たような走り方でしたね。きっと体力には昔から自信があったんでしょう」

いきなり真横に気配を感じた時には、もう抜き去られている――あの悪夢のような感覚が甦る。こちらが様子を窺っているのに、いきなり横っ面を叩(はた)かれるようなものだ。

「マーカーを装着した感じでは、どんな具合でしたか」

「わたしと多岐川さんの体重差は二キロあります。言い換えたら、わたしは二キロの重りを持って走っているようなものです。正直、邪魔だと思いました」

「ぱっと見には、これ以上削りようがない肉体なんですけどね」

鬼怒川は沙良の頭から爪先までを眺める。研究用のサンプルを観察するような視線なので、不快にはならない。

元々太りにくい体質だったので、陸上を始めてから無理な減量をした覚えはない。腹一杯に食べても記録に支障が出ることはなかったから、気にも留めなかった。理想体型であることに胡坐(あぐら)をかき、肉体改造しようなどとは露ほども考えなかった。

「栄養学専攻の彼女に話をしたら、困惑しながらも興味津々の様子でしたよ。ダイエットしながら筋力や瞬発力、おまけに持久力を強化するというのは新しい試みですからね」

「彼女って……ひょっとして、そっちの意味の彼女でもあるんですか」

「まあ、それはともかくとして」

照れ隠しにもならないような話の逸らし方だった。

「早速、今から多岐川さんのスプリントスタイルについて十メートル毎の解析結果を説明していきます。さっきの試走で体感したことを思い出しながら聞いてください」

早苗の走法をトレースする作業は、つまるところトライアル・アンド・エラーの反復だった。解析の直後に試走、電気刺激を受けた箇所をタブレットで確認してから再度試走、それを繰り返す。最初は身体中を見えない糸でがんじがらめにされているような窮屈さを覚えた。懸命に腕を振り、足幅を広げてみてもまだ足りないと引っ張られる。ここは力を溜めておきたいと思っても、見えない糸がそれを許さない。まるで引き摺り回されるマリオネットだと思った。

このスピードについていかなければ負ける――競技中に感じた不安を追体験する。早苗の走りをなぞっていると、尚更強くそれを感じる。瞬発力やスタミナといった、基礎体力から既に差がついていることを痛いほど実感する。

ダイエット・メニューが始まると同時にトレーニング量も増加した。蓄えたカロリーが脂肪に変化する前に消費させてしまえという趣旨だ。当然、筋力アップの目的もあるのだが、さすがに最初の三日間は身体が慣れず、一日が終わって汗を流すと泥のように眠る日々が続いた。

何によらず専門家のスキルというのは大したもので、四日目になると食事の新メニューにもトレーニング量にも慣れてきた。決して楽ではなかったが、少なくとも考える余裕はできた。

また、空腹という新しい体験もした。摂取する食事は厳密なカロリー計算をされているので沙良の運動量を賄うには必要かつ充分な量だったが、従来の摂取量に慣れ親しんだ沙良の腹には到底満足のできるものではなかったのだ。

「今後は甘い物もカフェインも、わたしたちが用意するもの以外は一切口にしないでください。口にしたが最後、わたしはプロジェクトから降ろさせてもらいます」

鬼怒川から紹介された栄養学専攻の彼女は、にこにこ笑いながらそう宣言した。彼女のだぶつき気味の顎と二の腕を少し恨めしく思った。

一週間が過ぎると、装着したマーカーから受ける電気刺激の回数は極端に減った。早苗の走りに近づいた証拠だった。ただしこの時点で減量できたのはたったの〇・二キログラム。栄養学専攻の彼女によるとダイエットの効果は一朝一夕に出るものではないということだが、この数値には少なからずめげた。

食欲旺盛な時期に食事の量を制限される苦しさは、日が経つにつれて増大していく。身体が絞られていく実感もあるが、それ以上に胃袋の悲鳴が大きい。大学と自宅を往復する間、贔屓(ひいき)の料理屋やケーキ屋を通り過ぎる際には鼻を押さえて目も閉じた。メニューの写真を見ただけで、勝手に身体が引き寄せられそうだったからだ。

二週間目、体重は一気に〇・八キログラム落ち、沙良のタイムも自己ベストを更新した。三十二カ所に纏わりつくマーカーの存在も気にならなくなった。

「改めて考えてみると、これはとんでもないことなんですよね」

更新したタイムの表示を見た鬼怒川は、しみじみとした口調で言う。

「確固としたスタイルを持ったアスリートが、他のアスリートのスタイルを継承してタイムを縮めるなんて、やろうとしてできることじゃない。今更ながら沙良さんに畏敬の念を表します」

大層に奉ってくれたが、言われた本人は恥ずかしさが半分、情けなさが半分だった。別にスタイルが確立していた訳ではなく、沙良の身体能力に無理のない走法を選んでいただけの話だ。公式大会で標準記録Aを難なくクリアする早苗とは比較にもならない。

三週間目に入ると、身体が明らかに軽くなった。まるで自分の身体が槍のように細くなった気がする。減量分は一・〇キログラムとなり、タイムは遂に三十秒を切った。二十九秒九六、前回大会で早苗が叩き出した記録まであとコンマ六六。

この頃になると、沙良はいつも不機嫌だった。空腹が怒りを呼び、ちょっとしたことが苛立ちの種になった。鬼怒川はカルシウム不足を疑ったが、血液検査をしたところ異常は見当たらなかったので、これは純然たる気分の問題だった。

コンマ数秒を縮めるために、どうしてこんな犠牲を払わなくてはいけないのか。既に左足を失っているというのに、どうして陸上の神様は自分だけに試練を与え続けるのか――。

考えれば考えるほど理不尽に思えてくる。機嫌が悪い時には、それが自分で選択した結果であることも忘れている。

四週目。減量分は一・五キログラムに達し、タイムも更に二十九秒五二と更新した。空腹感も増し、沙良には怒る気力さえ失せた。それでもマーカーを装着し、スタートラインに身体を沈めると一切の感情が消え去った。見えるのはトラックだけ、聞こえるのは風の音だけ、そして考えるのは早苗のスプリントに近づくことだけになる。

家まで帰ると、途中どこかの料理屋に入る惧れがあったので、この頃から研究所に泊まり込むことにした。どうせ家に帰っても汗を流して寝るだけなので、シャワーとベッドさえあれば事足りる。こうして沙良は研究所の完全管理の下、衣食住を済ますこととなった。

「沙良さんが色んなものを犠牲にしていることは、僕を含め研究所の人間全員が知っています」

ロッカールームで肩を落としている沙良の頭上に、鬼怒川の声が降ってくる。

「でもね、沙良さん。何かを犠牲にした分、あなたは確実に別の新しいものを得ている。それは研究所に閉じ籠もっている僕たちには到底味わえないものだ。だから、ここで諦めないで欲しい。沙良さんが一つ新しいものを得るのを見る度に、僕たちは人間の可能性というものが絵空事ではないと信じられる」

ずいぶんと熱のこもった言葉だったが、沙良は顔を上げられずにいた。

そして、遂にジャパンパラ陸上競技大会の当日が訪れた。

2

大阪市東住吉区長居公園一—一、ヤンマースタジアム長居。

沙良と研究所の数人は前日から大阪入りし、この日も開会式の二時間前に会場を訪れていた。

午前十時に開会式、競技開始は十一時。女子二百メートルはエントリー数の都合で午前中に予選を、午後に入ってから決勝を実施することになっている。そのため、沙良たち出場選手たちに与えられる練習時間はごくわずかだった。

「昨夜はよく眠れましたか」

鬼怒川はストレッチ中の沙良を気遣うが、当の本人は至って元気だった。

減量分は二日前に二・〇キログラムとなり、タイムも二十九秒四〇を記録した。空腹感はもはや限界に達していたが、泣いても笑っても今日一日だということと、早苗のスプリントスタイルに極限まで近づけた事実が気持ちを軽くしていた。

「この競技会が終わったら、沙良さんの好きなもの、何でもご馳走しますよ。大阪だから美味しいものが沢山あるでしょう」

「でも大阪って粉もの文化だから、美味しいものって大抵は炭水化物ですよ。話に聞くと、お好み焼き定食なんてのがあって炭水化物をオカズにして炭水化物を食べるメニューさえあるって」

すると、さすがに鬼怒川も眉を顰めた。

「聞きしに勝る地域性ですね。折角のダイエットの効果を根底から揺るがしかねないようなメニユーだ。まさか沙良さん、その怖ろしいメニューをご希望なんですか」

「せめて美味しいうどんが食べられたらいいです」

「うどん？」

「大好物。だけどダイエットが始まってからは一切口にしてなかったんです」

ご褒美がうどん一杯というのは若干侘(わび)しいものがあるが、もし優勝できたのなら次の闘いが待っている。解放感に任せて折角進んだダイエットを台無しにするような愚行は慎むべきだろう。

「ご馳走というのはお詫びの意味もあるんです」

鬼怒川は急に神妙な口調になる。

「正直を言うと、沙良さんが大会当日までにここまで仕上げてくるとは予想していませんでした。普通、ダイエットというのは波があって、いったん減量してもすぐリバウンドして、また減量して、の繰り返しになるんですけど、沙良さんはリバウンドすることもなく順調に脂肪を落としていきました。そしてこれも当初の計画通り、多岐川早苗さんのスタイルと記録に追いついてしまった」

「まだコンマ一秒足りませんけどね」

「それだって驚異的です。一カ月やそこらで他人の、しかもトップアスリートのタイムに並ぶなんて芸当、誰にでもできることじゃない」

褒められても嬉しさは中くらいなので笑って誤魔化す。努力だけが評価されるのは小学校の運動会までで、そこから先は結果のみが問われる。払った犠牲も大きい。きっと優勝しない限り、何を言われても心から笑えないのだろう。

新調したばかりのユニフォームには、約束通り生産技術研究所のロゴが入っている。洗練された企業ロゴとは比ぶべくもないが、彼らの助けがあってここまでこられたと思えば愛おしくもある。

視線を他に移すと早苗の姿が目に入った。沙良と同様に前屈をしてストレッチに勤しんでいるが、沙良はしばらく見惚れていた。

直接言葉を交わしたのは二回だが、それでも彼女の自信が虚勢やはったりではなく、確固とした実績に基づくものなのはすぐに察知できた。企業の広告塔としての役割を理解し、その上で対等なパートナー契約を結び、そしてクライアントが満足する結果を出す——それはプロフェッショナルとして当然の条件なのかも知れないが、沙良にはまだ及びもつかない次元の話だ。小岩井と似たような契約を交わしてはいるが、こちらは実績を伴わない強引な申し出に過ぎない。

「この大会、二着ではまずいですかね」

弱気の虫に取りつかれたのか、鬼怒川は機嫌を窺うように言う。しばらく一緒にいて分かったのだが、鬼怒川にはいつも逃げ道を作っておくという癖がある。試行錯誤する研究者ならではの習癖だと想像するが、少なくとも今の場面にはそぐわない。

「いいえ、駄目です。他の公式大会で多岐川さん以外にも一着を獲っている選手がいるんです」

NPC（各国パラリンピック委員会）が一つの競技クラスにエントリーできるのは最大三人までだ。IPCとすれば公認大会の優勝者で揃えたいはずであり、ただの一度も優勝経験のない沙良が出場資格を得るためには、この大会で早苗を破って優勝するしかない。

だが一方、鬼怒川の不安も理解できる。何といっても沙良の走りは早苗のそれを模倣したものだ。模倣がオリジナルに勝てるとは思えない。言い換えれば、負けないかも知れないが勝てる要素もない。今のままでは全力を出し切ったとしても同着になる。そして早苗と同じタイムでゴールした場合、ＩＰＣが沙良をエントリーするかどうかは微妙な問題だ。

おそらく鬼怒川もそのくらいは心得ているはずだ。今の二着云々の話も、それが念頭にあってのことだ。

沙良にはまだ誰にも話していない目論見がある。いっそのこと、鬼怒川には打ち明けてしまおうか――そう思案している最中、呼び出しがあったのか鬼怒川がスマートフォンを取り出した。

「あー、そろそろくる頃だと思った」

誰から、と訊く前に表示画面を見せられた。

デビッドからだった。

「はい、鬼怒川。……ええ、横にいるので替わります」

この一カ月余り、沙良からデビッドに連絡を取ったことはない。スプリントスタイルの変更を指摘されるのは目に見えていたし、指摘されれば理由を説明しなければならないからだ。自分が丹精込めて作った義足が、他のアスリートと同じ走法に使用されていると知ったら、愉快な気持ちにはならないだろう。

『話すのは久しぶりだな、サラ』

デビッドの声は相変わらず力強い。いつもこの勢いに負けてしまう。

『確か、今日がジャパンパラの大会だったはずだな』

デビッドの勢いに勝とうが負けようが、もう誤魔化しは許されないと思った。自分に最高級の義足と新たな希望を与えてくれた恩人に、これ以上隠し立てをするのは臆病を通り越して卑怯ですらある。

「デビッド。告白しなければならないことがあります。わたしのスタイルでは標準記録Aを破るのがやっとで、とても優勝なんてできませんでした。だから」

『だからサナエ・タキガワのスタイルをトレースしたのか』

驚いて鬼怒川を見るが、彼は何も伝えていないことを手振りで示す。

『サラのスプリントがサナエ・タキガワのスタイルに近づいているのは、送られてきたデータを見てすぐに分かった。まさかワタシがその程度のことも考えつかないと思ったのか？』

「あの、すみません。なかなか言い出せなくって」

『何を謝っている？　アスリートがベストタイムを求めてスタイルを変えていくのは当然だ。逆に、自分のスタイルに拘っているアスリートこそ問題だ。わたしの知っているトップアスリートたちは常に変化を続けている』

「怒ってませんか」

『怒るとすれば、スタイルの変更をワタシに相談しなかったことだな。データではかなりハードなウエイトコントロールをしたようだが、ワタシに任せればもう少しサラに負担をかけなくて済んだ』

それを聞いて少し怖くなった。データを見ただけで、沙良が精神的に参っていたことまで察知できるものなのだろうか。

「大丈夫です。体調は今がピークにきていますから」

『フィジカルではなくメンタルの部分だ。肉体がファインであっても、精神がファックならいいタイムは出ない。若いサラが食べたいものも食べずに二キロもウエイトを落としたんだ。ファックな気分でないはずがないだろう。空腹は人間から思考力と自制心を奪う。普段信じているものも信じられなくなる。戦場でそういう人間を沢山見てきた』

沙良はちらりと鬼怒川を盗み見る。さっきの彼への不信も空腹のせいだというのか。

『これで終わりではないのだよ、サラ』

不意にデビッドの声が和らいだ。

『二百メートルを走った後も、まだ人生は続いていく。これしきのことで潰されて、残りのトラックを思い通りに走れる訳がない。リラックスしろと言っているのではない。全力を出し切れ』

「逆にプレッシャーをかけてるんですか」

『プレッシャーを力にできるアスリートには、いつも同じことを言ってきた』

そうくるか。

デビッドの言葉が胸の罅割れを埋めていく。ささくれ立った表層がじわりと潤ってくる。

ありがとう――そう言おうとした時、一方的に電話が切られた。

＊

広い観客席だったが人影は拍子抜けするほどまばらで、しばらく見回しているとすぐにその男を発見した。やはり周囲の人間と醸し出している雰囲気がまるで違う。座席の間を縫うようにしてようやく男の座る場所まで接近すると、相手はこちらに気づいて露骨に迷惑そうな顔を向けた。

「また、あなたか」

「奇遇ですね。先生も障害者スポーツに興味がおありですか」

犬養が問い掛けると、御子柴は返事をせずに顔を背ける。ちょうど席が空いていたので、犬養はその隣に滑り込む。

「他にも席はいくらでもあるだろう」

「いやあ、この場所からだと二百メートルとかの競技が目の前で見えますからね。全席指定でもありませんし。まさか、わたしが隣にいるからって移動されたりはしないでしょう」

御子柴は唇を真一文字に結んだまま、こちらの方を見ようともしない。

「それにしても本当に奇遇ですね。まさか大阪でお会いできるとは」

「いい加減、その白々しさも鼻についてきたな。どうせわたしを追ってきたんだろう」

犬養自身も小芝居に疲れてきたので、いい頃合いだった。

「事務員さんは出張としか教えてくれなかったんですけどね。まあ、先生が来るとしたらここだろうと」

日下部という事務員から聞いた出張。日にちを考えればジャパンパラ陸上競技大会を観戦しにいったとしか思えなかった。

「先生はどの選手が目当てなんですか」

「目当ても何も、知り合いからチケットをもらったから暇潰しにきただけだ」

「先生も大概白々しいですね。もう市ノ瀬沙良を観察していると白状したらどうですか」

御子柴は目だけをこちらへ向ける。

「何故わたしが市ノ瀬沙良を観察しなきゃならない」

「依頼者である相楽泰輔の相手方……というだけでは、わざわざ先生が大阪くんだりまでやってくる理由にはならないでしょうね。当の相楽はとっくの昔に死亡しているし、唯一の資産とも言える死亡保険金も先生の管理下にある。市ノ瀬沙良が先生を相手取って賠償金請求の訴えを起こす気配もない。第一、辣腕と謳われる先生なら、訴訟になる前に和解へ持ち込むはずです」

「それは有能な弁護士の場合だな」

「先生はご自分が有能ではないと？」

「わたしは飛び抜けて有能だ。だから普通に有能な弁護士が匙を投げるような訴訟案件を多く請け負う結果になる」

ふん。この男に謙遜は無縁だったのを忘れていた。

『ただ今より開会式を始めます。参加選手ならびに介護者の方々は、指定された集合場所にお集まりください』

場内アナウンスで、散らばっていた選手たちが入場門に集まり始めた。その中には沙良の姿もある。そのユニフォームには〈東大生産技術研究所〉のロゴが入っている。大学がスポンサーを名乗るのも妙な話だと思ったが、こうして出場しているからには主催者側からのクレームもなかったのだろう。

そして開会式が始まった。犬養の聞き齧りではパラリンピック出場選手の選考会も兼ねた大会らしいが、それにしては観客の数も開会式の派手さも乏しいように見える。選手たちの前に並ぶ実行委員たちの数も少ない。

「単純にプロスポーツと比べてはいけないのかも知れませんが、この閑散とした開会式が一般の興味の薄さを証明しているように思えますね」

「所詮、観客は野次馬だ。有名で華のあるものには興味を示すが、そうでないものには洟も引っ掛けない。そして観客が集まらないから、更に一般の興味が薄れていく」

これについては御子柴の意見に同調するしかない。そして興味以前に畏怖の問題もある。障害者スポーツは、障害そのものを白日の下に晒してしまう。障害者同士の闘いを観覧することが見る者に罪悪感を与えてしまいかねない。障害を直視することは、己の中にある差別意識と向き合うことを意味する。それを無意識に畏怖する者は一定数いるだろう。

『選手宣誓。我々は……』

「わたしは間違っていたんですよ」

犬養は無表情の御子柴にまた話し掛ける。

「相楽泰輔の殺害事件で先生がどこに立ち、どんな役割をしているのかを最初に見誤ってしまった。それが捜査を暗礁に乗り上げさせた原因でした。先生が相楽千鶴の保佐人になり、死亡保険金五千万円を管理するようになった事実が、わたしたちの目を晦ましました」

ほう、と御子柴が馬鹿にしたような声を上げる。

「なかなかいい着眼点だな。仕事にあぶれた弁護士にとって、五千万円は大層魅力的だ」

「有能ではない弁護士なら確かにそうでしょう。しかしとびきり有能な御子柴先生にはそれほど魅力的な金額ではない。殺人教唆や犯人隠匿の汚名と引き換えにできる価値はない」

「買い被りじゃないのか」

「あなたほどの頭脳と経験があれば、我々に疑いを抱かせるようなヘマはしない。もっともっと緻密な手際になるはずです。そんなことがこれから先も起こらないのを祈りますけどね」

「ヘマも何も、わたしがしたことと言えば依頼人の資産管理だけだ。あなたの話を聞いていると、まるで自分が反社会的勢力の黒幕になったような気分になる」

似たようなものではないかと思ったが、それは口にしなかった。

「確かに先生がしたことはそれだけかも知れません。しかし逆に言えばそれだけしかしなかった。本来であれば我々に告げなければならないことを告げようとしなかった」

御子柴はぴくりと片方の眉を上げた。

「そしてもう一つ、先生の人物像に引き摺り回されました。カネに汚く、高潔さとは相反する場所にいる人物」

「失礼だな」

「わたしの印象ではなく、一般に流布している人物評なのでお許しを。そういう人物が絡むとすれば、どうしてもカネ目的だという先入観が生まれる。それが落とし穴でした」

「先入観ほどタチの悪いものはない。予断は禁物というのは、あなたたちの標語じゃなかったのか」

「耳が痛い。しかし相楽泰輔の代理人が御子柴先生でなければこんな事件は起きなかったでしょうし、御子柴先生が巷間噂されるような人物でなければ、相楽も先生を代理人にしようとは思わなかったでしょうね」

「話が読めないな」

「では読めるように、順番に説明して差し上げますよ。幸い開会式だというのに、周囲にはそれほど人もいない。大抵の観客は選手の関係者でしょうから、わたしたちの話に聞き耳を立てる者もいない」

御子柴は勝手にしろとでもいうように、頷きもしなければ首を横に振ることもしない。

いいだろう、それではこちらを向かざるを得ないような話をするまでだ。

『開会式を終了します。トラック競技、女子二百メートル予選。競技開始時刻は十一時。選手は十時四十五分までにお集まりください』

3

呼び出しに従って、二百メートルの選手たちが集まってくる。その中に早苗の姿を見つけたが、予選では別の組になる。沙良は予選第二組で早苗の方は第一組だ。

あの走りをまた見せつけられるのか——以前であればその圧倒的なパフォーマンスの差に嫌気が差しただろうが、不思議に今は冷静な気持ちでいられる。自分が模倣したオリジナルをじっくり観察する余裕がある。

「第一組、スタートラインへ」

審判の声で早苗たち第一組が斜め一列に並ぶ。沙良は三番レーンに入った早苗の全身を捉えて瞬きもしない。

「Set」

早苗は低く身構えて前方を睨みつける。その姿は獰猛で敏捷な肉食獣そのものだ。

パン！

号砲と同時に選手たちが一斉に飛び出す。しかし既にこの時点で早苗の二歩目が他の誰よりも速い。

コーナーを回るまでの展開は圧巻というしかなかった。十メートル、二十メートルと進むにつれ早苗と他の選手の差はみるみる広がっていく。

早苗だけが別の次元で走っていた。

五十メートルの加速地点に至って、その差は更に大きくなる。他の選手も障害レベルは同クラスで、装着している競技用義足もぱっと見の形状は大して変わりない。それなのにこの圧倒的な違いはいったい何だというのだろう。まるで小学生の運動会にインターハイの選手が紛れ込んでいるようなものだ。

加速区間で早苗と他の選手の差は更に広がる。早苗以外の選手は前方を韋駄天のように駆けていく早苗を絶望の目で追っている。

もう追走者の群れを観察する必要はない。沙良の視線は疾走する早苗の姿に釘づけとなる。目では3Dで、皮膚では電気刺激で記憶した通りの走りが目前で繰り広げられている。無茶とも思えるストライド、心臓が二つあるのではないかと思える持久力、そして義足のバネ特性を極限まで生かした走法。

鬼怒川たちが収集した情報によれば、早苗の装着している競技用義足はアイスランドに本社を置く〈オズール〉という義肢メーカーのものであり、競技用義足では世界シェアトップの座を誇っているという。特に早苗が装着しているのは〈チーター・エクストリーム〉という製品で、トップレベルの選手の多くが愛用している。素材はカーボン。バネ部分の湾曲が深く、カーブもやや長い。デビッドの作ってくれた義足とはその部分だけが相違しているが、全体的な印象は似通っている。

早苗のスプリントに自分の姿を重ね合わせる。イメージ上は何の違和感もない。束の間、沙良は自分がトラックを駆け抜けているような錯覚に陥る。

彼女の呼吸と鼓動、そして筋肉各部の動きが伝わる。

残り五十メートルのラストスパート。早苗は後続の走者など存在しないかのように、孤独な走りを続ける。さながら女王の凱旋といったところか。ああ、彼女は今、風と一体化しているのだなと思った。

女王は周りに敵がいなくてもスピードを減じることはなかった。軽やかなゴール。

早苗は少しずつ減速していくが、その表情に苦悶は微塵もない。脱力した後の弛緩が垣間見える程度だ。

『29.50』

電光掲示板に表示されたタイムはただの確認事項に過ぎないのだろう。早苗は数値を一瞥したきり、ついと視線を外した。

おそらく早苗にしてみれば八〇パーセントの力しか発揮していない。それでもチャレンジ陸上大会のタイムからコンマ二秒遅いだけだ。

改めて早苗の持つポテンシャルを見せつけられたような気がする。本人にその気がなくても、走りとタイムでその他の競技者に重圧をかけている。

信じられない体力に裏打ちされた、セオリーを超えた走法――それを模倣しようなどという愚か者は世界広しといえども自分くらいのものだろう。

「第二組、スタートラインへ」

さて、次は自分がその愚行を披露する番だ。沙良はいったん肩の力を抜き、風に流されるように自分に割り当てられたレーンに向かう。早苗と同じ三番レーンというのも何かの因縁なのだろう。

「On your marks」

気負わず、怯（ひる）まず。

沙良は自分の中の平常心を呼び出し、沈むように身を屈め、ブロックの位置を確かめる。直前に使用したのが早苗だったので、体格が似通った沙良には都合がいい。バネ部分の接地地点さえ調整すれば事足りる。

今しがた目に焼き付けた早苗のスプリントを脳裏で再生する。イメージトレーニングというよりも、身体に叩き込んだ早苗の走法を客観的に再確認する儀式のようなものだ。

「Set」

雑念を消していく。号砲を耳にした途端、義足が反射的にブロックを蹴ることになっている。考えなくても、身体が早苗の走りを自動的にトレースしてくれることになっている。

信じるのは頭脳ではなく反射神経。

頼るのは思考ではなく本能。

お前は多岐川早苗だ。

野に放たれた一匹の肉食獣だ。

パン！

号砲と同時に義足がブロックを蹴る。

前方からの空気抵抗を避けながら上半身をゆっくり起こしていく。カーブを回り込む際の外側への遠心力をバネ部分で踏み留め、体重移動で前方向の力へ転換する。

ここから早苗の特徴的なスプリントが始まる。極端な前傾姿勢と、それを保持する大きなストライド。この二つを有効に使って早くも加速に入る。

早苗の速さの秘密は加速地点が他の走者よりもずっと手前にあることだった。もちろん加速区間が長くなる分体力を消耗する理屈だが、極限まで抑えられた体脂肪率と体重が消耗度を軽減させている。恵まれた体格とそれ以上に恵まれた持久力の両方を兼ね備えていなければ、絶対に不可能な走法だった。

腕の振りも足運びも、脳からの命令ではなく四肢が独自に動いている。幾多の電気刺激で二百メートルの区間ごとの動きを四肢が記憶している。脳が働くのは四肢がプログラムされた通りに動いているかの監視、もしくは不慮の事態が起きた時の対処だけだ。

コーナーの中盤に差し掛かり、沙良は加速度をいきなり頂点に持っていく。以前の沙良の走りに比べると、到達するのがコンマ五秒速い。このコンマ五秒の違いが直後の百メートルに多大な影響を及ぼす。

この並外れた瞬発力も早苗の体格が可能にしたものだ。肉体に余分な重しがない分、力の移行を速やかにできる。

極論すれば二百メートルは力の配分で雌雄を決する。体力という限られた資源を、二百メートルという区間にどのように落とし込んでいくか。換言すれば、体力さえ無尽にあれば力を抜く箇所さえ把握すればいい。

つまり早苗の走法とは二百メートルのセオリーを踏襲しつつ、自慢の体力と瞬発力で加速区間を延長させた走りだった。大きなストライドと爆発しそうなフォームはそこから生まれたものだ。多岐川早苗だから許される走法。それを模倣するために沙良が強いられた犠牲は数えきれない。沙良の個性、体格、長所、そして自尊心。

いや、自尊心などどうでもいい。払った犠牲の最たるものは、無理に早苗のスタイルに合わせたがためのアンバランスだった。

沙良はしばらく加速し続け、百二十メートル地点から惰性によるスピード維持に切り替える。これもまた早苗のスプリントに則ったタイミングだが、沙良の肉体に過重な負担を強いる。

体格は似せられても、体力の増強には限界がある。短期間のカロリーコントロールやトレーニングでは追いつけない領域がある。本来は二十キロしか持ち上げられない肩に四十キロの重しを載せたらどうなるか——その答えは沙良の肉体が一番よく知っていた。

この区間は、やや脱力しながらラストスパートのエネルギーを蓄積する区間でもある。しかし早苗の走りを模倣すると、充分にエネルギーを蓄えないまま最終エンジンに点火することになる。それこそラスト五十メートルで限界まで体力を使い果たすことになる。

だが、そうしなければ早苗に勝てない。

沙良は再び速度を上げていく。

百五十メートル地点で息を止める。ここからゴールまでは無酸素運動が続く。

前にも横にも、他の走者は見当たらない。

ストライドと腕の振りは最大になり、真横の風景が壁になる。

頭の中は次第に真っ白になっていく。

自分の意思ではなく、本能が肉体を牽引していく。一歩ごとに身体の中からエネルギーが放出されていく。朦朧とし始めた意識の中で、沙良はガソリンを振り撒いて走る燃費の悪いクルマを連想する。

あと三十メートル。視界が涙目のようにぼやけ始める。

二十メートル。四肢の感覚が薄れていく。

十メートル。意識が霧のように分散する。

ゴール。

ラインを走り抜けた沙良は、不自然に姿勢を崩し、トラックの上にへたり込んだ。

減速などという優雅なものではない。フィニッシュした時点で全体力を放出し、後は立ち上がる気力すら残っていなかった。

これが他人の走法を無理にトレースした報いだった。強引に型に押し込めたフォームと限界いっぱいの体力を要求され、二百メートルを走り切ると疲労困憊(ひろうこんぱい)する。それだけではない。節々が悲鳴を上げ、まるでサイズの合わない服を長時間着せられたような違和感が肉体を縛り続ける。

不意にお仕着せという言葉を思い出す。本人の身体つきを無視して着せた服は、どうしてもどこかに無理が生じる。今の沙良がそうだった。

首だけ回して電光掲示板のタイムを見る。

『29.56』

数字を見た瞬間に身体がひときわ重たくなった。

ああ、これだけやってもまだ早苗には勝てないのか。しかもこちらは全力を出し切ったというのに、向こうは八割程度の力しか出していない。

「君、大丈夫か」

よほど具合悪く映ったのだろう。大会スタッフの一人が駆け寄ってきた。

「ずいぶんしんどそうだが」

彼に遅れて鬼怒川もやってきた。

「大丈夫です、大丈夫です。彼女は僕が見ますから」

まるで自分の子を盗られまいとする母親のように、鬼怒川が沙良の前に立ちはだかる。スタッフは気圧されてその場を去る。

「沙良さん、上出来ですよ。このタイムなら予選は楽々通過でしょう」

鬼怒川は膝を落とし、ゆっくりと沙良の身体を起こす。ありがとうございます、という言葉を吐くのが億劫だったが、今まで練習に付き合ってくれた鬼怒川は、それも理解してくれている様子だった。

「予選と本選が午前と午後に分かれていたのは幸いでしたね。二時間もあれば充分回復するでしょう」

二百メートル本選は午後一時。それまでに元の体力を取り戻すのが、沙良に与えられた次の仕事だ。

いつまでも横になっていては、誰に何を思われるかも分からない。鬼怒川の肩を借りて立ち上がろうとすると、そこに冷ややかな声を浴びせられた。

「あなた、本気なの」

見上げれば、早苗がそこに立っていた。

「今の走り方、そっくりあたしの走り方でしょ。誤魔化しても駄目よ」

間に挟まれた鬼怒川は、二人の顔をおろおろと交互に見比べている。

謝るべきか、それとも無視するべきか。逡巡している間も早苗の言葉は続く。

「いったい何考えてるのよ。他人の走り方を真似したって身体の負担になるだけよ。言いたかないけど、あたしとあなたじゃ基礎体力が違う。こんなこと続けていたら、すぐに後悔する羽目になるわよ」

口を開いてみたが、まだ上手く喋れそうにない。目で助けを求めようとしたが、それより早く鬼怒川が早苗に向き直った。

「あなたの言う通り、あなたのスプリントをコピーさせてもらいました。でも、走り方に著作権ってありませんよね。だから勘弁してやってください」

「そんなことを言ってるんじゃない。自分の身体に合わない走り方を続けていたら、いつか故障するって言ってんの」

「……構いません」

やっと声が出た。

「わたしの身体です。わたしが使ってどこを故障させようと、わたしの自由です」

早苗は一度だけ沙良を睨み据えると、踵を返して立ち去った。

「……何か僕たち、思いきり嫌われちゃったみたいですね」

当然だろうと沙良は思う。誰だって自分の顔や仕草を目の前で真似られたらいい気はしない。

「別に嫌われたっていいです」

他人に好かれるつもりで走っている訳ではない。共感や憐憫や称賛が欲しくて走っているのでもない。

「この大会で勝てれば、それでいいです」

「相変わらず刹那的な生き方選びますねえ。まあ、そこが沙良さんの沙良さんたる所以なんだけれど」

「それ、褒めてるんですか」

「もちろん。自分にできないことだから、無条件に尊敬しちゃいますね」

「じゃあ決めた」

「な、何をですか」

「うどんに天ぷらを追加」

鬼怒川は呆れたように笑う。

「全くあなたって人は、強欲なんだか無欲なんだか訳が分からない」

＊

「あの調子なら予選は通過しそうですね」

沙良のタイムを確認した犬養が話し掛けると、御子柴は関心なさそうに鼻を鳴らした。

「興味ない」

「だったら、席をお立ちになればいい」

「わたしの勝手だ」

どことなく拗ねたような言い方に既視感があった。最近もこんな物言いを聞いた憶えがある
――それで思い出した。この口調は拗ねた時の沙良にそっくりだったのだ。

「競技に関心なければ、わたしと世間話ってのはどうですか」

「世の中には孤独を楽しむというタイプの人間がいることを、知らないのか」

「まあ、なかなか面白い話だと自負しているんですけどね。ところで先生の事務所にはかなり本格的なオーディオ装置が置いてありましたね。確かＪＢＬのフロア型スピーカーとマッキントッシュのセパレートアンプ、ＣＤプレーヤーはエソテリックでした」

「人並みに音楽くらいは聴く」

「最近のオーディオ製品というのは機能が充実してますね。充実し過ぎていて、リモコンを握っただけじゃ全機能を把握できない。お蔭でいつも取扱説明書と首っ引きにならなきゃならない。色んな人に聞いてみると、そういうのは大半が野郎で、女性は取扱説明書なんて見るのも嫌がる

みたいですね。御子柴先生はどうですか」

　御子柴の横顔には何の変化も見られない。相変わらず摑みどころのない男だ。

「そんな訳で取扱説明書を取っておくのは男にありがちなんですが、その中でも取り分け顕著なのがマニア層、所謂オタクと呼ばれる種族でしてね。コレクション趣味の人間は整理や収納も好きみたいですね。高いカネを払ったモノについては、取扱説明書も律儀に保管している者が多い。転売する時に取扱説明書がついていた方が高値になるという経験則もあるんでしょうが」

「それで面白い話のつもりなのか」

「殺された相楽泰輔というのは、まさにそういうタイプの人間でした」

　御子柴は微動だにしない。よし、そっちがその気なら是が非でもこちらを振り向かせてやろうじゃないか。

「彼の部屋は雑然としていました。机の周囲はパソコン関連機器で足の踏み場もなく、ラジコン玩具の箱が積み重ねられていました。押し入れを探すと、やはり取扱説明書が一つのファイルに収められていましてね。彼はラジコン玩具のコレクターだったんですよ。他人からは雑然と見えても、本人にしてみれば整理していたつもりだったんでしょうね。こういうタイプの人間はいったん纏めた取扱説明書を捨てることはまずありません。コレクターというのは捨てられない人間たちです。逆に言えば捨てられないから、コレクターになったのかも知れません。彼らが取扱説明書を手放すのは転売する時か、その玩具を廃棄する時くらいでしょう。それでわたしは玩具の現物と取扱説明書を一つ一つ照らし合わせてみたんです。するとたった一つだけ、取扱説明書が残存しているのに現物のない玩具があったんです。何だと思いますか」

返事なし。

まあ、いい。

「それはドローンでした」

一瞬、御子柴の眉がぴくりと反応した。

「ご存じですよね。今流行の小型自動航空機です。マルチコプターなんて言い方もしますが、要はコンピュータ制御の玩具です。安価で取扱いも簡単。言ってみれば鳥の視点・神の視座を手に入れるようなものだから、これは大層魅力的です。何でも爆発的に売れているらしいですな。しかし一方、こういう新奇なものにはトラブルがつきもので、ドローンを公共の建物の上空やら祭事の会場に飛ばした事案が問題になっています。プライバシー保護と防犯の観点から、運用を規制すべきだという声が早くもある」

「たかがオモチャだ」

「ええ、外見上は。しかしたかがオモチャであっても、その源流を辿っていくと軍事用の産物です。決して馬鹿にできるものじゃない。ただ飛ばすだけならまだしも、ＣＣＤカメラを搭載すれば盗撮も可能、軽量なものなら毒ガスの入ったボンベや爆弾だって積めないこともない。レーダーに感知されることもなく、警戒困難な上空から突如襲い掛かってくる。少し知恵のある者なら、性能を知った瞬間、危険な用途に転換するでしょうな。そしてその危険なオモチャを、相楽泰輔は購入したはずなのに現物が見当たらない。ああ、彼が購入した事実は裏付けが取れています。彼が常連で通っていたホビーショップの店長が伝票を見せてくれました。購入日は七月十日。彼が死体で発見される一週間前です」

遂に御子柴がこちらに向き直った。

「所詮空飛ぶオモチャだ。大方買って遊んでいるうちに、見失ったのじゃないか」

「彼の購入したドローンにはGPS機能もついていて、現在地から飛行距離まで詳細なデータが送信されます。これは取扱説明書に記述があったので確かです。操作中に本体を見失うような事態はそうそう有り得ません。それに相楽泰輔はラジコン玩具のコレクターです。当然、その扱いにも慣れていたはずです。折角買ったドローンを、みすみす高い樹木や建造物の上に着地させて回収不能にさせるようなヘマはしなかったと考えられます」

御子柴は反論しない。この点は納得していると受け取っていいだろう。

「オモチャの紛失はそんなに大問題なのか」

「細かいことが気になる性分でしてね。それで家の中のみならず、敷地内とその周辺まで捜索の手を拡げたのですが、ドローン本体は一向に発見できません」

「相楽泰輔がそのドローンを回収しなかったのは、飛行中に故障か破損をしたので断念したという可能性もあるだろう」

「もちろん、その可能性は排除しきれません。それでわたしは所轄署の協力を得て、ドローンの残骸捜しに着手したんです」

「残骸を？　ふん。そんなものが飛行中に故障したと仮定すれば、彼の自宅周辺はおろか、捜査範囲は都内全域になってしまう。まさか都下の警察官全員を動員してドブ浚いでもさせたのか」

「相楽泰輔を殺害したと思われる凶器が隅田川で発見されました」

再び御子柴は片方の眉だけを動かした。

「隅田川で投網漁をしている漁師がカッターナイフを見つけてくれたんです。網に掛かっていたんですね。このカッターナイフの状態が少々特異で、柄の部分にタコ糸が結わえてありました。それで思いついたんです。凶器が隅田川から見つかったのなら、ドローンの残骸もその付近から見つからないものかと。それで隅田川界隈で投網をしている漁師さんにそれらしきものが網に引っ掛かってないか、毎回の確認をお願いしました」

ここで犬養はいったん言葉を切って御子柴の反応を窺う。本人は能面を決め込んでいるようだが、先刻に比べればわずかに綻(ほころ)びが生じている。

「そして見つかったんですよ。凶器が発見された地点から上流に、その破片と思(おぼ)しきものが。同製品と比較して明確になりました。相楽泰輔の購入したドローンと同じものの破片でした」

「同じ機種の別物だったかも知れない」

「鑑識が破片に付着した水苔の量を測った結果、凶器とほぼ同じ時期に沈んだものであることも判明しました。しかもこのドローン自体、そんなに大量生産されたものでもない。先生の指摘されるのももっともですが、それは無視しても構わないほど僅少(きんしょう)な可能性でしょうね」

御子柴の口角が微かに歪む。

いいぞ、もっと動揺を見せろ。

「同じ時期、同じ川に落ちたドローンと凶器。ここから容易に想像できるのは、凶器がドローンによって運搬されたということです。つまり相楽泰輔を殺害せしめたカッターナイフは、彼の部屋からドローンによって隅田川まで運ばれ、ともども水中に没した。この解釈ならカッターナイフの柄にタコ糸が結わえてあった理由が納得できる。結わえた先はドローン本体だった。そして取扱説明書に記載された同機のスペックを見れば、問題のカッターナイフを楽々吊り下げて飛行できる事実も確認できました。では、誰がカッターナイフをドローンに結わえて運んだのか。言うまでもなく、製品を購入した相楽泰輔本人です。彼は自室に他人を招き入れることはなかったという話ですからね。窓から侵入した犯人が部屋の中で相楽泰輔を殺害し、偶然室内にあったドローンに目をつけ、偶然穴が開いていたカッターナイフの柄に、これまた偶然に手近にあったタコ糸を結わえ、その場で取扱説明書を一読して操縦法をマスターし、見事凶器を搬出。そして自分は侵入口の窓から逃亡。そんなことは有り得ません。ついでに言えば凶器のカッターナイフは工業用で、工作にも多用されるタイプです。ラジコン玩具の組立にも重宝されているようですね。つまり凶器自体も相楽泰輔の物であった可能性が高い。そう、相楽泰輔の死は自殺だったのですよ。当然、室内と窓の外で採取された下足痕（ゲソコン）も本人による偽装です」

　依然として御子柴は相槌を打つでもなく否定の冷笑を浮かべるでもない。だが沈黙しているのは、この先を無視できないからだ。

「あの時の現場はこんな風だったと推測できます。相楽泰輔は下足痕の偽装を終えた後にスニーカーを処分し、部屋の窓を開けておきます。工業用カッターナイフで自分の胸をひと突き。刃先が薄く鋭いので、自分で刺しても致命傷となる。凶器を引き抜くのとほぼ同時にドローンを起動させ、窓から外へ飛ばす。起動音は大変に静かなので隣の市ノ瀬宅にも聞こえません。ドローンにタコ糸で結わえられていたカッターナイフも空へ運ばれます。そして、ここに他殺の偽装が完了します」

「何故、窓を閉めて施錠しなかった」

御子柴がようやく口を開いた。

「その状態で施錠すれば、密室殺人だって演出できたはずだ」

「ええ。しかし密室を拵えてしまうと、逆に自殺の可能性を論じられてしまう。現場に出入りできないとなれば、当然出てくる線ですからね。それよりは侵入者によって殺害され、凶器も持ち去られたという状況を演出した方がはるかに自然です」

「自殺というのも可能性の一つに過ぎない」

「問題のドローンというのはコンピュータ制御でした。最初に飛行プランをプログラミングしておけば、後は実行キー一発でプラン通りに飛行してくれる。従って、室内のパソコンにはその指令が残っているはずです。ところがパソコンを開いてみても、そんな指示内容はどこにも見当たらない。一瞬、焦りましたよ」

実際パソコンを開いて、ドローン操作のアイコンが見当たらなかった時には犬養もひどく慌てたものだった。パソコンに痕跡がなければ自分の推論も机上の空論で終わってしまう。

「それで鑑識に回して復元させました。巧妙でした。飛行プランをプログラミングして、実行キーを押した瞬間にプログラムごと削除される仕様だったんです。ドローンの存在に気づかなければ危うく見過ごしてしまうところでした。では、何故相楽泰輔は自殺しなければならなかったのか」

もう御子柴は素知らぬ顔などしていない。対峙するかのように犬養を正面から見ている。

「相楽泰輔の自殺によって発生したものは何か。五千万円という多額の死亡保険金です。そしてそのカネは本来の受取人である母親を素通りして、御子柴先生の管理下に置かれた。だからいっときはわたしも先生に疑惑の目を向けたものです。しかし事件の関係者で大きなカネを動かしたのは、意外にも相楽泰輔によって片足を奪われた市ノ瀬沙良でした。彼女は値の張る競技用義足を、それも二足購入している。合計金額八百万円近く。そんなカネを彼女は即金で支払っている。彼女自身や彼女の両親からは、そんな資産は逆立ちしたって出てきやしない。当たり前のように思いつくのは先生から市ノ瀬沙良に現金が渡った場合です。しかし人身事故の際、市ノ瀬沙良は被害者、先生は加害者の代理人弁護士。普通で考えれば敵対関係であり、カネが渡るなんてことは道理に合わない。それではどう考えるべきなのか。答えは簡単です。普通に考えなければいい。例えば、死亡保険金を彼女に渡すのが相楽泰輔の遺志だったとすれば」

御子柴の表情に明らかな変化が起きた。

冷ややかな敵意と若干の興味を込めた目でこちらを睨んでいる。逃げ隠れすることなく、犬養の追及に立ち向かおうとする姿勢だった。

「それなら代理人である先生が彼女にカネを渡しても不思議じゃない。そして人身事故を起こした直後に、相楽泰輔があなたを代理人に選んだ理由も納得できる。多額の報酬を取る代わりに依頼者には成功を約束し、その目的のためには多少危ない橋も平気で渡る……当時ネットで喧伝されていた御子柴先生の評判がそれでした。相楽泰輔は自分の望みを実行するには、あなたが最適だと判断したのでしょう」

「あまり名誉とは言えない信頼のされ方だな」

「相楽泰輔にとってはそれが一番重要な要素でした。彼は自殺の計画までは先生に打ち明けなかったのかも知れない。しかし自分の死後に支払われる保険金の使途については明言していた。保険金は市ノ瀬沙良のために優先的に使用して欲しいと。その遺言を円滑に実行するために、わざわざ彼の母親を被保佐人とする申し立てまで起こしてです。常識外れとも言える荒っぽいやり方ですが、それが依頼人の利益なら躊躇せずにやってのける。そんな弁護士は、御子柴先生以外に思いつかなかったし、御子柴先生もそれに応えた。今回の事件の骨子は相楽泰輔と先生との信頼関係にあったのだと、わたしは考えています。そしてもう一つ。相楽のアルバムの中に一枚だけ印象的な写真があったんです。それは中学生らしき市ノ瀬沙良をこっそり隠し撮りしたものでした。まるで内気な少年が憧れの人を記念に残すような一枚でした。きっと相楽にとって彼女はそういう存在だったのでしょう」

犬養が言葉を切ると、御子柴はしばらく真意を窺うようにこちらの目を覗き込んでいた。

そして短く嘆息した。

「色々と興味深い話だし、列挙された証拠から弾き出された推論にも頷けるものがある。しかし、そのほとんどは状況証拠に過ぎない。相楽泰輔が自殺を企てたことを立証する物的証拠もなければ、彼の遺言を明示した文書もしくは録音物も存在しない。弁護士の立場から言わせてもらえば、この条件で公判を維持するのは困難である上に、第一、誰をどんな罪で起訴するつもりだ。実行犯は既にこの世にいない。直接損害をこうむったのは保険会社ということになるだろうが、詐欺を証明する手立ては皆無に等しい。どこぞの悪徳と称される弁護士が全面自供すれば話は別だろうが、そもそもその程度の状況証拠に怯える(おび)ような能無しなら悪徳とさえ呼んでもらえまい」

御子柴は不敵に笑ってみせる。奇妙なことに不快感は覚えなかった。

「ええ、それが悩みの種でしてね。先生の仰る通り、真相が見えてもそれを形にすることができない。れっきとした犯罪ではあるけれど、誰が被害者かとなると保険会社しか思い浮かばない。では当の保険会社が詐欺で訴えるのかどうか。物的証拠の乏しさから立件できるかどうかすらも怪しい。民事で争うとなると事件の長期化で費用倒れになる可能性もあるし、百戦錬磨の御子柴弁護士とガチンコで対決しようという気骨ある弁護士を探すのも難儀でしょうから、保険会社もそれほど執念深く争おうとは思わないでしょう」

「民間企業は利益優先だ。勝算のない訴訟事は大抵避ける」

「だからわたしも参っています」

犬養は大袈裟に溜息を吐いてみせた。

「振り上げた手の下ろしどころに困っています」

「あなたが欲しているのはいったい何だ」

「えっ」

「罪を犯した人間を逮捕し送検することなら、それはもう叶わない。真実を知りたいというのなら、全てを知っているはずの相楽泰輔が死んでしまった今ではやはり叶わない」

今までとは打って変わった穏やかな言葉に、犬養は面食らう。

再び御子柴は競技場のトラックに顔を向ける。視線のその先には沙良の姿があった。

「相楽泰輔と市ノ瀬沙良は幼馴染だった。中学まではよく一緒に登校した仲らしい。ところが父親が自殺してから泰輔の生活は一変、学業は疎かになり、部屋に引き籠もりがちになる。一方、市ノ瀬沙良は陸上で才能を開花させ、インターハイで優勝した後は実業団に入部する。相楽泰輔の目に彼女はいったいどんな風に映ったのだろうか。嫉妬か、憎悪か？　いや、ずっと隣同士の幼馴染だったんだ。それよりは憧憬や応援の気持ちが強かったんじゃないのか。引き籠もりの泰輔にとってトラックを駆け抜ける市ノ瀬沙良には、世界へ羽ばたく翼が見えていたのかもな」

犬養は啞然としたまま、この悪徳弁護士の言葉に聞き入る。

「ところが事もあろうに、魔が差して彼女の翼を自分がへし折る羽目になってしまった。その時の相楽泰輔の気持ちを想像してみるがいい。普通の人間なら居たたまれないだろう。彼女に申し訳なく、何としてでも折れた翼を元通りにしてやりたいと願うんじゃないのか。だが大した財産も甲斐性もない彼が彼女にしてやれることはひどく限られていた。だから彼はそうする以外になかった。それこそが彼のできる唯一の贖罪(しょくざい)だったからだ」

「それが自殺をした動機だというんですか」

「ふん。これだって想像だと言っただろう。あなたの推理に付き合っているだけだ。だがこうして彼女を目の当たりにすると、相楽泰輔も間違っていたんじゃないかと思うな」

「何故ですか」

「たとえ翼がなくても、きっと彼女は無理にでも飛び立とうとしただろう。時々そういう諦めの悪い人間を見かける」

4

『これより女子二百メートル決勝を行います。選手の皆さんはお集まりください』

呼び出されて沙良は再びトラックへと歩き出す。意識せずとも緊張が足元から立ち上ってくる。

午前の疾走で消費した体力は、二時間のインターバルをかけてやっと取り戻した。身体の節々にはまだ微かな違和感が残っているものの、スプリントには支障ないと自分も鬼怒川も判断している。

決勝に残ったのは六人。暫定の一位はもちろん二十九秒五〇の早苗、次いで沙良。三番手のタイムは三十秒台なので、事実上沙良と早苗の一騎打ちという感が強い。発表されたレーン割り当ても沙良が二番レーンで早苗が隣の三番レーンなので、真横を並走することになる。

沙良を見る早苗の視線は槍のようだった。予想もしなかった伏兵の予想もしなかった走法に、闘争心が湧いたのかも知れない。

望むところだ。沙良は彼女を挑発するために睨み返してやる。

スタートが近づくにつれて心が波立ってくる。これが武者震いというのだろうか、寒くもないのに上半身がぶるりと震える。

パラリンピック出場はこのスプリントの結果で決まる——そう思うと、全てを投げ捨てて逃げ出したい気持ちも頭を擡げてくるが、沙良は有無を言わせず押し潰す。

スタートラインに立ち、ブロックの位置を調整する段になって、不思議に落ち着きを取り戻した。予想される早苗とのランデブーに思いを馳せると、雑念が嘘のように雲散霧消する。

そして改めて、自分は走るのが何よりも好きなのだということを思い知った。

「On your marks」

六人の選手が斜め一列に並ぶ。それでも沙良の眼中にあるのは早苗ただ一人。彼女の前でゴールを切らない限り、肉体改造や走法を変えた意味もなくなる。

柄にもなく神に祈りたくなった。

左足を失った時、どれほど神を恨んだことだろう。

何故、選りにも選って自分が。

何故、選りにも選って足を。

だけど、もう恨みはしない。

恨みはしないから、今だけはわたしに味方して。

「Set」

束の間、世界が静止する。

号砲を捉えるために聴覚は極限まで鋭敏になり、早苗の鼓動までが聞こえるようだ。

自分の心音がひときわ大きく響く。今にも心臓が口から飛び出しそうになる。

まだか。

合図はまだか。

パン！

義足が勢いよくブロックを蹴り、沙良の身体は前方に打ち出される。

第一歩の大きなストライド。音で分かる。スタートは早苗と同時だ。

続く二歩目、遠心力に逆らいながらコーナーを攻める。真横の早苗が同じ動きをしているのを気配で察知する。

持ち堪えろ、自分。

コーナーで早苗に後れを取ったら、もう挽回する術はない、彼女にしがみついて決して離れるな。

重力に抗いながら上半身を起こしていく。この動作も早苗のそれを正確にトレースしているはずだ。今、二人の姿を映像で捉えればほとんど残像のように見えるかも知れない。

沙良と早苗はコーナーを駆ける。この間は一秒もかかっていないが、沙良には十秒も経ったような感覚がある。

フォームも呼吸も同じ。

もう一人の沙良が、いや自分がもう一人の早苗となってここに存在する。不快感を覚える余裕もなく、ただ沙良は四肢を動かす。

早くも心臓は早鐘を打ち始めた。さっきと同様に、無理強いした関節が俄に悲鳴を上げる。

二人は加速区間に突入した。

無酸素運動に移行し、生身の右足と義足のバネを最大限に跳躍させる。

ふっと体感温度が下がり、沙良は自分が風になる錯覚を覚える。みるみるうちに真横の風景は壁となり、確認できるのは早苗の姿だけになる。

遅れて堪るものか。

生まれついての本能と電気刺激に培われた神経が、沙良の身体を拘束し、引き摺る。他人の意識に乗っ取られて走る気分は今更ながらに奇妙だった。

しかし、それも直に終わる。

トップスピードまで達した瞬間、隣のレーンで早苗が脱力したのが分かった。

彼女はここまでに得たスピードを惰性に利用してエネルギーを蓄える。二百メートルのセオリーに沿った、正しい走法だ。

だが、もう沙良には必要のないセオリーだった。

脱力した早苗を尻目に、沙良は更にトップスピードを維持する。トップスピードのそのまた上。一瞬たりとも脱力せず、ラストスパートと同等のスプリントを展開する。

その一瞬、早苗の姿が退く。長続きはしない。一拍の後にまたもや真横に並んできた。やはり彼女の体力は底知れない。改めて怖ろしい敵だと思った。

しかし同時に早苗が泡を食ったのも事実だ。並走した時に、わずかながら呼吸が乱れていた。これが鬼怒川にも打ち明けなかった沙良の奇策だった。いや、奇策と言えるような上等なものではない。要は自爆覚悟、捨て身の戦法だった。

早苗は完成されたスプリンターだ。十メートルごとのストライドを完璧に管理し、その時々で一番効率的な走りができるように計算し尽くしている。それは早苗の走りを解析している過程で、鬼怒川と確認し合った事実でもある。さながらコンピュータを内蔵した野生動物といったところか。

そんな早苗に勝つにはどうしたらいいか――沙良が弾き出した解答は彼女より速く走ることではない。

彼女のペースを乱すことだった。

自分と同じ体格で、同じフォームで、そして同じ呼吸で走る選手がいる。それを知った瞬間、早苗ほどの選手でも相手に無関心ではいられなくなる。現に予選ではすっかり動揺し、沙良に食ってかかったではないか。

その、自分のコピーであるはずの沙良が途中でスタイルを変え、脱力すべきところで逆にスピードを上げる。オリジナルとしては看過できない。沙良の後を追うためにスタイルを変更せざるを得ない。自分の体力に自信を持つ者なら、脊髄反射で本能の命令に従う。

そこにこそ沙良の勝機があった。

精巧な機械ほど突発的な衝撃に脆い。二百メートルを正確極まりないプログラミングで走る早苗も、不測の事態に計算を狂わせてくれるかも知れない。

そうなれば沙良は互角に闘える。基礎体力では早苗が断然有利だが、沙良の方にも無茶を重ねた経験値がある。自爆覚悟であっても、早苗を巻き込んでしまえば勝ちの目もある。

早苗の基礎体力か。

それとも沙良の無茶か。

元より左足を失った時から計算には無縁だった。無理と無茶を重ねてここまで来た。今更この程度の無茶が何ほどのものだというのか。

思えば沙良に火を点けたのは、あの一通の手紙だった。泰輔が死体で発見された七月十八日、窓の隙間から沙良の部屋にそっと投げ込まれていた彼からの遺書。

『沙良へ
本当に申し訳ないことをしました。長いこと口をきかなくなっていたから、ろくに謝ることもできなかったけど、本当は土下座でも何でもしたかった。
でも俺が土下座したところで、沙良の左足が元通りになるわけもないものな。そう考えたら、謝ることも卑怯じゃないかと思えたんだ。謝るなんて簡単なことだ。それで自分の罪悪感が消えるのなら、とことんお手軽だ。そんなことをしたところで俺は身軽になるけど、沙良の方はたまったものじゃないよな。何より大事な足を片方なくした上に、相手は晴れ晴れとするんだから。ふざけるなっていう話だよな。

中学校まで学校の行き来が一緒で、よく短距離の話をしてくれたのを今でも覚えている。走っている時が一番幸せだって言ってたよな。

俺はその幸せを奪ってしまったんだよな。

それで俺が沙良にできることを考えた。俺は賠償金を支払えるような甲斐性も現金も持ち合わせていない。あるのはオフクロが受取人になっている生命保険と精密玩具の知識、それから俺自身くらいだ。

それで生命保険の内容を切り替えた。詳しいことは知らなくていい。俺は直接関与できないけど、後のことは御子柴弁護士が俺の代行をしてくれる。カネに困ったら彼に相談するといい。メチャクチャ評判の悪い弁護士だけど、約束は誠実に守ってくれる。だからそういう奴を選んだんだけどな。

このことは俺と御子柴弁護士、そして沙良だけの秘密だ。絶対、誰にも洩らすな。それだけは約束してくれ。

もう、最期だから書いておくけど、ずっと前から沙良のことが好きだった。一番近くにいて、一番俺を知ってくれていたから兄妹みたいな感じだったけど、別の意味で好きだったんだよ。いつの間にか沙良が遠いところへ行ったような気がして、話す機会がなくなったけど。

今までありがとう。
ごめんなさい。
サヨナラ。

この手紙は読んだらすぐに燃やしてください。

泰輔』

遺書は深夜、沙良が寝入ってから投げ込まれていたらしい。それに気づいて中身を読んだ時には、もう泰輔はこの世にいなかった。あれからどれだけ泣いたことか。窓を開けて泰輔を罵倒した自分を絞め殺してやりたいとさえ思った。

最初に犬養が自宅を訪れた時、ちょうど泰輔の遺書を焼却した直後だった。布団に顔を突っ伏し、声を殺して泣いた。何度、犬養に打ち明けようとしたことか。それでも泰輔の気持ちを思い出して必死に堪えた。

御子柴に連絡したのは舘野に義足を発注した日だった。遺書のことは御子柴も承知しており、必要な金額を伝えるとすぐに現金を届けてくれた。送金手続きにしなかったのは、御子柴から沙良へ現金が渡った証拠を残したくなかったからだそうだ。

最初の現金を受け取った瞬間、もう後戻りはできないと覚悟した。曰くのあるカネでも、泰輔が我が身を犠牲にして工面してくれたものだ。役立てなければ逆に悪いと思った。

その後、デビッドに義足を作ってもらい、小岩井や鬼怒川の知遇を得られたのも泰輔が残してくれた遺産のお蔭だ。それなら自分はパラリンピックにでも出場しなければ申し訳が立たない。

見てくれている？　泰輔くん。

今、わたしはあなたと一緒に走っているのよ。

フルパワーでの加速を続けていると、次第に頭の中が真っ白になっていく。それでも真横に早苗がぴったりとくっついていることだけは感知できる。

意識が朦朧としてきた。しかし、身体は百五十メートル地点に差し掛かったことを脳に伝えてきた。

まだ早苗のペースは落ちないのか。

ラストスパート。

残り五十メートルで全てを燃やし尽くす。

最後の命令を四肢に伝えると、まるで他人の手足のように躍動を始めた。

走るのではない。

跳べ。

怯懦（きょうだ）と憎悪、背信と失望を飛び越えろ。

瞬間、聴力が麻痺する。

風も感じない、関節の痛みも掻き消える。

あと三十メートル。

真横にくっついていた早苗がわずかにフォームを崩した。

あと二十メートル。

意識がどんどん遠ざかる。死ぬというのはこんな風なのだろうか。

十メートル。

手足の感覚が途切れた。

心臓は破裂寸前だ。

五感の中で機能しているのは、ぼんやりとした視覚だけだった。

目の前にゴールラインが迫ってくる。

ゴール。

その直後、沙良の身体は支えを失くしてトラック上に放り出された。

肩から倒れたようだが痛みは感じない。突然に天地が引っ繰り返ったような驚きだけがあった。

意識はまだ朦朧としている。立ち込める靄の中で、いっそこのままの状態が続けばいいと思った。

しばらく夢見心地でいると、誰かの手で揺さぶられているのを感じた。うっすら目を開けると、目の前に見知った男の顔があった。

「……鬼怒川……さん」

「やったよ！　やったんだよ、沙良さん！」

大写しになった鬼怒川は何故か涙目になっていた。

「あなたが一位だ」

鬼怒川は沙良の上半身を抱きかかえて、電光掲示板の方へ向かせた。

ぼやけていた数字が次第に鮮明になる。

『29.18』

「……勝ったの?」

「ああ、コンマ〇五秒の差だった。それにしても、よくもまあ本番であんな無茶を……」

あそこで無茶をしなければ、いつするというのか――憎まれ口を叩こうとしたが、声にならなかった。

気がつけば、周囲には鬼怒川以外にも数人のスタッフたちが不安げに自分を見下ろしている。

「ごめんなさい……まだ立てそうにない」

「いいよ、いいよ。まだしばらくはこのままで。僕も、もう少しこの時間を愉しんでいたいから」

その人だかりに、ついと早苗が加わった。

ひどく不機嫌そうな顔をしているので、嫌味のひと言でも浴びせられるかと思った。

それだけ言い捨てて、早苗はさっさと立ち去ってしまった。どうやら、次も沙良と対戦すると
「次は負けないから」

決めてかかっているようだ。

この大会では一位を獲ったものの、沙良がパラリンピックの選手に選ばれるかどうかはまだ先の話だ。しかし早苗が自分を敵だと認識してくれたことが心地好かった。

ふと観客席を眺めると、そこにも見知った男たちを見つけた。

あれは御子柴と犬養に違いない。

いつの間に仲良くなったのか二人の男は席を立ち、並んで出口の方に向かっていた。

ほんの一瞬だけ、御子柴がこちらを振り向いたような気がした。

「もう立てますか」

「何とか……どこかに急ぐんですか」

するとと鬼怒川は軽やかに笑い出した。

「少しだけ急ぎましょう。待たせていますから」

「誰が待ってるんですか」

「表彰台で未来のあなたが待っています」

初出

「小説推理」'15年7月号〜'16年4月号

本書はフィクションであり、登場する人物および団体名は、実在するものといっさい関係ありません。

中山七里●なかやましちり

1961年岐阜県生まれ。2009年『さよならドビュッシー』で第8回「このミステリーがすごい!」大賞を受賞しデビュー。音楽から社会問題、法医学まで幅広いジャンルのミステリーを手がけ、多くの読者から支持を得ている。近著に『セイレーンの懺悔』『ヒポクラテスの憂鬱』『作家刑事毒島』『どこかでベートーヴェン』がある。

翼(つばさ)がなくても

2017年1月22日　第1刷発行

著　者—— 中山七里

発行者—— 稲垣潔

発行所—— 株式会社双葉社
東京都新宿区東五軒町3-28　郵便番号162-8540
電話03(5261)4818〔営業〕
03(5261)4831〔編集〕
http://www.futabasha.co.jp/
(双葉社の書籍・コミックが買えます)

CTP製版—— 株式会社ビーワークス

印刷所—— 大日本印刷株式会社

製本所—— 株式会社若林製本工場

カバー印刷—— 株式会社大熊整美堂

落丁・乱丁の場合は送料双葉社負担でお取り替えいたします。
「製作部」あてにお送りください。
ただし、古書店で購入したものについてはお取り替えできません。
[電話] 03-5261-4822 (製作部)

定価はカバーに表示してあります。

ISBN978-4-575-24014-6 C0093